»Geheimnis am Sturmfels«

Zeitreise in die Welt der Römer und Germanen

von Sheyna Jordan

AF236476

Über die Autorin:

Ich heiße *Sheyna* Jordan, wurde 1968 in Schotten/Hessen geboren, bin verheiratet und dreifache Mutter. Die Ahnen- und Ortsforschung ist eine meiner großen Leidenschaften.

Von Kindesbeinen an liebe ich das Genre Zeitreise und die Romantik. Da ich sehr heimatverbunden bin, reifte in mir die Idee, eine eigene Geschichte zu erzählen, unter Einbezug regionaler Gegebenheiten. Daraus entwickelte sich die Liebesgeschichte zweier aus unterschiedlichen Welten stammenden Menschen vor dem Hintergrund meiner Heimatregion und dem geschichtlichen Ereignis der Varusschlacht.

Sheyna Jordan

»Geheimnis am Sturmfels«

Genre: Liebesroman – Historie – Fantasy/Zeitreise

Impressum

Bibliografische Information der Deutschen
Nationalbibliothek:
Die Deutsche Nationalbibliothek verzeichnet diese
Publikation in der Deutschen Nationalbibliografie;
detaillierte bibliografische Daten sind im Internet über
http://dnb.dnb.de abrufbar.

2. Auflage: August 2022

© 2021 Sheyna Jordan

Lektorat: Maike Würz – Hamburg
Titelbild: © Johannes Plenio via StockSnap.io
Bild Seite 298: © S. Jordan

Herstellung und Verlag: BoD – Books on Demand,
Norderstedt

ISBN: 978-3-7557-4240-1

Inhalt

KAPITEL 1 - KORBER

Verdammter Regen, verdammter Wald,
verdammter Matsch, verdammter Mistkerl Korber!

Bei jedem hastigen Schritt fluche ich stumm in mich hinein. Warum muss das ausgerechnet mir passieren – mal wieder? Und das heute!

Nun stapfe ich mit meinen brandneuen Stiefeln und Klamotten mitten durch den tiefsten Wald im Vogelsberg, und das nur, weil ich zufällig einen flüchtigen Verbrecher erkannt habe. Und typisch ich: Ich musste natürlich hinterher.

Korber ist nicht dumm. Er hat schnell bemerkt, dass er beobachtet wird – beziehungsweise dass ich ihm folge.

Verbrecher haben ein sehr sensibles Radar, vor allem, wenn sie gerade auf der Flucht sind. Wir Polizisten aber auch. Nur deshalb bin ich auf ihn aufmerksam geworden – ich habe nicht nach ihm gesucht, den Fall bearbeiten Kollegen von mir, außerdem war ich schon auf dem Heimweg. Habe Feierabend und eine Verabredung.

Und verdammt noch mal, schon wieder kommt mir mein Beruf dazwischen. Oder sollte ich mich eher freuen? Immerhin war ich auf dieses Date nicht besonders wild.

Nur durch reinen Zufall habe ich heute auf der Dienststelle ein Foto von Anton Korber gesehen. Nach ihm wird gefahndet. Er soll seine Freundin getötet haben. Nachbarn hörten einen lautstarken Streit und Schreie. Sie schauten nach und fanden die Tote.

Als ich auf dem Nachhauseweg an der Tankstelle in der Harb vorbeikam, stand dort Korber an der Zapfsäule und hat aufgetankt. Vielleicht wäre er mir gar nicht aufgefallen, wenn er sich nicht ständig nervös umgeschaut hätte. Er muss meine Blicke gespürt haben und ist mit seinem Wagen davongebraust, ohne den Sprit zu bezahlen. Um ihn nicht aus den Augen zu verlieren, habe ich es ihm gleichgetan. Dass er mich als Polizistin erkannt hat, glaube ich nicht. Ich bin heute in Zivil und etwas overdressed. Hatte ja schließlich was anderes mit meinem Abend vor.

Meine Frankfurter Kollegen konnte ich während der Verfolgungsjagd leider nicht informieren. Typische Handykrankheit: leerer Akku. Es hing aber während der wilden Fahrt schon an der Ladebuchse.

Die rasante Verfolgungsjagd in den Vogelsberg nahm meine volle Konzentration in Anspruch. Wir passierten die Ortschaften Ulfa und Stornfels, vorbei an meinem Wohnhaus.

Auf der Straße blieb Korber nicht lange. Um mich loszuwerden, bog er in den Waldweg zum Jagdhaus Wolfslauf. Beinahe hätte ich ihn dann auf den verschlungenen Waldwegen zwischen Stornfels und Rainrod verloren. Aber ich kenne mich hier gut aus, und Aufgeben kommt für mich nicht infrage.

Nach kurzer Zeit entdeckte ich sein leeres Auto. Er hat es verlassen müssen, weil sich der Waldweg zu einem engen, matschtriefenden Fußweg verengt. Absolut kein Durchkommen mehr möglich, schon gar nicht mit einem PKW. Das gilt bedauerlicherweise auch für meinen Wagen. Daher bin ich fluchend ausgestiegen, habe mir meinen Rucksack mit den nötigsten Utensilien genommen und bin Korbers Spur gefolgt

– ist eine Manie von mir, ohne mein Notfall-Übernachtungs-Equipment nirgendwo hinzugehen: Zahnputzzeug, Taschenlampe, Tabletten und so weiter, eben alles, was eine Frau so braucht.

Natürlich schnappe ich mir auch mein Handy – es ist fast voll geladen. Mehrmals versuche ich zu telefonieren, bekomme jedoch keine Verbindung und schimpfe erneut wild drauflos: »Verdammte Technik! Immer das Gleiche, entweder kein Akku oder kein Netz!« Aber wenigstens hat es aufgehört zu regnen.

Für einen Junitag recht kühl, kommt mir in den Sinn.

Vor lauter Wald sehe ich aber die Bäume nicht, soll heißen: Korber könnte mich jeden Moment aus dem Dickicht angreifen. Wachsamkeit ist geboten.

Nach einer halben Stunde erfolglosen Stapfens durchs Gehölz ist er immer noch nicht auszumachen. Der kann sich doch nicht in Luft aufgelöst haben! Wo ist dieser Kerl nur? Vielleicht habe ich ihn unterschätzt, und er kennt sich hier besser aus, als ich dachte.

Bald wird es dunkel. Ich muss überlegen, ob ich die Suche abbreche oder bis zur Dämmerung weitermache. Zwar geht die Sonne spät unter, wir haben den längsten Tag im Jahr, doch hier im Wald wird das Restlicht schnell geschluckt.

Es fuchst mich zusehends, dass er mir entwischt sein könnte. Stellt sich die Frage: Wo würde ich mich an seiner Stelle verstecken? Ich hab´s! Ganz in der Nähe sind die Reste einer Burgruine aus dem 13. Jahrhundert. Dort gibt es unterirdische Tunnel, einigermaßen intakt, die ihm gut als Versteck dienen könnten. Zwar ist die Ruine nicht allzu bekannt und auch nicht leicht zu finden, und es gibt nur einen schmalen Zugang, aber Korber könnte zufällig darauf gestoßen sein.

Als Kind war ich oft dort und habe mir vorgestellt, dass Dornröschen darin schläft. Nun, um ehrlich zu sein wohl eher, dass *ich* Dornröschen wäre. Auf den Kuss und den Prinzen warte ich noch immer.

Mein heutiges Date ist leider nicht mit einem Prinzen zu verwechseln. Aber er soll nett und anständig sein, laut meiner Mutter, die das Ganze arrangiert hat. Sie hat mir ein Foto von ihm gezeigt, auf ihrem Handy.

Na ja - ich habe ihr versprochen, ihm eine Chance zu geben. Sonst lässt sie nie locker.

Keine Ahnung, warum kein Mann es lange bei mir aushält. Gerd, mein letzter fester Freund, fand mich zu tough. Ich würde mich zu unweiblich benehmen. Mein Beruf würde sich in meiner Haltung widerspiegeln. Er hat mich doch glatt mit einer unscheinbaren, kleinen, an einigen Stellen recht üppig ausgestatteten Hausfrau betrogen. Darüber bin ich noch nicht hinweg. Andere Beziehungen scheiterten, weil ich für die jeweiligen Männer eher eine Trophäe, als eine echte Partnerin war.

Ein Model bin ich nicht, aber mir sind die Blicke der Männer schon bewusst. Ich bin laut meinem Umfeld eine auffällige Erscheinung, wenn auch mit meinen ein Meter siebzig nicht überdurchschnittlich groß, aber ich bin schlank und durchtrainiert, und meine stets selbstbewusste Haltung fällt ebenso ins Auge wie die blonde Lockenmähne – wenn ich mein Haar denn offen trage und nicht, wie mein Ex es auszudrücken pflegte, *unweiblich zusammengeknotet.*

Menschen vergessen nur allzu schnell, dass auch in einer Uniform ein Mensch mit Gefühlen steckt. In meinem Fall ein sehr loyaler Mensch. Loyalität ist, wie ich finde, eine ausgesprochen wertvolle Eigenschaft, aber nicht jeder weiß sie heutzutage noch zu schätzen. Es verletzt mich, dass meine bisherigen Weggefährten so wenig daran interessiert waren, mich wirklich kennenzulernen. Das hat mich reserviert gemacht, worauf ich mich immer mehr zurückzog. Auf diese Weise findet man natürlich keinen Partner.

Wer nicht Lotto spielt, darf auch nicht lamentieren, wenn er nicht gewinnt, so meine Mutter.

Vermutlich mache ich den meisten Männern Angst, und meinem heutigen Date wird es wohl nicht anders ergehen.

Wo nur sind die Männer aus alten Zeiten?

Oje, ich schweife wieder ab.

Reiß dich endlich zusammen!

Du musst Korber finden!

Es ist jedenfalls einen Versuch wert, in der Ruine nach ihm zu suchen. Wenn er dort nicht ist, geht's halt heim. Dann gebe ich auf. Mache meiner Dienststelle zähneknirschend Meldung und kann endlich zu meiner Verabredung.

Guter Plan! Immerhin irgendein Plan.

Eile ist geboten, schon aufgrund der späten Stunde. Bald wird es auch für mich schwer, wieder aus dem Wald rauszufinden. Und der Gedanke, die Nacht hier zu verbringen, behagt mir gar nicht.

Endlich sehe ich die Spitze eines Turms aus dem Dickicht ragen. Schon komisch, wie sich Mutter Natur innerhalb kürzester Zeit alles zurückerobert. Vor ein paar Jahren sah man von der Ruine noch mehr. Nun ist sie von einer mächtigen Dornenhecke umgeben.

Es ist nicht leicht, den ehemaligen Zugang zu finden, aber ich kenne meine Orientierungsmarke noch aus alten Tagen: Eine Eiche rechts vorm Zugang, die einzige weit und breit. Die dichte Hecke, die die Eiche umgibt, verdeckt den schmalen Zugang. Bei näherem Hinsehen entdecke ich einige abgeknickte Äste. Mein Instinkt hat mich nicht getrogen. Jetzt heißt es: wachsam bleiben!

Meine *Walther-P99* habe ich vorsorglich entsichert und halte sie im Anschlag. Immerhin ist Korber ein Tatverdächtiger in einem Mordfall und vermutlich bewaffnet, und ich bin ganz allein hier.

Bisher habe ich nur ein einziges Mal meine Waffe ziehen müssen. Als Neuling, noch grün hinter den Ohren, wurden wir eines Abends zu einem Streit unter einigen jungen Männern gerufen. Die Lage spitzte sich schnell zu. Die zuvor zerstrittenen Parteien verbündeten sich plötzlich und gingen mit Messern auf uns los. Mein Kollege wurde verletzt, notgedrungen zog ich meine Waffe.

Bedauerlicherweise kommt es immer häufiger vor, dass sich Feind und Feind miteinander verbünden, wenn sich die Staatsgewalt einzumischen droht.

Mein Vater hat mich schon als Kind in diverse Selbstverteidigungskurse gesteckt, mit mäßigem Erfolg. Erst dieses Erlebnis hat mich dem Kampfsport näher gebracht. Heute weiß ich mich gut zu verteidigen, denn ich besitze den schwarzen Gürtel in *Krav Maga*. In meiner Freizeit renne ich schon fast manisch ins Dojo, sooft ich dafür Zeit finde. Aber töten will ich niemanden, maximal außer Gefecht setzen. Da fällt mir ein: Morgen habe ich wieder Trainingsstunde mit jungen Polizeianwärtern.

Verdammt, konzentriere dich endlich auf Korber, denn wenn er dich hier überrumpelt, findet man dich vermutlich erst nach Monaten.

Ich habe schon Leichen mit langen Liegezeiten gesehen. Das vergisst man nicht so schnell, schon gar nicht den Geruch. Daran gewöhnt man sich nie.

Zielstrebig betrete ich die unterirdische Anlage. Langes überirdisches Suchen bringt nichts. Wenn, dann ist er im Tunnel. Auch hier entdecke ich Indizien für die Anwesenheit eines Menschen: Fußspuren! Um genauer zu sein: tiefe Rillen, vermutlich von Stiefeln. *Seine?*

Gott sei Dank habe ich meinen Rucksack dabei. Die Taschenlampe darin wird mir eine große Hilfe sein, obwohl Korber mich dadurch natürlich auch schneller wahrnehmen wird. Ich muss es riskieren. Im Dunkeln herumzutapsen ist gefährlich, und der Gedanke gefällt mir ehrlich gesagt auch gar nicht. Auch Korber ist quasi blind, wenn er nicht zufällig gut ausgerüstet ist. Ein Handylicht wäre da nur eine Notlösung. Das Wichtigste im Moment wird sein, dass ich auf meine Sinne achte. Besonders auf das, was ich höre.

Bisher war da aber noch nichts. Außerdem klopft mein Herz bis zum Anschlag. Das Hämmern hallt in meinem Kopf wider und behindert meinen Gehörsinn.

Verdammt, ich bin doch kein Anfänger! Meine eigene Nervosität macht mich ärgerlich. Natürlich lässt es niemanden kalt, im Dunkeln allein auf einen gewaltbereiten Verbrecher zu treffen. *Adrenalin ist Fluch und Segen zugleich*, hat mein ehemaliger Ausbilder immer gesagt.

Meine Gefühle fahren Achterbahn. Vermutlich ist das hier das Blödeste, was ich je gemacht habe. Ganz allein einen Verdächtigen zu verfolgen, und das in diesen Katakomben. Ich hätte nie gedacht, dass ich einen so ausgeprägten Fluchtinstinkt besitze. Im Moment schreit wirklich jede Faser meines Körpers: *Hau hier schnellstens ab!*

Und da! Ein Geräusch! Zu spät für den Rückzug!

Mit einem Mal bin ich wieder durch und durch Polizistin. Angespannt und langsam gehe ich in die Richtung, aus der ich etwas gehört habe. Meine Taschenlampe habe ich vorsorglich ausgeschaltet und verlasse mich allein auf mein Gehör.

Da – das sind eindeutig Schritte. Sie kommen näher, dann ist es plötzlich totenstill. Wie nah er herangekommen ist, kann ich kaum einschätzen. In meinem Kopf kreisen irrsinnig viele Gedanken auf einmal. Was soll ich tun?

Licht an?

Licht aus?

Vorsichtig weitergehen?

Sich zu erkennen geben?

Oder gar ins Blinde schießen?

Wer würde mir das verübeln?

Na, ich mir selbst!

Das Beste wird sein, in die Offensive zu gehen.

Gerade will ich meine Taschenlampe einschalten, da verspüre ich nah an meinem Hinterkopf einen Atemhauch. Erschrocken wirble ich herum. Die Lampe in der einen Hand, die Waffe in der anderen, ziele ich auf den vermeintlichen Gegner. Aber – da ist niemand. Ruckartig drehe ich mich wieder um, in meine Ausgangsposition. Aber auch da ist keine Menschenseele zu sehen. Ich leuchte meine Umgebung aus. Nichts! Rein gar nichts.

Das gibt es doch gar nicht! Kann das Zugluft vom Tunneleingang sein? Nein, nein, nein! Ich bin doch nicht blöd. Das waren Schritte. Ganz sicher!

Während ich verunsichert nach einer logischen Erklärung suche, poltert es um mich herum. Alles beginnt zu wackeln.

Stürzt der Tunnel ein?

Dies ist mein letzter Gedanke, bevor etwas hart gegen meinen Kopf knallt und ich zu Boden gehe.

Licht aus!

KAPITEL 2 - REFLEKTION

Boah, mir dröhnt der Kopf. Der Kater nach einer durchzechten Nacht ist nichts dagegen.

Dunkelheit umgibt mich. Und während ich mit beiden Händen meinen schmerzenden Schädel umfasse, frage ich mich, was eigentlich passiert ist. Gleichzeitig versuche ich aufzustehen, aber meine Knie sind wie Wackelpudding. Wenigstens scheine ich nicht ernsthaft verletzt zu sein.

Es dauert einen Moment, bis die Erinnerung zurückkehrt, und die Erkenntnis mich trifft, dass der Tunnel eingestürzt sein muss. *Ich will hier sofort raus*, denke ich beunruhigt, aber die vermaledeite Dunkelheit behindert mich.

Verdammt, wo ist meine Taschenlampe?

Zu allem Überfluss kriecht die Vorstellung in mir hoch, dass jede Sekunde kleine ungebetene Gäste über meine Haut krabbeln könnten. Meine Mutter würde mir jetzt sicher einen Vortrag über die Nützlichkeit dieser Achtbeiner halten.

Igitt ...

Licht! Ich brauche schnellstens Licht!

Im direkten Umkreis ist die Lampe nicht zu ertasten, aber ich habe noch mein Handy. Hoffentlich ist es nicht kaputtgegangen. Mit seiner Hilfe könnte ich mir wenigstens einen groben Überblick verschaffen. Gott sei Dank funktioniert es noch. Meine restlichen Utensilien sind schnell gefunden, auch mein Rucksack liegt ganz in der Nähe. Ich schalte die Taschenlampe ein, und in ihrem Lichtkegel ist deutlich zu erkennen, dass der Weg zum Ausgang versperrt ist. Mir ist nicht klar, wie das geschehen konnte. Ist aber auch egal. Ich muss hier raus!

Als Kind und auch noch als Teenie war ich oft hier, habe die Tunnel allerdings nie in Gänze durchlaufen. Da war meine Angst dann doch zu groß. Und bei meinem letzten Besuch hier unten, erinnere ich mich auf einmal, hat der Tunnel ebenfalls eigenartig vibriert. Damals hatte ich Alex mit in mein Reich genommen. Wir waren verliebt und suchten ein Kuschelplätzchen. Als ich ihm die Ruine beziehungsweise den Tunnel vorschlug, hat er zwar entgeistert dreingeblickt, aber verliebte Jungs machen viel mit. Jedenfalls bekamen wir beide bei den seltsamen Erschütterungen eine Heidenangst. Wir nahmen die Füße in die Hand und verließen das Gelände fluchtartig. Bei dieser Erinnerung muss ich grinsen. Alex hat mich danach nie wieder gedatet.

Ach, das hatte ich alles ganz vergessen. Seither bin ich auch nicht mehr hier gewesen. Wie lange ist das jetzt her – fünfzehn Jahre?

Eine verpasste Chance war Alex jedenfalls nicht. Letztes Jahr habe ich ihn bei der Hochzeit meiner Schwester wiedergesehen. Mittlerweile hat er eine Glatze, einen Bauchansatz und drei Kinder, ist Buchhalter im hiesigen Papierverarbeitungswerk, verheiratet und kleiner als in meiner Erinnerung. Wirklich eklig fand ich, als er mich auf der Hochzeit angebaggert hat. Klar, er hatte ordentlich was intus. Aber trotzdem – das macht man nicht!

Jetzt hör endlich auf, in alten Erinnerungen zu schwelgen. Verhalte dich erwachsen! Kontrolle ist alles. Du kommst hier schon wieder raus. Du bist doch ein Sonntagskind.

Während ich versuche, mir Mut einzureden, bete ich zugleich im Stillen: *Lieber Gott, bitte hilf mir! Es muss doch noch andere Ein- und Ausgänge geben!*

Da fällt mir ein: Was ist eigentlich mit Korber? Der wird hier doch ebenso wie ich feststecken – oder wurde er verschüttet? Vielleicht hat er es aber auch nach draußen geschafft? Möglicherweise ist er für den ganzen Mist verantwortlich? Ärger breitet sich in mir aus. Wehe ihm, wenn ich ihn erwische!

Müßig, darüber nachzudenken. Ich muss hier schnellstens raus! Wer weiß, wie viel Sauerstoff mir zur Verfügung steht. Essen und Trinken wären kein größeres Problem, da habe ich noch etwas im Rucksack. Allerdings, wenn ich recht überlege, nicht viel Flüssigkeit. Wie lautete die Überlebens-Faustregel?

Drei Tage ohne Wasser und drei Wochen ohne Nahrung.

Okay, so lange habe ich garantiert nicht vor zu bleiben. Und langsam werde ich müde. Hoffentlich ist das kein Zeichen von Sauerstoffmangel, sondern liegt nur daran, dass ich seit fünf Uhr morgens auf den Beinen bin. Gegen neunzehn Uhr wollte ich daheim sein, um mich für mein Date frischzumachen. An meinem ersten freien Abend seit zehn Tagen.

Ach herrje, der arme Kerl denkt bestimmt, dass ich ihn versetzt habe.

Wenn meine Mutter das erfährt, wird sie mir die Hölle heiß machen und mir Absicht unterstellen. Mütter und Töchter. Eine Hassliebe. Ach Quatsch, für meine Mom würde ich durchs Feuer gehen.

Aber mit ihrem ewigen Nörgeln, wann ich endlich eine Familie zu gründen gedenke, geht sie mir schon auf den Geist. Sie hat doch noch zwei weitere Töchter. Außerdem ist sie bereits Doppel-Omi, dank meiner ältesten Schwester Jenny. Wieso soll ausgerechnet ich sie nun zur Dreifach-Omi küren? Soll sie damit doch ihre Jüngste quälen, Tasha. Und mich endlich in Ruhe lassen. Wenn ich hier raus bin, werde ich ihr das auch deutlich sagen. Punkt!

Komisch, was man sich für Gedanken macht, wenn man ganz allein ist.

Ich weiß nicht, wie viele Gänge ich inzwischen ausprobiert habe, bisher endeten sie alle in einer Sackgasse. Die vielen Abzweigungen überraschen mich. Wozu wurden sie angelegt? Was haben die Erbauer seinerzeit damit bezweckt? Nach Lagerräumen sehen mir die Sackgassen nicht aus, auch nicht nach Fluchttunneln, denn da fehlt das Wichtigste: ein Notausgang.

Mein Vater hat mir erzählt, dass die Tunnel älter seien als die Burg, nur wüsste niemand, wie alt genau, oder auch, von wem oder wozu sie angelegt wurden. Ich fand das faszinierend und beschloss sofort, Archäologin zu werden, und hoffte in meiner Naivität, bei späteren Ausgrabungen Dino-Knochen zu finden. Der Traum hat sich lange gehalten und war auch der Grund dafür, dass ich mich im Gymnasium durch Latein gequält habe, doch wenigstens half es mir, als ich Italienisch lernte. Polizistin zu werden, war ganz sicher nicht meine erste Wahl. Aber bei wem ist das schon der Fall?

Jetzt bin ich schon seit mehr als fünf Stunden hier unten und unendlich müde. Nach meiner Uhr ist es bereits nach Mitternacht. Ich brauche eine Pause und setze mich auf einen Vorsprung. Auf ein paar Minuten mehr oder weniger kommt es jetzt auch nicht mehr an.

Und zack, geht es auch schon los mit dem Kopfkino: Wenn ich hier nicht bald rauskomme, wird mich niemand finden. Klar, man könnte eine Handyortung vornehmen – falls das Erdreich über mir dies überhaupt zulässt –, außerdem steht mein Auto nicht weit entfernt. Aber dass die Suchmannschaft zeitig genug auf die versteckte Ruine stößt und dann auch noch den Tunnel findet, wage ich zu bezweifeln. Zudem ist der mir bekannte Haupteingang versperrt.

Zu allem Überfluss fange ich jetzt auch noch an, mich selbst zu bedauern …

Was habe ich eigentlich im Leben erreicht?
Was hätte ich gern noch getan?
Wem hätte ich zu gern mal die Meinung gegeigt?
Und bei wem mich aufrichtig entschuldigt?
So viel, was ich noch zu tun habe!
So viel, was ich hätte noch bewirken können!
Was für ein Scheiß!

Von allem, was ich zu bedauern glaubte, kommt mir jetzt im dunklen Tunnel einzig und allein die verpasste Chance auf eine Beziehung wichtig vor. Eine echte, leidenschaftliche Liebe. O Gott, wie kitschig, aber leider wahr.

Welche Frau wünscht sich denn nicht einen starken Partner an ihrer Seite, dem sie vertrauen kann, der sie auf Händen trägt, der sie leidenschaftlich liebt und versorgt?

Die Frauenbewegung hat uns weiblichen Wesen Freiheit und Selbstbestimmtheit gebracht. Aber zugleich auch viel Verantwortung, bei doch recht gleichbleibender Arbeit. Denn in aller Regel liegen Kindererziehung und Haushalt auch heute noch im Aufgabenbereich der Frau. Und das neben dem Beruf.

Zwar übernehmen viele moderne Männer immer mehr Aufgaben im Haushalt, aber den Müll rausbringen, Einkäufe erledigen oder die Spülmaschine ausräumen sind keine echten Entlastungen. Einige wenige Männer bleiben zu Hause und kümmern sich um Haushalt und Familie. Leider geht dies meiner Erfahrung nach zulasten des *Mannseins*.

Ich kenne jedenfalls nur Machos oder Weicheier, eine gesunde Mischung ist mir selten begegnet.

Im Laufe der Jahre bin ich auf viele Herren der Schöpfung getroffen, die meinten, wir Damen hätten nur auf sie gewartet, und sie wären ein Gewinn für jede Frau. Während eine Frau eine andere Frau aufrichtig bewundern kann, kommt bei Männern immer gleich Konkurrenzdenken auf: *Was soll der andere denn haben, was ich nicht habe?*

Meine Schwester Jenny würde jetzt sagen: *Du hast zu viele Kitschromane gelesen. Du bist voreingenommen. Deine Ansprüche sind zu hoch. Wir leben nicht mehr in der Steinzeit oder im Mittelalter. Den Mann deiner Träume gibt es nicht, und backen kannst du ihn dir auch nicht.*

Sie hat vermutlich recht. Alles kann man nicht haben.

Diese dämliche Philosophiererei kommt wohl vom Sauerstoffmangel, versuche ich mir meine Gefühlsduselei zu erklären. Mir ist elend zumute. Was bin ich nur für ein Mensch. Gerd hatte recht, ich bin zu voreingenommen, lasse mich nicht fallen und will stets gewinnen. Unwillkürlich muss ich an mein verpasstes Date denken. Wer weiß, vielleicht wäre *er* es gewesen.

Jetzt fange ich auch noch an zu weinen.

Was macht dieser verflixte Tunnel bloß mit mir?

Es ist fünf Jahre her, dass ich geweint habe. Das weiß ich so genau, weil es auf der Beerdigung meines Vaters war.

Er fehlt mir so unglaublich! Mir wird das Herz schwer. Er war der Einzige, der mich je richtig verstanden hat. Er würde wissen, was zu tun wäre, um hier rauszukommen.

Eigentlich habe mich nur seinetwegen von meinem ursprünglichen Traumberuf verabschiedet und bin Polizistin geworden. Paps war mein Vorbild.

Er selbst war lange Jahre bei einer Sondereinheit der Polizei. Hat aber nie viel erzählt. Durfte er nicht. Als ich noch recht klein war, brachte er mich zum Kampfsport. Meine Mutter war darüber anfangs ganz froh. Nur nicht darüber, dass ich in die Fußstapfen meines Vaters getreten bin. Vermutlich will sie mich deshalb in eine Beziehung drängen, damit ich Ehefrau und Mutter werde und den Polizeidienst aufgebe oder wenigstens im Innendienst arbeite. Das kann sie sich jedoch abschminken!

Mein Vater war immer mein Mentor. Als sich herauskristallisierte, dass ich zur Polizei wollte, war er sehr stolz und hat mich auf ganzer Linie unterstützt. Da habe ich meine Eltern das erste Mal richtig böse streiten hören. Das kam sehr selten vor. Mein Vater vergötterte meine Mutter, die beiden liebten sich sehr. Und sie waren ein schönes Paar – mein Vater war auch mit sechzig noch eine stattliche Erscheinung, durchtrainiert, ein Meter neunzig groß und mit einem dunklen Teint, mit dem er zu jeder Jahreszeit braungebrannt aussah. Obwohl er in diesem Alter längst kahl war, schwärmten einige meiner Freundinnen heimlich für ihn. Meine Schwestern kommen ganz nach ihm, einschließlich der herrlich tiefbraunen Augen, sie wirken fast südländisch; ich hingegen komme bis auf meine Größe eher nach unserer Mutter – sie ist klein, blond und blauäugig, gute dreißig Zentimeter kleiner als Paps, aber quirlig und tüchtig. Vor Papas Tod hat sie immer viel gelacht.

Jedenfalls waren sie so gut wie immer einer Meinung, aber in diesem Fall hat Paps seine Beziehungen spielen lassen, gegen Mamas Willen, und so kam ich nach meiner Frischlingszeit für ein Jahr nach Israel, in eine Spezialeinheit namens *Jamam*. Als junge, unerfahrene Deutsche hatte ich dort anfangs keinen leichten Stand. Zugute kamen mir mein Ehrgeiz, mein Geschick und meine Begabung, mich anzupassen. Und natürlich war mein zweiter Mentor Zohar mir eine wertvolle Stütze. Er verlangte nicht wenig von mir, nahm mich dafür aber auch unter seine Fittiche und lehrte mich vieles. In Israel vertiefte ich meine Fähigkeiten im Kampfsport *Krav Maga*.

Eigenlob soll bekanntlich stinken, doch bin ich wirklich gut sowohl im Nahkampf als auch im Umgang mit verschiedenen Waffen beziehungsweise allen möglichen Gegenständen, die man so zur Verteidigung nutzen kann. Besonders der Stockkampf hat es mir angetan. Mit Schusswaffen kann ich umgehen, mag sie aber nicht sonderlich.

Die Ausbildung bei *Jamam* und die Zeit danach hat mich stark geprägt. Ich wurde selbstbewusster und sehr souverän. Daher ist es mir ein Rätsel, dass ich hier unten im Tunnel so nervös geworden bin. Ich habe schon brenzligere Situationen erlebt. Dennoch hat mein Herz bis zum Anschlag geklopft, und meine übliche Coolness ist mir zeitweilig völlig abhandengekommen. Vielleicht liegt es daran, dass hier so viele Erinnerungen eines früheren Ichs auf mich gewartet haben? Und ich muss zugeben: So sehr mich diese Anlage schon immer fasziniert hat, es ist und bleibt eine unheimliche Umgebung.

Seit dem Vorfall mit Alex, als der Tunnel zu vibrieren begann, bin ich nicht mehr hier gewesen. Möglicherweise haben sich die Erinnerungen von damals einfach mit meiner heutigen Anspannung verbunden, und beides hat sich gegenseitig verstärkt. Diese einsamen Gänge mit ihrer Dunkelheit, Stille und klaustrophobischen Enge zwingen mich geradezu, in mich zu gehen – nachzudenken. Etwas, zu dem ich selten komme, da keine Zeit. Oft bin ich zu erschöpft, und ehrlich gesagt, lasse ich es nicht gern zu. Beispielsweise will ich nicht über Gerds Behauptung nachdenken, ich hätte eine weibliche Form des Ödipus-Komplexes entwickelt, einen Elektrakomplex. Das war nur eine von vielen Gemeinheiten, die er mir am Schluss unserer Beziehung entgegengeschleudert hat. Aber manchmal jammerte er auch: *Er hätte nie eine echte Chance gehabt. Würde nicht dem Paps-Standard genügen.*

Nicht unwahr, Gerd. Ich kann mir keinen Mann vorstellen, der in Paps' Fußstapfen treten könnte – dir jedenfalls waren seine Schuhe viel zu groß ...

Ich schüttele mich kräftig, um diese Flut an unerfreulichen Gefühlen loszuwerden. Und da, ganz plötzlich, kommt mir eine Idee: Manchmal sieht man im Film, wie ein Streichholz angesteckt wird, um zu schauen, ob von irgendwoher ein Luftzug weht. Ich habe zwar keine Streichhölzer, aber ein Feuerzeug. Einen Versuch ist es allemal wert.

Langsam trage ich die kleine Flamme durch die Enge der rechten Tunnelabzweigung. Aber nichts tut sich. Oder vielleicht doch? Nein, es ist nur der Hauch meines Atems oder die Bewegung, die die Flamme zum Flackern bringt. Enttäuschung macht sich in mir breit.

Bloß nicht aufgeben!

Unvermittelt flackert sie nun doch noch ungewöhnlich stark. Keine Fehlinterpretation möglich! Hoffnung steigt in mir auf. Immer wieder muss ich das Feuerzeug neu justieren, um den richtigen Luftzug zu erfassen. Nur geht es jetzt nicht mehr weiter. Auch dieser Tunnelabzweig scheint eine Sackgasse zu sein.

»Verdammt! Das kann doch jetzt nicht wahr sein!«, fluche ich laut.

Die Flamme zuckt noch immer kräftig. Hier muss es einen anderen Durchgang geben, da bin ich mir ganz sicher. Es gilt die Stelle in der Wand zu finden, durch die Luft einströmt. Vielleicht habe ich Glück, und die Mauer ist nicht massiv?

Da! Eindeutig! Der Windhauch kommt durch eine Ritze links in der Wand.

Anfänglich versuche ich mit bloßen Händen, Steine und Erde zu entfernen. Da dies nicht fruchtet, beginne ich mit den

Füßen, genauer gesagt den Stiefelabsätzen, auf die Wand einzutreten. Mir tut zwar alles weh, aber die Hoffnung auf Freiheit mobilisiert meine Kräfte. Und welch Freude: Teile der Wand geben nach und stürzen nach außen. Ich habe es geschafft und zwänge mich durch die schmale Öffnung.

Es ist zwar kein richtiger Ausgang, ich lande zunächst nur in einem weiteren Gang, aber ich hoffe, dass dieser mich in die Freiheit führt. Es dauert einige Minuten, dann nehme ich in der Ferne Licht wahr. Kein künstliches, sondern Tageslicht.

Korber fällt mir wieder ein. Ob er draußen auf mich wartet? Egal! Ich will hier nur schnellstens raus.

KAPITEL 3 - ANKUNFT

Grelles, warmes Licht blendet mich. Nur schemenhaft nehme ich meine Umgebung wahr. Ich stehe auf einer kleinen Lichtung. Es dauert eine Weile, bis sich meine Augen ans Tageslicht gewöhnen. Die Sonne steht hoch am Himmel. Nach meiner Uhr müsste aber erst früher Morgen sein.

Seltsam ...

Außerdem ist es wärmer als erwartet. Der Wetterbericht hatte für diese Juniwoche ungewöhnlich kühle Temperaturen und viel Regen vorausgesagt. Doch auch ansonsten ist hier alles anders. Oder, besser gesagt: Es fühlt sich anders an. Ich kann es kaum erklären.

Ich blicke mich um. Die Burgruine ist nirgendwo zu sehen. Die kleine Lichtung ist von Wald umgeben, alles Eichen. Eigenartig – mir ist in unserer Gegend kein Eichenwald bekannt. Es gibt nur noch vereinzelte Eichenbäume, so wie den an der Burgruine. In der Vergangenheit wurden sie wegen ihres robusten Holzes zu Hunderten gefällt.

Links und rechts vom Tunnelausgang, durch den ich ins Tageslicht getreten bin, ragt je ein hoher, schmaler Stein auf. *Menhire*, denke ich unwillkürlich und staune. In meiner Kindheit war dieser Wald mein zweites Zuhause, aber weder ist mir dieser Eichenwald vertraut noch habe ich je von diesen Menhiren gehört. Aber wer weiß schon, wie weit die unterirdischen Gänge reichen und wo genau ich rausgekommen bin?

Mein Auto finde ich garantiert so schnell nicht wieder.

Und was mache ich nun? Welchen Weg soll ich einschlagen? Ah, ich Dummkopf! Erst mal ausprobieren, ob ich Netz habe. Aber nein, mein Handy bekommt keine Verbindung. Hätte ich mir bei meinem Glück denken können. Nichts kommt rein, nichts geht raus. Verflucht!

Also gut. Ich bin von Süden her in Richtung Wolfslauf gefahren. Die Burgfeste liegt etwas östlich davon. Allerdings stelle ich schnell fest, dass die Ruine mir nicht als Orientierung dienen kann, da sie nicht mehr zu sehen ist.

Okay, wie war das noch mit dem Moos an den Bäumen?

Moos wächst dort, wo es feucht ist, also dort, wo es am längsten schattig bleibt. Da die Sonne nie aus dem Norden scheint, wächst Moos vor allem auf der Nordseite von Bäumen.

Nun gut – diese Bäume hier sind von einer Seite dicht und deutlich erkennbar mit Moos bewachsen, also ist dort Norden.

Dann müsste in entgegengesetzter Richtung Süden sein, und da liegt Stornfels. Ich bin froh, eine Richtung zu haben, und freue mich auf eine warme Dusche, heißen Kaffee und die Schimpftiraden meiner Mutter. An Korber verschwende ich kaum einen Gedanken, der wird sich längst aus dem Staub gemacht haben. Aber natürlich halte ich die Augen offen. Für den Fall der Fälle.

Allzu lange sollte es nicht dauern, bis ich auf einen Weg oder eine Straße stoße. Das hoffe ich jedenfalls. Ich bin groggy und will nur noch ins Bett. Da es außergewöhnlich warm ist, ziehe ich die Jacke aus und packe sie in den Rucksack, ebenso wie die Waffe. Sonst behindert mich das ganze Zeug nur. Ich habe einen strammen Fußmarsch vor mir, und das in diesem hügeligen Gelände. Sicherlich geht es deutlich schneller, sobald ich die Landstraße erreiche.

Ich überschlage grob, wie viele Kilometer es bis nach Hause sein dürften. Wahrscheinlich um die fünf. Das sollte ich in einer guten Stunde geschafft haben.

Ich muss schon sagen, wir leben in einer der schönsten Ecken Deutschlands. Klar, das sagt vermutlich jeder über seine Heimat. Aber unsere Wälder und Mittelgebirge sind wirklich märchenhaft. Hessen ist eben ein Märchenland. Nicht von ungefähr zählen die Gebrüder Grimm zu den berühmtesten Hessen.

Jetzt, mit Anfang dreißig, schätze ich diesen Rückzugsort. Natürlich gab es eine Phase in meinem Leben, da wollte ich die Welt kennenlernen. Aber dauerhaft im Ausland zu leben, ist nichts für mich. Es war aufregend, eine Zeitlang woanders zu sein und auch der Familie zu entrinnen, aber schlussendlich hängt mein Herz an der Heimat, wo meine Wurzeln liegen.

Verflixt! Meine unfreiwillige Wanderung ist mühseliger, als ich mir vorgestellt habe. Teils muss ich klettern. Ich bin bereits seit zwei Stunden unterwegs, und noch immer ist kein Mensch in Sicht, geschweige denn ein Dorf. Auf eine Straße bin ich ebenfalls nicht gestoßen, lediglich auf einen alten, schmalen Trampelpfad. Auf dem gehe ich jetzt weiter. Irgendwann muss ich doch auf irgendein Anzeichen von Zivilisation stoßen.

Eine Netzverbindung bekomme ich auch immer noch nicht, ich habe es unzählige Male vergeblich versucht. Das gehört zu den Dingen auf dem Land, die mich nerven: schlechte Netzanbindung. In solchen Momenten wünsche ich mir den Großstadtluxus zurück.

Bei all dem Frust fällt mir jetzt erst auf, dass ich nichts höre. Also Vögel und anderes Getier schon, aber sonst nichts. Weder Autos noch Flugzeuge noch andere Menschen. Ich habe keinen einzigen Forstarbeiter oder Waldspaziergänger getroffen. So sehr kann ich mich doch gar nicht verlaufen haben? Inzwischen müsste doch der Stornfelser Berg zu sehen sein, oder zumindest hätte mal eine Landstraße meinen Weg kreuzen müssen. Auch fehlen mir die üblichen Geländepunkte und Landmarken.

Ich sehe nur Wald! Bäume über Bäume!

Die meisten scheinen recht alt zu sein, hochgewachsen und mit kräftigen Stämmen. Bin ich vielleicht in der Nähe des Nidda-Stausees? Bei den Mammutbäumen? Nein, das kann nicht sein, da hätte ich definitiv mehrere Waldwege und Straßen kreuzen müssen. Hoffentlich habe ich bei der Sache mit dem Moos an den Baumstämmen nichts verwechselt. Sollte ich mich für die falsche Himmelsrichtung entschieden haben, kann ich noch lange laufen. Da ist viel Wald und der nächste Ort zig Kilometer entfernt.

Während ich darüber nachdenke, dass ich vermutlich auf dem Holzweg bin, nehme ich Geräusche wahr. Stimmen? Ganz in der Nähe scheinen Menschen zu sein. *Endlich!*

Kurz orientiere ich mich und folge dann den immer lauter werdenden Stimmen. Je näher ich komme, umso mehr gewinne ich den Eindruck, dass Aggressionen im Spiel sind. Könnte es Korber sein? Das wäre ein glücklicher Zufall.

Bei dem Gedanken bin ich wieder hellwach und beeile mich. Vielleicht kann ich ihn doch noch dingfest machen. Kurz überlege ich, ob ich meine Waffe aus dem Rucksack holen soll, entscheide mich aber dagegen. Wenn Korber nicht unter ihnen ist, würde ich mit der Waffe in der Hand nur unnötig Aufregung verursachen. Daher suche ich nach einer Alternative. Mein Blick fällt auf einen robusten, abgebrochenen Ast unter einer Eiche. Ich hebe ihn auf. Der wird es für den Anfang tun und eignet sich auch super als Gehstock. Wäre nur blöd, wenn Korber wirklich dort ist und seine Waffe zieht.

Bleib ruhig. Du glaubst doch sowieso nicht, dass er da ist!

Endlich kommen die Leute in Sicht. Sie sind zu dritt, eine Frau und zwei Männer. Sie scheinen zu streiten. Korber ist jedenfalls nicht unter ihnen. Schwups, das war's auch schon mit meinem Adrenalinanstieg, mein Herzschlag beruhigt sich. Der Kerl ist vermutlich schon über alle Berge. Egal!

Mich interessiert jetzt nur noch eines: Ich will endlich wissen, wie ich nach Hause komme oder wenigstens zur nächsten Hauptverkehrsstraße.

Während ich auf die drei zulaufe, rufe ich laut: »Hey, hallo! Kann mir bitte jemand weiterhelfen?«

Doch plötzlich meldet sich mein Instinkt. Nachdem ich eine erneute Begegnung mit Korber ausgeschlossen hatte, bin ich ganz arglos auf die drei zugesteuert. Aber je näher ich komme, umso warnender grummelt es in meiner Magengegend. Die Personen befinden sich mittlerweile auf dem Waldboden. Okay, vielleicht störe ich ein Liebespaar. Nur sind sie zu dritt – *eine Ménage á Trois?*

Nein! Da stimmt etwas nicht.

Durch ihren lautstarken Disput haben sie mich anfänglich nicht wahrgenommen, aber nun dreht sich einer der Männer zu mir um. Ziemlich ruckartig und fast, als wäre er bei etwas – *Verbotenem?* – ertappt worden. Mit jedem meiner Schritte wird die Sachlage klarer und mein Adrenalinpegel schießt wieder in die Höhe.

Vor mir ist mindestens der Versuch einer Vergewaltigung im Gange. Eine junge Frau liegt mit dem Rücken auf dem Boden. Ihr Rock ist hochgeschoben, das blonde Haar wirr und verdreckt. Einer der Kerle liegt zwischen ihren Beinen, während der andere ihre Arme festhält. Sie wendet den Kopf in meine Richtung, und ich sehe die blanke Panik in ihrem Gesicht. So laut ich kann, brülle ich: »Lasst sofort die Frau los! Ich bin Polizistin! Ihr seid verhaftet!«

Ich beschleunige meine Schritte, halte zielstrebig auf sie zu. Meine Worte scheinen sie nicht zu beeindrucken. Eher habe ich das Gefühl, dass sie mich nicht verstanden haben. Zugleich registriere ich die merkwürdigen Klamotten der Männer: Sie tragen eine Art Rock oder Kleid mit Gürtel, darüber leichte Brustpanzerung. Alles in allem wirkt die Kleidung römisch. *Ja, römisch.* Die Männer selbst sind wohl auch eher Südländer. Dunkle Haare, dunkle Haut.

Vielleicht findet in der Nähe gerade wieder ein Mittelalterfest statt?

Ich wiederhole meine Worte. Wieder keine Reaktion. Doch dann starrt mich der Kerl, der das Mädchen festhält, seltsam an. Er lässt sie unvermittelt los und spaziert auf mich zu. Seine Absichten sind eindeutig. Er hat es auf mich abgesehen. Gut, dass ich den Stock in der Hand habe.

Alles geht sehr schnell. Keine fünf Stockschläge und schon liegt er bewusstlos am Boden. Er hatte nicht einmal die Gelegenheit, mich zu berühren.

Ich fand schon immer, dass der Stockkampf ein bisschen wie Tanzen ist. Und ehrlich gesagt, es hat mir Vergnügen bereitet, diesen Mistkerl niederzuschlagen.

Von dem zweiten Mann, der mit dem Mädchen beschäftigt ist, habe ich bisher nur das bloße Hinterteil gesehen. Aber offenbar ist er nicht zu beschäftigt, um mitzubekommen, was mit seinem Kumpel geschehen ist, und er macht Anstalten, aufzustehen. Doch ich bin schneller und setze ihn mit einem gezielten Schlag gegen den Kopf außer Gefecht. Die beiden dachten allen Ernstes, sie würden leichtes Spiel mit mir haben.

Da der Kerl mit seinem Gewicht auf das Mädchen gefallen ist und sie sich des schweren Körpers nicht aus eigener Kraft entledigen kann, helfe ich ihr, ihn von ihr hinunterzuwälzen. Sie ist völlig aufgewühlt, ihre Augen sind feucht. Ich rede sanft auf sie ein: »Es ist alles gut. Sie können dir nichts mehr antun.«

Als ich sie beruhigend in den Arm nehmen will, schreckt sie zurück und blickt mich das erste Mal direkt an.

Sie mustert mich von oben bis unten. Ihre vom Schock glasigen Augen wirken plötzlich lebendiger, fast neugierig.

»Bist du verletzt?«, frage ich.

Keine Antwort.

»Wie heißt du?«

Keine Antwort.

»Woher kommst du?«

Keine Antwort.

»Kennst du diese Männer?«

Keine Antwort.

Ach herrje. Taub ist sie nicht, sie reagiert auf meine Worte, aber vielleicht ist sie stumm? Nein, das glaube ich nicht. Ich habe sie vorhin doch schreien hören.

Urplötzlich springt sie wie von der Tarantel gestochen los, und ehe ich mich versehe, bin ich allein, und sie ist nicht mehr in Sicht. Die beiden Kerle grunzen in ihrer Umnachtung leise vor sich hin. Vielleicht ist es auch ein unterbewusstes Wehklagen.

Was soll ich denn jetzt machen?

Das Opfer ist nicht mehr da, und ich weiß immer noch nicht, wie ich aus dem verfluchten Wald rauskomme. Dazu diese beiden Typen im Gepäck. Mir bleibt nichts anderes übrig, als sie an den nächstbesten halbwegs schmalen Baum zu binden. Ich schleife den einen auf die eine Seite des Baumstamms, den anderen auf die andere, und fessle ihre Handgelenke mit Kabelbindern aneinander. Ich kann ja nicht gemeinsam mit den zweien durch den Wald laufen, ohne zu wissen, wo genau ich bin. Die beiden nach dem Weg zu fragen ist zwecklos, sie werden es mir kaum sagen.

Während ich sie mühsam aneinanderfessle, steigt mir ein strenger Geruch in die Nase. Diese Typen hätten dringend eine Dusche nötig, wenn nicht sogar einen Waschgang bei neunzig Grad. Die zwei stinken wie die Hölle.

Ich bin fast fertig, als sie langsam wieder wach werden. Mit schmerzverzerrten Gesichtern stöhnen sie jämmerlich. Als sie sich ihrer Situation bewusst werden, starren sie mich voller Zorn und unverhohlener Mordlust an. Natürlich versuchen sie sich mit aller Kraft zu befreien, aber es gelingt ihnen nicht. Dann wird es richtig schräg: Sie schreien mich in einer fremden Sprache an, und anfangs verstehe ich keinen Ton, kann die Sprache nicht gleich zuordnen. Dann glaube ich einzelne Wörter zu erkennen. Am ehesten ähneln sie – Latein? Nettigkeiten kreischen sie mir jedenfalls nicht entgegen. Was aber auch nicht zu erwarten ist angesichts ihrer Lage. Mir fliegt das Wort *Amasiuncula* um die Ohren. Frei übersetzt bezeichnen sie mich wohl als *Flittchen*.

So was bleibt also aus dem Lateinunterricht hängen.

Ich fühle mich veralbert und werde ebenfalls laut: »Schluss jetzt! Verarschen kann ich mich allein. Ihr Möchtegern-Römer bleibt jetzt hier, bis ich Hilfe geholt habe. Ihr wollt mir vermutlich nicht sagen, wie ich von hier aus am schnellsten zur Hauptstraße gelange, oder?« Da sie weiter in kaum verständlichem Kauderwelsch auf mich einbrüllen, entgegne ich nur: »Das heißt also: Nein? Ihr wollt diese Posse nicht beenden? Okay, war mir schon klar. Na, dann bis später. Wird ohne eure Hilfe halt etwas dauern.«

Sie starren mich wütend, aber auch offenkundig ratlos an. Verstehen sie mich vielleicht wirklich nicht?

Ich verlasse die beiden und suche mein Glück in der Richtung, in die das Mädchen gerannt ist. Die beiden Laiendarsteller höre ich noch eine Weile schreien. Juckt mich aber nicht!

KAPITEL 4 - TRAUM ODER ALBTRAUM

Ich bin vielleicht eine Viertelstunde querfeldein gelaufen, als ich Lärm höre. Ohrenbetäubenden Lärm.

Keine Maschinen, eher Stimmen von vielen Menschen und andere Geräusche. *Metall?*

Dort vorn wird der Wald lichter. Endlich komme ich hier raus. Erleichtert sehe ich mich schon in meinem gemütlichen Zuhause. Ich habe Schlaf dringend nötig. An Korber denke ich kaum. Was ich dann zu Gesicht bekomme, habe ich allerdings nicht erwartet.

Vor mir breitet sich auf einer großen freien Fläche eine Art Militärlager aus. Die meisten Teilnehmer dieses Festivals scheinen als römische Soldaten verkleidet zu sein, andere haben lediglich Kleidchen mit Gürtel an – *Tuniken.*

Ich habe gar nicht mitbekommen, dass in unserer Gegend eine derartige Veranstaltung stattfindet? Meist sind es eher Mittelalter-Events, Ritterspiele und so. Das hier scheint aber etwas anderes zu sein. Außerdem sehe ich nirgends normal gekleidete Leute. Normalerweise treiben sich bei so einem Spektakel auch eine Menge neugierige Besucher herum. Vielleicht bauen sie noch auf, und die Veranstaltung beginnt erst morgen? Komisch ist aber auch, dass nicht eine einzige Frau zu sehen ist. Alles sehr merkwürdig.

Während ich allein am Waldrand stehe, leicht verdeckt von Gestrüpp, und das ganze Treiben beobachte, wird mir immer flauer in der Magengegend. Alles scheint so perfekt aufeinander abgestimmt zu sein. Ich sehe keine Fehler in der Authentizität. Nirgends steht ein Auto oder LKW.

Am rechten Rand des Lagers befindet sich eine Koppel mit bestimmt fünfzig Pferden, eher mehr. Benötigt man für ein Schauspiel eine solche Anzahl?

Die Männer sehen nicht wie Einheimische aus, die meisten wirken südländisch und sind kaum größer als ich. Mein Instinkt rät mir zur schnellen Flucht. Bevor ich aber die Chance dazu erhalte, stehen plötzlich drei Männer um mich herum und bedrohen mich mit Schwertern.

Ja, mit Schwertern! Genauer gesagt, mit Kurzschwertern, und sie sehen wirklich echt aus. Ob sie es auch sind?

»Was soll der Scheiß?«, höre ich mich genervt brüllen und ergänze: »Nehmt die Dinger weg! Damit könntet ihr jemanden verletzen!« Keine Reaktion.

Verdammt, sind denn alle Menschen, auf die ich treffe, stumm?

Sie sehen mich einfach nur blöd an, mustern mich von oben bis unten und bedrohen mich weiterhin mit ihren Waffen. Warum lacht denn jetzt keiner und löst das Ganze auf? Die Situation wirkt extrem ernst, und die Waffen sind nach genauerem Blick wirklich keine Attrappen.

»Legt sofort die Waffen weg! Ich bin Polizistin und verfolge einen Verdächtigen.« Nichts! Null Reaktion, abgesehen von den ratlosen Blicken, die sie miteinander wechseln.

Okay, dann muss jetzt einer von uns handeln!

Zielstrebig nutze ich eine Lücke, die sich zwischen den dreien gebildet hat, und schlüpfe hindurch. Weit komme ich allerdings nicht, denn nicht nur die drei Vollpfosten sind mir dicht auf den Fersen, nein, ich höre auch rasch näherkommende Hufschläge.

Verdammt, was ist hier nur los?

Unvermittelt umringen mich vier Reiter und versperren mir jeden Fluchtweg. »Hey, was soll das? Wer seid ihr?«, schreie ich sie an. »Gebt den Weg frei! Ihr behindert eine polizeiliche Maßnahme!«

Ich hoffe inständig, dass man mir meine Halbwahrheit abkauft und die Worte ihre Wirkung nicht verfehlen. Aber Pech gehabt. Nichts als verwunderte Gesichter. Die Männer mustern mich so unverhohlen und eindringlich, dass ich mich dabei ganz nackt fühle.

Einer der Reiter – möglicherweise der Anführer, jedenfalls scheint mir seine Kleidung und Rüstung prunkvoller und von besserer Qualität zu sein – ergreift schließlich das Wort: »Romanus tribunatus sum calidus Marcus Caelius Aurelius. Qui estis, unde venistis?«

Ich kann es nicht fassen. Schon wieder Latein? Diese Jungs nehmen ihre Kostümparty wirklich ernst. Wenigstens verstehe ich diese Worte etwas besser als die Beleidigungen seiner Kumpels. Anscheinend spielt er einen Tribun namens *Marcus* und will wissen, wer ich bin und woher ich komme. Ich muss schon sagen, sie bleiben ihrer Rolle treu und gehen darin völlig auf. Dieser hier, der mich bis auf die Knochen mustert, will also ein römischer Tribun sein? Schön und gut, aber meinetwegen könnten sie jetzt endlich mit dem ganzen Nonsens aufhören. Das ist einfach nicht mehr witzig.

Da sie jedoch keine Anstalten machen, ihr Spiel zu beenden, füge ich mich resignierend und beschließe, mich für eine kurze Weile auf den Unsinn einzulassen. Deshalb krame ich in meiner Erinnerung nach meinem dürftigen Schul-Latein. Die rechnen bestimmt nicht damit, dass ich das kann.

»Quid hic agitur?« Wenn ich mich nicht irre, habe ich gerade gefragt, was hier vor sich geht.

Der Tribun blickt weder überrascht noch beeindruckt, vielmehr ist er wütend. *Ich stelle hier die Fragen*, übersetze ich seine geknurrte Antwort. Seine Ausstrahlung ist ausgesprochen autoritär und duldet keinen Widerspruch. Altersmäßig schätze ich ihn nur unwesentlich älter als mich ein. Ich selbst bin im Mai dreißig geworden.

Er wirkt erfahren, als hätte er schon einiges erlebt. Wenn ich an gleichaltrige Kollegen denke, sind deutliche Unterschiede erkennbar. Im Gegensatz zu ihm wirken die meisten albern und unreif, und am liebsten lachen sie auf Kosten anderer. Der Tribun hingegen grinst nicht, genauso wenig wie die übrigen anwesenden Männer. So langsam wird mir unbehaglich zumute. In was bin ich da bloß reingeraten?

Oder besser: Wo bin ich? Vielleicht bin ich noch im Tunnel und fantasiere aufgrund des Sauerstoffmangels? Oder bin ich gar tot und in einer Art Jenseitswelt? Oder will ich mich einfach nur nicht den Tatsachen stellen? Bin ich etwa in eine fremde Realität geraten, die es eigentlich nicht geben kann?

Bevor ich dieser verrückten Idee weiter nachgehen kann oder mir eine gescheite Antwort für den Tribun einfällt – was gar nicht so leicht ist angesichts seines eindringlichen Blicks einen klaren Gedanken zu fassen –, wird es laut. Weitere Soldaten kommen auf uns zugestürmt.

Ach herrje, das hätte ich ahnen können, bei meinem Glück. Zwei von denen kenne ich bereits. Leider! Das wird jetzt ein Fest für die beiden. Ihre Blicke sprechen Bände.

Die Fast-Vergewaltiger sind ganz offensichtlich befreit worden und nähern sich uns mit einigen weiteren Soldaten. Nun steigt der Tribun vom Pferd.

Es wird brenzlig. Die zwei Mistkerle wollen mir offenbar geradewegs an die Gurgel gehen, aber der Tribun ruft ihnen mit scharfer Stimme etwas zu. Das hält jedoch nur einen der beiden auf. Der, den ich zuvor im Wald als Ersten niedergeschlagen habe, missachtet den Befehl und versucht mich anzugreifen. Mit wenigen Selbstverteidigungsgriffen kann ich ihn erneut niederringen. Das macht ihn noch wütender. Bäuchlings liegt er im Dreck, einen Arm auf den Rücken gedreht und meinen Fuß im Rücken, und windet sich nach Kräften. Ich packe etwas fester zu. Wenn er nicht will, dass ich seinen Arm breche, sollte er sich besser nicht bewegen.

Die unfreiwilligen Zaungäste haben sich bisher seltsamerweise gar nicht eingemischt, kommen weder ihm zur Hilfe noch mir. Allerdings ging alles auch sehr schnell. Als ich in ihre Gesichter schaue, sehe ich Überraschung darin, vielleicht auch eine Spur widerwilligen Respekt. Dann mischt sich der Tribun ein. Er zerrt mich von meinem Gegner weg.

Unglaublich, mein Kontrahent will immer noch nicht aufgeben. Nun reicht's seinem Chef aber. Er streckt ihn mit einem Schlag zu Boden und gibt zwei weiteren Soldaten einen knappen Befehl. Sie packen meinen ohnmächtigen Widersacher und schleifen ihn davon.

Plötzlich bemerke ich eine Bewegung schräg hinter mir. Bevor ich die Situation richtig erfassen kann, trifft mich der Schlag des zweiten Fast-Vergewaltigers am Kopf – er muss sich im Durcheinander unbemerkt angeschlichen haben.

Kurz bevor ich bewusstlos werde, höre ich noch eine wütende Stimme. Ich glaube, ich falle weich, vermutlich in die Arme des Tribuns, denn er stand fast direkt neben mir.

Und wieder gehen die Lichter für mich aus.

KAPITEL 5 - EX NIHILO
(AUS DEM NICHTS)

Was für eine faszinierende Frau!

Ich habe noch nie ein weibliches Wesen wie sie gesehen. Sie ist außergewöhnlich. Schon ihr Erscheinungsbild ist anders als alles, was ich bisher erblickt habe. Sie trägt kein langes Gewand wie andere Frauen, sondern dunkelblauen Stoff an beiden Beinen und eine Art Stoffbeutel auf dem Rücken.

Ihr anmutiges Antlitz wird von Goldschmuck geziert – Ohrringe, Ringe und eine Kette mit einem Anhänger. *Sie gehört wohl einer Elite an*, kommt mir sofort in den Sinn.

Im ebenmäßigen Gesicht leuchten strahlend blaue Augen. Sie hat eine kleine Stupsnase und volle Lippen. Das Ganze umrahmt von blonden Locken, aber nicht so lang, wie die Germanen normalerweise das Haar tragen. Ich verstehe, dass römische Frauen die blonden Haare der Barbaren anziehend finden. Sie glänzen in der Sonne wie Gold.

Auch der Kampfstil dieser Frau ist bemerkenswert. Bei der ersten Begegnung mit meinen Legionären hat sie die Männer mit einfachen Mitteln niedergestreckt, einem Stock, wenn es mir richtig zugetragen wurde, und dann noch einmal mit bloßen Händen, vor meinen Augen. Elegant und effektiv. Ihre Beinkleider, obwohl eng anliegend, behindern sie im Kampf anscheinend überhaupt nicht.

Und sie ist groß. Größer als alle Frauen, die ich kenne, selbst die der Germanen. Aber auch größer als die meisten meiner Männer. Ich selbst gehöre zu den Ausnahmen. Ich habe schon immer aus der Menge hervorgeragt. Das liegt am Anteil germanischen Blutes in mir.

Doch wer ist sie? Was macht sie hier? Was will sie?

Sie spricht in einer mir unbekannten Sprache. Ich beherrsche einige germanische Dialekte, doch dieser ist mir fremd. Die Kommunikation scheint dennoch möglich zu sein: Ihr Latein ist grob und einfach, aber das ist bei meinen Männern ähnlich – fast alle von ihnen haben sich einen einfachen, dem Soldatenleben angepassten Dialekt angewöhnt.

Sie erinnert mich an eine Amazone aus der Troja-Dichtung des Homer. Als Kind habe ich es geliebt, wenn meine Mutter mir diese Geschichten erzählt hat. War fasziniert, weil die Amazonen schön und kämpferisch gewesen sein sollen, anders als die römischen oder auch die germanischen Frauen. Vielleicht habe ich nur deshalb bisher noch keine Gemahlin erwählt? Weil ich nie eine Frau getroffen habe, die mit den schönen Amazonen in meinen Gedanken mithalten konnte?

Die Blicke meiner Männer auf dieses so unerwartet in unser Lager gestolperte Geschöpf sind mir schmerzlich bewusst. Sie sind von ihr genauso angetan wie ich.

Spontan wallen in mir besitzergreifende Gefühle auf, die ich aber nicht zulassen kann. Und schon gar nicht darf ich sie mir vor meinen Männern anmerken lassen. Immerhin bin ich ihr Tribun. Bis vor Kurzem war ich noch im Legionslager Mogontiacum stationiert. Nun wurde ich hierher versetzt, um in Germanien östlich des Rheins mit Auxiliartruppen ein Castrum zu errichten. Das Fort wird uns als Ausgangslager für Strafmaßnahmen dienen. Aufgrund der zunehmenden germanischen Überfälle will Rom ein Exempel statuieren.

Es gibt aber auch vermehrt römische Stimmen, die dieses Gebiet sich selbst überlassen möchten. Mit einer Grenze zwischen den Barbaren und dem römischen Reich. Das würde eine Verstärkung des noch nicht ganz fertiggestellten Walls erfordern. Rom ist diesbezüglich gespalten. Ein Teil der Senatoren favorisiert das gewaltsame Niederschlagen des Widerstands. Sie möchten Roms Machtbereich weiter nach Osten ausdehnen. Dieses politische Lager hat derzeit die Oberhand. Andere sind gemäßigter und tendieren eher zur Abschottung, um keine Ressourcen zu verschwenden.

Das Land der Barbaren ist ein uriges, wildes Land. Die tiefen Wälder sind kaum zu durchdringen. Die Einheimischen leben versprengt in kleinen Siedlungen, von denen selbst die größten kaum zweihundert Menschen fassen.

Sie hausen in langen, fensterlosen Holzhäusern, in denen ihre Familien und sämtliche Knechte, Sklaven und sogar Tiere untergebracht sind. Kein Vergleich zu römischen Siedlungen. Diese Wildnis zu kultivieren würde Jahrzehnte dauern, und das bei ständig drohenden Widerständen.

Auch wenn sich die germanischen Stämme untereinander selten einig sind: Wenn es um den Widerstand gegen Rom geht, verbündet sich Feind mit Feind, und es entstehen zeitlich begrenzte, aber effektive Bündnisse. Deshalb bin ich hier, und weitere Einheiten werden uns folgen.

Aber augenblicklich habe ich ganz andere Sorgen als diese politischen Erwägungen. Die beiden Legionäre haben meinem unmissverständlichen Befehl getrotzt und die Frau angegriffen, und damit drohen sie meine Autorität zu untergraben und rütteln an den beiden wichtigsten Grundpfeiler der Truppen: Respekt und Disziplin.

Daher ist die Situation recht heikel. Ich werde an den beiden ein Exempel statuieren müssen.

Bedauerlicherweise konnte ich den Schlag, der die Fremde von hinten traf, nicht verhindern. Ich stand mit dem Rücken zu ihr und ihrem Angreifer. Aber als ich herumwirbelte, war ich wenigstens in einer günstigen Position, um sie aufzufangen.

Sie ist leichter, als ich dachte, schießt es mir durch den Sinn. Halb brüllend weise ich meine Centuriones an, auch den zweiten Legionär in Gewahrsam zu nehmen. Das Ganze reicht jetzt!

Nun liegt diese schöne Amazone bewusstlos in meinen Armen, und meine Gedanken kreisen um all das, was ich mit ihr machen könnte. *Vielleicht auch machen werde?*

Ein fremdartiger, betörender Duft steigt mir in die Nase. Er benebelt mich. *Hat sie einen Bann auf mich gelegt?*

Doch plötzlich ergreift mich Sorge. Ganz sicher wird es Unruhe unter den Männern geben. Es hat bereits begonnen. Und wenn sie sogar mich faszinieren kann, wie werden dann erst die knapp dreihundert Männer, die schon seit Wochen keine Frau gesehen haben, auf sie reagieren? Schon bei einer ganz gewöhnlichen Frau würde ich die Hand nicht für meine Truppe ins Feuer legen – erst recht nicht bei solch einem Geschöpf wie ihr.

Ich muss für Schutz sorgen. Ihren Schutz, und den des Lagers. Ich kann eine solche Unruhe nicht gebrauchen, schon gar nicht dulden. Zumal wir in einigen Tagen auf den obersten Feldherrn treffen werden.

Sie muss daher dringend abgeschottet werden. Ich werde sie vorerst in mein Praetorium bringen lassen, in meinem Zelt ist sie sicher. Eine Garde meiner besten und treuesten Männer stelle ich für ihre Bewachung und zu ihrem Schutz ab.

Sie scheint nicht schlimm verletzt zu sein. Vorsorglich soll aber unser Medikus nach ihr sehen. Außerdem muss ich herausfinden, wer sie ist. Vielleicht wurde sie als Ablenkungsmanöver hergesandt – oder als Spionin?

Es kursieren schon seit Längerem Gerüchte, dass ein größerer Aufstand der Germanenstämme droht. Sie lehnen sich gegen unsere Rechtsprechung und die Steuererhebungen auf, zunehmend macht sich Unmut breit.

Den offenen Kampf mit uns zu suchen, wäre angesichts unserer Stärke und Militärtechniken Selbstmord. Kein Volk hat es bisher ernsthaft mit uns aufnehmen können, und das wird sich auch in Zukunft nicht ändern. Aber auch wenn sie Rom selbst nicht schaden können – ein einzelnes Lager wie das unsere könnte durchaus großen Schaden nehmen.

Nun kümmere ich mich erst einmal um die beiden Legionäre. Ihr Fehlverhalten muss hart bestraft werden. Schon zur Abschreckung. Sie müssen gewusst haben, dass ihre Gehorsamsverweigerung nicht ohne Folgen bleiben kann. Nicht selten ist die Strafe für so ein untragbares Verhalten der Tod. Vor einigen Jahrzehnten hat der Feldherr Sertorius eine ganze Kohorte exekutieren lassen, nur weil ein Einziger von ihnen sich gegen seinen Befehl an einer Frau vergangen hatte.

Eigentlich brauche ich jeden Mann, doch solche Quertreiber schaden mehr, als dass sie nutzen. Disziplinlosigkeit können wir uns in der römischen Armee nicht erlauben.

Im Moment sind wir noch mit dem Aufbau des Marschlagers beschäftigt. Wälle und Gräben sind bereits angelegt, jetzt müssen sie noch mit Pfählen und Flechtzäunen versehen werden. Und alles muss fertig sein, bevor der *Legatus Augusti pro praetore* eintrifft, der Statthalter und oberste Feldherr. Sein strenger Blick kennt keine Gnade.

»Antonius!« Unter den anwesenden Männern befindet sich mein treuester Freund. »Bring die Fremde in mein Zelt und lass den Medikus nach ihr sehen!« Nur widerwillig übergebe ich ihm die bewusstlose Frau. Aber ich kann ihm vertrauen. Kaum jemand weiß von seiner wahren Neigung. Vor ihm ist wirklich jedes weibliche Wesen sicher.

»Quintus, Lucius und du, ihr bewacht sie, bis ich wiederkomme. Keiner spricht mit ihr. Keiner rührt sie an. Sie bleibt unversehrt. Verstanden?« Er nickt, setzt die Fremde vor sich in den Sattel und reitet mit ihr zurück ins Lager.

»Gaius!«, rufe ich. Meiner Stimme ist die Gereiztheit deutlich anzuhören.

»Tribun?« Fragend blickt mich der Centurio an.

»Nimm ein paar Männer und bring die beiden in Gewahrsam genommenen Legionäre zum Versammlungsplatz. Und sag allen, dass sie dort erscheinen sollen, und zwar sofort! Los jetzt!«

Nur wenige Augenblicke später hat Gaius alle zusammengetrommelt. Unsichere Blicke folgen mir. Meine Legionäre wissen sehr genau, dass dies hier für jeden übel ausgehen kann. Die Möglichkeiten der Bestrafung sind vielfältig, und die gefürchtetste Konsequenz von allen ist die Kollektivstrafe. Die Sorge steht den Männern ins Gesicht geschrieben. Daher mache ich es kurz: »Diese beiden Legionäre haben Befehle missachtet und den militärischen Gehorsam verweigert. Das dulde ich nicht. Das duldet Rom nicht! Dafür sind sie hart zu bestrafen.« Nach einer kurzen rhetorischen Pause verkünde ich das Urteil: »Zur Strafe verfüge ich das Fustuarium!«

Um die Disziplin aufrechtzuerhalten, und da ich jeden von ihnen brauche, wähle ich diese Art der Bestrafung. Hierbei werden die Männer Teil der Bestrafungsaktion. So weiß und spürt jeder Einzelne, was ihm bei Ungehorsam droht.

In manchen Mienen spiegelt sich Erleichterung, in anderen Mitleid. Die beiden Betroffenen brechen jammernd und wehklagend zusammen. Aber ich habe keine andere Wahl. Ein

Befehlshaber muss darauf bestehen, dass ihm der gebührende Respekt entgegengebracht wird, sonst ist es schnell vorbei mit der Befehlsgewalt.

Die Legionäre wissen, was zu tun ist. Sie beschaffen sich Stöcke oder Steine und stellen sich für das Spießrutenlaufen der beiden Verurteilten auf. Ich ziehe meinen *Vitis*, den langen Rebstock, den alle Centuriones bei sich tragen, berühre damit die Delinquenten und initiiere so den Beginn der Strafmaßnahme. Der Spießrutenlauf zwischen ihren ehemaligen Kameraden hindurch beginnt.

Wenn sie schnell genug sind und die Schläge und Steinwürfe aushalten, haben die beiden theoretisch eine Überlebenschance. Faktisch habe ich das aber noch nie erlebt. Zumal es auch nicht immer Rettung bedeutet, wenn man die Strafe lebendig übersteht. Die wenigen, die es schaffen, sterben meist später an ihren schweren Verletzungen. Auch eine Flucht nach Süden ist riskant. Der Weg durch Germanien und die Alpen ist gefährlich und weit, wenn man ganz auf sich gestellt ist. Und selbst wenn sie es bis in ihre Heimat schafften, würde keiner es wagen, die Entehrten bei sich aufzunehmen.

Ich habe nicht vor, dem Schauspiel länger als nötig beizuwohnen, und weise Gaius an, die ordnungsgemäße Durchführung der Bestrafung zu überwachen und mir später Meldung zu machen. Er nickt kurz zur Bestätigung. Die Schreie der beiden Männer blende ich aus.

Mich interessiert jetzt einzig und allein die unbekannte Schöne. Zielstrebig begebe ich mich zu meinem Zelt. Ich bin aufgeregt, sogar etwas nervös. Das fuchst mich, andererseits habe ich mich schon lange nicht mehr so lebendig gefühlt.

Dort angekommen, will ich von Antonius wissen, ob sie mittlerweile wieder bei Bewusstsein ist und was der Medikus gesagt hat, aber auch, ob es Ärger gab.

Er deutet mir an, dass alles in Ordnung sei, er aber unter vier Augen mit mir sprechen müsse.

»Nun gut, was ist los? Wieso hast du ein blaues Auge?«, frage ich ihn verwundert.

»Als sie wach wurde, wollte sie sofort das Zelt verlassen. Nur mit äußerster Mühe konnten wir das verhindern. Um sie unter Kontrolle zu bekommen, mussten wir sie fesseln. Den Medikus schien sie nicht nötig zu haben. Ihr geht es jedenfalls besser als uns.« Bei diesen Worten reibt er sich mit einer Hand das Kinn, mit der anderen die Hüfte, sein Gesicht ist schmerzverzerrt. Ich blicke ihn an und weiß nicht, ob ich lachen oder wütend sein soll. Sehr ernst ergänzt Antonius noch: »Marcus, die Frau bringt nichts als Ärger. Meiner Ansicht nach sollten wir ihr den Garaus machen oder sie wenigstens zurück in die Wälder bringen.«

Ich erwidere seinen Blick nicht minder streng. »Danke für deine Offenheit. Das schätze ich an dir. Dein Ratschlag ist zur Kenntnis genommen, aber als Befehlshaber entscheide ich mich dafür, ihn nicht anzunehmen.«

Antonius weiß, dass ich eine Grenze gezogen habe, die er besser nicht übertritt, und nickt nur stumm.

Als ich in mein Zelt trete, finde ich die Frau geknebelt und an Händen und Füssen gefesselt auf meinem Lager liegend vor. Als sie mich hört, dreht sie sich abrupt nach mir um, so gut sie es mit den Fesseln vermag.

Ihre Augen funkeln wütend. Ich entferne ihr den Knebel und erwarte lautstarke Beschimpfungen. Doch nichts geschieht. Ihre Wut scheint urplötzlich von ihr zu weichen, und mit einem Mal wirkt sie fast verletzlich. Fragend blicken mich die strahlend blauen Augen an. Ich beschließe, es erst einmal freundlich zu versuchen.

»Ich werde dich von den Fesseln befreien und hoffe auf deine Kooperation?« Letzteres ist eher eine Bitte als ein Befehl.

Sie überlegt kurz und nickt dann. Spricht aber kein Wort.

»Also gut, dann entferne ich jetzt die Fesseln.« Ich blicke ihr fest in die Augen und achte auf ihre Körperspannung. Gleichzeitig genieße ich die körperliche Nähe. Und wieder steigt mir ihr betörender Duft in die Nase. Ich darf mich davon aber nicht übermannen lassen. Zu viele Fragen müssen beantwortet werden.

Ich habe damit gerechnet, dass sie auf mich losgeht oder zu fliehen versucht, stattdessen setzt sie sich auf und schaut sich um. Dann wendet sie sich wieder mir zu und sieht mich intensiv und ruhig an.

»Ich bin Tribun Marcus Caelius Aurelius. Wer bist du?«

Sie hört mir sehr aufmerksam zu und überlegt kurz, bevor sie antwortet: »Mein Name ist Mara Schneider ...«

Ich sehe ihr an, dass sie noch etwas sagen will, ihr aber die Worte fehlen. In etwas holprigem Latein fährt sie fort: »Wo bin ich ... und was ist hier eigentlich los?«

Die Worte habe ich zwar verstanden, aber was sie damit meint, ist mir ein Rätsel. Ihr muss doch klar sein, wer wir sind und wo wir sind. Ist sie vielleicht nicht ganz richtig im Kopf? Den Eindruck habe ich eigentlich nicht. Was also bezweckt sie mit dieser Frage?

»Du bist in einem römischen Lager.«

Sie antwortet in einer mir vollkommen fremden Sprache – sagt etwas zu mir, dann wieder scheint sie eher mit sich selbst zu reden. Man merkt ihr an, dass sie verzweifelt ist. Sie stößt ein eigenartiges Lachen aus. Bevor ich jedoch ein Wort sagen kann, kommt Antonius herein.

KAPITEL 6 - ERKENNTNIS

Nach dem Schlag auf den Kopf war ich wohl eine Zeitlang bewusstlos. Irgendwann bin ich aufgewacht und lag auf einer Art Bett in einem Zelt. Als ich mich benommen aufrappelte und gehen wollte, haben zwei dieser Freizeitrömer versucht, mich aufzuhalten. Nur mit Mühe konnte ich die beiden außer Gefecht setzen.

Ich war schon fast draußen, als unvermittelt ein dritter Mann auf der Bildfläche erschien. Das war dann leider einer zu viel, denn mittlerweile waren die beiden anderen wieder munter, und gemeinsam hinderten sie mich an meinem Vorhaben.

Trotz meines angeschlagenen Zustandes – mein Schädel dröhnte ganz entsetzlich – konnte ich noch ordentlich austeilen. Mir kam zugute, dass sie darauf bedacht waren, mich nicht zu verletzen. Dennoch hatte ich das Nachsehen und lag am Ende gefesselt und geknebelt auf diesem eigenartigen Bett. Die Kerle fluchten die ganze Zeit. Ich hatte es ihnen nicht leicht gemacht, und zumindest der eine wirkte, als wünschte er sich, nicht so zimperlich mit mir umgehen zu müssen.

Als ich schließlich zusammengeschnürt auf dem Bett lag, musterten sie mich recht neugierig. Bis der, der zuletzt hinzugekommen war, die zwei anderen nach draußen schickte.

Sie gehorchten, und kurz hatte ich Sorge, dass er die Situation auszunutzen beabsichtigte. Aber das tat er nicht. Er starrte mich nicht einmal so eigenartig an wie die anderen und blieb auch nicht lange. Er kontrollierte nur rasch, aber gründlich, meine Fesseln und richtete, bevor er ging, noch ein paar Worte an mich. Wenn ich ihn richtig verstanden habe, sagte er, dass ich Glück hätte, der Tribun sei wohl an mir interessiert.

Interessiert? Der kann sich sein Interesse in den Allerwertesten schieben!

Meine Hilflosigkeit ließ mich vor Wut kochen. Aber was auch immer ich versuchte, ich wurde die Fesseln nicht los. Ein Messer hätte Abhilfe schaffen können. Bedauerlicherweise befand sich meins gemeinsam mit vielen anderen nützlichen Gegenständen im Rucksack. Und der lag am anderen Ende des riesigen Zelts, genauer gesagt in der Nähe des Zelteingangs. Unerreichbar für mich, und vermutlich hatten sie ihn ohnehin schon durchsucht.

Mir blieb nichts anderes übrig, als mich in Geduld zu üben. Um ehrlich zu sein, hätte ich in diesem Augenblick auch gar keine Kraft mehr gehabt, um mich zu wehren.

Die Wut wich, und tiefe Erschöpfung überkam mich. Wenn man bedachte, was ich in den letzten Stunden alles durchgemacht hatte – *oder waren es Tage?* –, war das auch nicht weiter verwunderlich. Ich wusste nicht einmal, wie lange ich bewusstlos gewesen war. Das Zeitgefühl war mir abhandengekommen. In meinem Kopf hämmerte und pochte es unentwegt, als würde eine ganze Armee ihren Einstand feiern. *Armee, welch passendes Bild.*

Wieder spähte ich zu meinem Rucksack hinüber. Darin befinden sich Kopfschmerztabletten und meine Dienstwaffe, leider ebenso unerreichbar wie das Messer.

Bei mehreren hundert Mann vor dem Zelt hätte meine *Walther* aber ohnehin nichts ausrichten können. Nur die Tabletten wären schon recht nützlich gewesen.

In meiner Erschöpfung kam mir der Gedanke, dass ich vielleicht einschlafen und dann irgendwann aus diesem Albtraum erwachen würde. Eine kindliche, nur allzu verlockende Wunschvorstellung. Da ich ohnehin nichts anderes tun konnte, beschloss ich, es auszuprobieren. Leider wirkte mein Brummschädel kontraproduktiv.

Mir fiel meine Schwester ein, die mir schon oft zur Samatha-Meditation geraten hatte. Warum nicht? Einen Versuch war es wert. So gut ich konnte, konzentrierte ich mich einzig und allein auf meine Atmung.

Wenn sich das Gemüt beruhigt, geht vielleicht auch der Schmerz, so meine Hoffnung.

Bisher hatte ich auf Meditationen und ähnlichen Quatsch nicht viel gegeben. Überraschenderweise stellte sich nach kurzer Zeit trotzdem eine gewisse Entspannung ein. Ich hörte mein Blut in den Ohren rauschen, und dann war ich auch schon weggedöst.

Just erwache ich, weil ich Stimmen höre. Die Erkenntnis, dass sich nichts an meiner Situation geändert hat, macht mich fertig. Das Schlimmste am Erwachen ist jedoch, dass meine Weigerung, das Undenkbare für möglich zu halten, im Schlaf offenbar schweren Schaden erlitten hat.

Es kann doch nicht sein, dass dermaßen viele Menschen so tief in ihrer Rolle stecken, keine Fehler begehen und dabei derartig authentisch bleiben. Noch dazu ist auch der Rahmen stimmig, bis ins Detail. Männer, Pferde, die Rüstungen, dieses ganze Lager – selbst das Gelände wirkt fremd oder zumindest verändert, obwohl ich nicht weit von zu Hause entfernt sein kann. Ich erkenne einfach nichts wieder, und ich habe keine Erklärung dafür.

Außer ... »*Wenn du das Unmögliche ausgeschlossen hast, dann ist das, was übrig bleibt, die Wahrheit, wie unwahrscheinlich sie auch ist*«, zitiere ich in Gedanken *Sir Arthur Conan Doyles* berühmten Detektiv *Sherlock Holmes*.

Schließe ich gerade das Unwahrscheinliche aus und fange an, das Unmögliche für wahrscheinlich zu halten? Werde ich vielleicht verrückt? Ist es denn unmöglich?

Ich überwinde mich, es in Worte zu fassen: *Also, alles deutet auf ein echtes altrömisches Heer hin.*

Mein Verstand mischt sich sofort mit einer Entgegnung ein: *Ein echtes altrömisches Heer gibt es aber seit zweitausend Jahren nicht mehr.*

Nur – wenn das hier eine Inszenierung ist, dann ist sie gruselig überzeugend. Sie sprechen alle Latein. Und zwar völlig fehlerlos, soweit ich es beurteilen kann. Und es sind echte Waffen. Und warum sollten meine Zeitgenossen mich festhalten?

Zudem höre ich keine modernen Geräusche. Keine Flugzeuge, Autos oder ähnliches. Fahrzeuge habe ich dort draußen auch nirgendwo gesehen, und mein Handy hatte seit dem eigenartigen Vibrieren im Tunnel kein Netz.

Mein Kopf schwirrt vor Vergleichen, Feststellungen und Fragen. Und irgendwann frage ich mich, ob ich in den unterirdischen Gängen der Burg womöglich gestorben bin und dies hier eine Art Jenseits ist. Oder liege ich im Koma?

Blödsinn!, schelte ich mich. Es passt nicht zu all dem, was ich hier ganz real erlebe und wahrnehme. Alles wirkt verflucht echt und sehr physisch. Ich spüre Schmerzen, Wärme, rieche Ungewohntes. Selbst die kratzige Decke, auf der ich liege, nehme ich deutlich wahr.

Das kann kein Traum sein! Ich würde mir doch ganz andere Welten einfallen lassen als dieses Elend hier.

Also eine Zeitreise – *wirklich?*

Die Vorstellung ist so absurd, so fantastisch, dass ich mit einem Mal ernstlich Angst bekomme, verrückt geworden zu sein.

Reiß dich zusammen, so findest du keine Lösung, schimpft eine kleine Stimme in meinem Kopf.

Also gut. Falls *es* stimmen sollte, stellt sich die Frage, wie das geschehen ist, und vor allem, wie ich es schnellstens wieder rückgängig machen kann. Beim Überlegen kommen mir wieder die Tunnel in den Sinn. Vielleicht sind sie die Verbindung? Es heißt, sie seien noch älter als die Ruine. Und wenn das da draußen wirklich echte Römer sein sollten, gab es diese Tunnel offenbar auch zu ihrer Zeit schon. Stammen sie vielleicht von den Kelten? Immerhin liegt der Glauberg mit seinen berühmten keltischen Anlagen nicht weit entfernt. Mein Vater hat schon immer vermutet, dass Stornfels und Umgebung zur Zeit der Kelten eine wichtige Bedeutung zukam.

Ach Paps – ich wünschte, du wärst hier.

Die plötzliche Erinnerung an ihn übermannt mich.

Eine Stimme im Kopf meldet sich: *Es wird alles gut. Hab Vertrauen!*

Ein ganz klein wenig wird mir leichter ums Herz.

Jedenfalls scheint mir die Tunnel-Variante der naheliegendste Erklärungsansatz zu sein. Je länger ich überlege, umso mehr bin ich davon überzeugt, dass dort tatsächlich des Rätsels Lösung zu finden sein muss. Sind die Gänge vielleicht meine Rückfahrkarte? Ich muss so schnell wie möglich dorthin zurück und es herausfinden. Nur wie?

Diese *Römer* werden mich nicht gehen lassen. Für die bin ich bestenfalls ein zu erforschender Exot und schlimmstenfalls als Spionin verdächtig. Ich bin völlig anders als die Frauen dieser Zeit, alles an mir wird fremdartig auf sie wirken. Kann ich auch gut nachvollziehen! Einer von ihnen wäre in meiner Zeit ebenso verwirrt, verängstigt und überfordert, wie ich es in dieser Welt bin. Man stelle sich einen Römer in einem Auto mit hundertachtzig Sachen vor. Bei diesem Gedanken kann ich mir eine gewisse Schadenfreude nicht verkneifen.

Wäre statt mir ein Wissenschaftler, vielleicht ein Archäologe, in diese Zeit geraten, würde er mit Sicherheit die Gelegenheit nutzen, um alles über die Römer herauszufinden. Aber wenn er dann zurückkäme, um davon zu erzählen, würde man ihn vermutlich in die Klapse stecken. Ob die Römer mich ebenfalls für verrückt halten würden, wenn ich ihnen die Wahrheit erzähle?

Falls sie mir glaubten, dürfte ich ziemlich wertvoll für sie sein, geht mir auf. Aus ihrer Sicht wäre ich vielleicht eine Art Orakel. Mein Wissen aus der Zukunft könnte wichtige Informationen für Annexionen und Kriege liefern. Dann aber würden sie mich vermutlich niemals gehen lassen.

Bei dem Gedanken schüttelt es mich, und Furcht ergreift mich. Außerdem weiß ich doch gar nichts!

Fazit: Ich kann es mir nicht erlauben, ehrlich zu sein.

Doch was in Gottes Namen tische ich ihnen dann für eine Geschichte auf?

Paps hat uns beigebracht, dass man beim Schwindeln möglichst nah an der Wahrheit bleiben soll, um sich nicht in einer allzu komplizierten Lügengeschichte zu verzetteln. Diese Technik habe ich zum Leidwesen meiner Mutter des Öfteren erfolgreich angewandt. Paps konnte ich allerdings nur schwer etwas vormachen. Er durchschaute mich meist.

Ich bin noch immer tief in Gedanken versunken, da betritt jemand das Zelt. Es ist der junge Tribun. Er blickt mich unverwandt und eindringlich an. Mir ist das unangenehm, und es macht mich wütend, weil ich mich ausgeliefert fühle. Eine solche Hilflosigkeit habe ich noch nie empfunden. Außerdem beginnt sich mein Körper zu melden. Schmerzhaft. Zunge und Gaumen sind taub. Der Knebel voller Speichel. Das Schlucken fällt mir schwer. Doch gibt es im Moment Wichtigeres, denn der Römer steuert direkt auf mich zu. Was ist, wenn er etwas ganz Bestimmtes vorhat?

Aber weit gefehlt: Er richtet mich auf, sodass ich sitzen kann, und löst wortlos den Knebel. Eine große Erleichterung. Reden kann ich nicht und will es auch nicht. Meine Lippen sind trocken, und ich muss mehrmals schlucken. Ich bin aufs Höchste angespannt.

Wie wird es wohl weitergehen?

Gleich darauf sagt er in einem ruhigen und vertrauenerweckenden Ton, dass er mir die Fesseln lösen will, aber auf meine Kooperation setzt.

Aha, soll heißen: Starte keinen Fluchtversuch!

Ich nicke knapp und mahne mich zur Selbstbeherrschung. Irgendwie muss ich es schaffen, dass er mir Vertrauen entgegenbringt. Ich benötige Freiräume, sonst komme ich hier nicht weg.

Seltsam – als er beginnt, mir die Fesseln zu lösen, sieht er mich aufmerksam an, in seinem Blick liegt mehr als nur Vorsicht. Dieser Blick und seine körperliche Nähe lassen mein Herz schneller schlagen. Mein Puls rast, und ich spüre, wie mein Atem unwillkürlich schneller wird. Mein Körper reagiert ganz ungewohnt.

Was soll das denn nun schon wieder?, schreit eine Stimme in mir. Dieser Typ würde mich doch ohne mit der Wimper zu zucken hinrichten oder was auch immer mit mir anstellen.

Was soll diese seltsame Anziehungskraft auf einmal? Die kann ich mir in meiner Situation gar nicht leisten und auch nicht erklären. So ticke ich nicht, ich erkenne mich selbst nicht wieder.

Er lässt mich los. Um mich abzulenken, sehe ich mich um und reibe dabei meine Handgelenke – die Fesseln haben Spuren auf der Haut hinterlassen. Zudem beginnt das Blut in meinen Adern wieder zu zirkulieren, was ein unangenehmes Prickeln auslöst. Ganz zu schweigen von Kribbeln und Taubheitsgefühlen in meinen Beinen. Und doch ist das alles unwichtig angesichts der irren und gefährlichen Situation, in der ich mich befinde.

Der Römer stellt sich noch einmal als Tribun Marcus Caelius Aurelius vor und will wissen, wer ich bin.

Nun gut. Ich beschließe, so nah an der Wahrheit zu bleiben wie möglich, und nenne ihm meinen Namen: Mara Schneider.

Ich überlege, ob ich ihm erzählen soll, dass ich Polizistin bin und einen Tatverdächtigen verfolgt habe. Aber zum einen fallen mir die lateinischen Begriffe nicht ein, zum anderen weiß ich nicht, ob die Römer mit einer Institution wie der Polizei überhaupt etwas anfangen konnten, ob es etwas Ähnliches damals schon gab. Und zum Dritten ist es vielleicht auch klug, lieber weniger zu sagen als mehr. Dennoch frage ich ihn, was los ist und wo ich hier überhaupt bin. Er schaut mich zwar seltsam an, bestätigt mir dann aber meine Vermutung, dass dies ein römisches Lager ist.

»Mensch, Mädchen, was hast du denn gehofft zu hören? Eine plausible Erklärung für das alles hier? Wie sollte die denn aussehen? Und was schaut dieser Kerl mich denn gerade so dämlich an?« Jetzt erst wird mir bewusst, dass ich das alles laut vor mich hingeplappert habe. *Was soll's!* Ich setze noch einen drauf: »Du verstehst eh kein Wort von dem, was ich sage«, höre ich mich verzweifelt japsen, und dann muss ich zu meinem eigenen Entsetzen lachen. Kein befreiendes Lachen. Nein, irre und bitter klingt es. Kurz darauf schießen mir Tränen in die Augen. Ich glaube, ich stehe kurz vor einem Nervenzusammenbruch. Doch als der Tribun etwas sagen will, betritt ein Soldat das Zelt.

Soldat? Wohl eher *Römer, Legionär, Centurio* oder wie auch immer der verfluchte Fachbegriff lauten mag. Mannomann, was weiß ich denn schon von dieser geschichtlichen Epoche? Mein Unwissen wird mir noch das Kreuz brechen.

Ich muss dringend herausfinden, in welcher Zeit ich gelandet bin und was damals alles geschah. Vielleicht kann ich dieses Wissen nutzen, um unbeschadet aus der Nummer wieder rauszukommen. Nur wie?

Wenn ich doch nur mein Handy hätte und Netz, dann könnte ich das Internet durchforsten und hätte das Problem ruckzuck gelöst. Aber das geht nicht. Es ist zum Kotzen!

Zum Glück hat der Legionär mir durch sein Auftauchen etwas Luft verschafft, sodass ich versuchen kann, meine Fassung wiederzugewinnen.

Mir wird zunehmend klar – ich muss der Realität ins Auge blicken, mich zusammenreißen und Informationen sammeln, um meine Flucht zu planen.

Ich bin also wirklich durch die Zeit gereist!

Irre! Einfach nur irre!

Dieser Fakt wird mich noch öfter umhauen, da einfach so unglaublich und fantastisch. So etwas liest man doch höchstens in Romanen oder sieht es in Filmen. Und es ist ja auch eine tolle Vorstellung. Hätte ich eine Art Schalter, den ich nach Belieben drücken könnte, um mir beispielsweise Königin Kleopatra, Jesus von Nazareth oder Napoleon mal in natura anzusehen, dann wäre das schon spannend. Aber bitte nur im Zusammenhang mit einem Rückkehr-Knopf.

Leider steht mir ein solcher Knopf nicht zur Verfügung. Und ob die Tunnel tatsächlich des Rätsels Lösung sind, weiß ich nicht. Immerhin bin ich als Kind oft dort gewesen, ohne dass ich meine eigene Zeit verlassen habe. Es ist also pure Spekulation, reine Hoffnung, dass ich durch diese Stollen wieder zurück nach Hause gelange.

Nur – irgendwie, irgendwo, muss ich beginnen.

Einen Plan ins Auge zu fassen, ist das A und O.

Und der Hoffnungsschimmer hält mich über Wasser.

KAPITEL 7 - AD INTERIM
(IN DER ZWISCHENZEIT)

»Was ist denn nun schon wieder?«, will ich gereizt wissen.

»Es gibt Ärger!«, antwortet Antonius knapp und nicht minder gereizt. Zugleich bedeutet er mir mit einer Geste, dass er vor dem Zelt mit mir sprechen will.

Am Zelteingang schaue ich kurz zu ihr zurück, doch sie sieht mich nicht an. Sie kann nicht entfliehen. Ich habe allerdings auch nicht den Eindruck, dass sie das im Moment überhaupt in Betracht zieht.

Halbwegs beruhigt, wende ich mich meinem Vertrauten zu. »Geht es um die Bestrafung der beiden Legionäre?«

»Nein, aber da du gerade danach fragst: Einer von ihnen hat die Tortur überlebt und sich schwer verletzt in den Wald geflüchtet.«

»Hm, damit habe ich nicht gerechnet. Die Bestrafungs-maßnahme wurde doch ernst genommen, oder?«

Antonius blickt mich überrascht an. »Gaius hat alles überwacht und mir bestätigt, dass es korrekt vonstattengegangen ist. Der überlebende Verurteilte, Vinus, sei wie ein Verrückter durch die Reihen gerannt, anders als sein Kamerad. Zugute kam ihm, dass er ein reines Muskelpaket ist. Der hält was aus.«

»Weit wird er ohne Hilfe trotzdem nicht kommen«, entgegne ich knapp. »Wenn ihn nicht seine Verletzungen dahinraffen, werden die Einheimischen den Rest erledigen.«

Was die mit einem gefangenen Römer anstellen, ist weitaus schlimmer als alles, was ihn hier erwarten würde. So meine bisherigen Erfahrungen.

»Was ist denn nun so dringend, dass du mich aus dem Verhör reißen musst?«, will ich ungeduldig wissen.

Antonius mustert mich. Er kennt mich schon seit Kindertagen. So wie heute hat er mich wohl noch nicht erlebt. Ich mich allerdings auch nicht. Er ahnt, dass diese Frau mich interessiert, und das gefällt ihm nicht. Er äußert sich dazu aber nicht – *noch nicht* –, und brummt auf meine Frage hin nur missgestimmt: »Es gibt Ärger mit den Chatti. Sie haben unsere Arbeiten am Castrum sabotiert. Die Verluste an Menschenleben halten sich in Grenzen, jedoch haben sie alles gestohlen, was sie greifen konnten und ihnen verwertbar vorkam. Zudem haben sie Feuer gelegt, es konnte aber rechtzeitig eingedämmt werden.«

»Wie weit wirft uns das im Zeitplan zurück?«

»Das lässt sich noch nicht einschätzen.«

»Wie viele Chatti waren es denn?«

»Vielleicht fünfzig Mann ...«

Ich unterbreche ich ihn harsch: »Nur fünfzig?«

»Ja, verdammt. Sie haben das Lager regelrecht überrannt. So schnell sie gewütet haben, so schnell waren sie auch wieder weg.« Antonius' Ausbruch ist ungewohnt. Er flucht eigentlich nie.

»Nun, sie haben ganz offensichtlich den richtigen Zeitpunkt abgepasst. Die meisten unserer Männer sind hier«, entgegne ich mit wieder ruhigerer Stimme und fahre nachdenklich fort: »Was wollen die Chatti überhaupt so weit südlich? Das ist doch gar nicht ihr Stammesgebiet?«

Eine Antwort auf diese rhetorische Frage erwarte ich gar nicht. Es stimmt – so weit im Süden hatten wir bisher noch keine Auseinandersetzungen mit ihnen, aber es passt zu den Gerüchten, dass etwas im Gange ist. Die Taktik der Germanen, uns nicht in offener Feldschlacht gegenüberzutreten, wurmt mich. Es ist gut durchdacht. In Rom unterschätzen immer noch viele diese Barbaren. Sollten sie sich wirklich eines Tages zusammentun, um gegen uns zu kämpfen, könnte es brenzlig werden. Vor allem in dieser Umgebung, in ihren Wäldern. Sie sind beherzte Kämpfer, und für sie steht viel auf dem Spiel, das macht kühn.

Bisher waren wir ihnen überlegen. Doch darf man niemals den Fehler begehen, seine Feinde zu unterschätzen.

Das Marschlager, das wir hier im hügeligen Hinterland von *Civitas Taunensium* anlegen, tief in den Wäldern und abseits der fruchtbaren Ebenen, soll uns als Nachschublager und Kontrollpunkt auf dem Weg in den Norden dienen. Bald werden Tausende von Legionären aus Mogontiacum Richtung Norden marschieren.

Einige Germanenstämme scheinen bereits von unserem Vorhaben gehört zu haben. Das nimmt uns zwar das Überraschungsmoment, aber wirklich geheim halten kann man solche Aktivitäten ohnehin nicht. Doch was soll ich jetzt machen? Ich habe zu wenig Männer, um sowohl die Baustelle als auch unser Lager ausreichend zu sichern oder gar eine Bestrafungsaktion gegen die Barbaren durchführen zu lassen. Zumal der oberste Befehlshaber Fortschritte erwartet und sie auch bald persönlich sehen will.

Antonius hat zu seiner üblichen Gelassenheit zurückgefunden. »Ich denke nicht, dass wir derzeit einen weiteren Überfall zu befürchten haben. Sie haben ihre Beute und werden sich jetzt erst einmal zurückziehen.«

Das sehe ich ähnlich, und ich nicke ihm zu. »Das provisorische Lager ist fast fertig, und die Dunkelheit bricht bald herein. Wir müssen unsere Rückkehr ins Castrum planen und uns ansehen, wie schlimm es steht.«

»Willst du den Angreifern wirklich keinen Trupp hinterherschicken?«, will Antonius wissen.

»Nein. In den dichten Wäldern kennen sie sich besser aus als wir. Außerdem sind wir dort nicht effektiv. Ich halte mich an den Plan. Die Konsequenzen werden sie ohnehin bald zu spüren bekommen, ich riskiere jetzt nicht ohne Not das Leben meiner Männer.«

Antonius stimmt mir stillschweigend zu. Ich bemerke aber, dass er noch etwas loswerden will. »Was ist? Gibt es noch etwas zu berichten?«

»Nein ... nicht direkt.«

Das ausweichende Stammeln ist ungewohnt, das kenne ich nicht von ihm. »Was denn nun, direkt oder nicht?«

»Es geht um diese Frau«, platzt es aus ihm heraus.

»Ja, und?«

»Einige haben den Verdacht, dass sie mit den Chatti unter einer Decke steckt ...«, rückt er nur zögerlich heraus und ergänzt: »Es kann doch kein Zufall sein, dass sie ausgerechnet jetzt auftaucht. Fast zeitgleich mit dem Überfall.«

»Mag sein.« Der Gedanke ist nicht ganz abwegig.

Ermutigt fährt Antonius fort: »Offenbar hat sie Vinus und seinen Kameraden überrascht, als diese eine Chattin im Wald aufgriffen und in Obhut nehmen wollten.«

»Soso, in *Obhut* ...«

»Wie auch immer. Sie war jedenfalls wie aus dem Nichts zur Stelle und befreite die Chattin. Das sagt doch schon alles!«

»Übertreib jetzt mal nicht!«, mahne ich ihn. »Sie ähnelt in nichts den Germanen, die wir bisher zu Gesicht bekommen haben. Das musst selbst du eingestehen. Aber sicherlich hast du recht, wir müssen vorsichtig sein.« Nach einer kurzen Denkpause ergänze ich noch: »Ich werde sie weiter befragen. Aber behutsam, damit sie sich in Sicherheit wiegt. Vielleicht wird sie unvorsichtig und gibt den wahren Grund ihrer Anwesenheit preis.«

Antonius ist nicht überzeugt. Doch das kümmert mich nicht. Ich will alles über sie erfahren, und ich will ... *mehr!*

Um das Gespräch zügig zu beenden, gebe ich Antonius den Auftrag, alles für die schnelle Fertigstellung des Marschlagers vorzubereiten und unsere morgige Rückkehr in unser eigentliches Lager vorzubereiten. Wir haben heute noch etwa zwei Stunden Tageslicht. Das muss effektiv genutzt werden. Im Stillen frage ich mich, ob sie vielleicht doch zu einem Komplott gehören könnte. Aber ich werde die Befragung nicht sofort fortsetzen, sondern zuerst versuchen, ein wenig Vertrauen herzustellen. Vielleicht hat sie Hunger und Durst?

Bevor ich das Zelt betrete und zu der Fremden zurückkehre, beauftrage ich Quintus, etwas zu essen herbeizuschaffen und auch etwas *Mulsum*. Vielleicht löst der mit reichlich Honig versetzte Wein ihre Zunge.

KAPITEL 8 - SPANNUNGEN

Nachdem ich mich etwas gefangen habe, nutze ich die Gelegenheit und haste zu meinem Rucksack. Ich habe Glück, es ist noch alles da. Ich nehme Klappmesser und Waffe an mich und verstecke beides dicht am Körper in meiner Kleidung, in der Hoffnung, dass keiner etwas bemerkt und ich im Bedarfsfall drankomme. Jetzt fühle ich mich wenigstens nicht mehr ganz so hilflos.

Schon komisch, dass sie meinen Rucksack gar nicht kontrolliert haben, denke ich verwundert.

Ups, der Tribun kommt wieder zurück. Schnell verschwinde ich vom Zelteingang. Ich habe versucht, die beiden Römer zu belauschen, konnte aber leider nur Bruchstücke verstehen, und einige Wörter sagten mir auch nichts. Grob meine ich übersetzt zu haben, dass es Ärger mit den Germanen gibt und man mich für eine von ihnen hält. Genauer gesagt: Der Gesprächspartner des Tribun hält mich für eine Spionin.

Bedingt nachvollziehbar, wobei ich doch sicherlich nicht viel Ähnlichkeit mit der typischen Germanin habe.

Unangenehm ist jedoch etwas anderes: Sie beabsichtigen, morgen von hier abzurücken. Das gefällt mir nicht. Wer weiß, wo sie mich hinbringen werden? Und ob ich von dort aus allein wieder zurückfinde?

Erneut werde ich von Verzweiflung gepackt. Ich muss noch heute Nacht einen Fluchtversuch wagen, komme, was wolle! Ich habe zwar kein gutes Gefühl dabei, aber wenn ich es nicht wenigstens versuche, verspiele ich vielleicht meine einzige Chance.

Der Tribun tritt ein und schaut mich mit seinen tiefbraunen Augen durchdringend an, als wüsste er, dass ich ihn belauscht habe. Leichte Röte schießt mir in die Wangen. Das ärgert mich, und ich wende mich rasch von ihm ab. Lege unwillkürlich die Hände an mein Gesicht, dabei spüre ich die verräterische Hitze unter den Fingerspitzen.

Er missdeutet meine Bewegung und erkundigt sich: »Geht es dir gut? Schmerzt dein Kopf? Ich kann unseren Medikus rufen lassen, wenn du willst.«

»Nein, nein, alles gut, ich bin nur müde«, antworte ich schnell.

»Um schlafen zu gehen, ist es noch zu früh. Hast du vielleicht Hunger? Ich nämlich schon.«

Bei diesen Worten grinst er mich an. Mein Widerstand schmilzt bei diesem Lächeln wie Schokolade in der Sonne.

Oh, Schokolade. Mein Mund wird ganz wässrig bei der Vorstellung, ein Stück zarte Vollmilchschokolade auf meiner Zunge zergehen zu lassen. Immer, wenn ich nervös bin, übermannt mich das Verlangen nach etwas Süßem. Vielleicht ist im Rucksack noch ein Schokoriegel?

Verdammt! Was soll das jetzt schon wieder!

Verfluchte Gedanken-Exkursionen! Bleib im Hier und Jetzt!

Bevor ich dem Tribun antworten kann, betritt ein weiterer Römer das Zelt. Er stellt ein Tablett mit Essen und zwei Krügen auf den Tisch und geht auch schon wieder hinaus. Auf dem Brett befinden sich Fleisch, Speck, Käse und Brot. Das habe ich nicht erwartet.

Der Tribun bittet mich höflich, Platz zu nehmen. Da meldet sich auch schon mein Magen verräterisch knurrend – und ganz still auch meine Blase. Dieses Bedürfnis werde ich aber unterdrücken, solange es eben geht. Die nun ganz sicher anstehende Fragestunde möchte ich einfach nur gut überstehen. Denn im Grunde ist es ein Verhör, ganz egal, wie freundlich er tut.

Da kommt mir eine Idee. Vielleicht kann ich mein menschliches Bedürfnis später zur Flucht nutzen? Die Latrinen sind üblicherweise in der Nähe des Walls, so viel weiß sogar ich über römische Heerlager. Vielleicht ist das meine einzige reelle Chance. Aber natürlich muss ich warten, bis es dunkel geworden ist.

»Dein Name ist also Mara Schneider«, unterbricht der Tribun meine Gedanken.

»*Mara* reicht.«

»Nun gut ... Mara. Ich bin Marcus.« Er grinst erneut, was mir unwillkürlich ebenfalls ein Lächeln entlockt.

»Freut mich, dich kennenzulernen ... Marcus.« Seine Grübchen werden noch etwas tiefer. Sehr gewinnend.

Obacht, meine Liebe! Lass dich nicht täuschen! Das hier ist ein Verhör! Kein Date!

»Wo hast du so kämpfen gelernt?«, erkundigt er sich im Plauderton.

»In Israel, ähm ... Jerusalem«, antworte ich.

Erstaunt blickt er mich an. »So weit weg?«

Es klingt eher nach einer Feststellung als nach einer Frage. Dennoch antworte ich: »Das war der Wunsch meines Vaters.«

Latein zu verstehen fällt mir leichter, als es selbst zu sprechen. Stockend suche ich nach den richtigen Vokabeln, dafür nutze ich auch italienische Worte. Ich denke, diese Kombi wird mir weiterhelfen. »Er wollte, dass ich mich als Frau zu wehren ... ähm, dass ich lerne, mich zu wehren.«

Er scheint beeindruckt zu sein und will wissen: »Welchem Stamm gehörst du an?«

»Keinem.«

Ich sehe ihm an, dass er mir nicht glaubt. Nur, was soll ich sonst antworten? Bevor er weiter nachbohren kann, stelle ich rasch selbst eine Frage: »Wer ist im Moment römischer Imperator? Oder heißt das *Caesar*?«

Ich ahne, dass diese Frage für ihn dümmlich klingen muss. Vergleichbar mit der Frage nach dem aktuellen italienischen Staatsoberhaupt. Jetzt muss ich grinsen, denn mir geht auf, dass ich gar nicht weiß, wer in meiner Zeit Präsident von Italien ist.

Marcus schaut mich lange an und antwortet dann kurz und knapp: »Imperator Caesar Divi filius Augustus.«

»Augustus also«, wiederhole ich langsam. Mein Verstand beginnt zu rattern und kramt in lang verschüttetem Schulwissen. Welcher Periode gehörte Augustus an? Lebte er vor Christus oder danach?

Während ich überlege, studiert mich mein Gegenüber ganz genau, dann schenkt er mir aus einem der Krüge einen Tonbecher voll und reicht ihn mir. Weil ich höllischen Durst habe, stürze ich einen großen Schluck hinunter, spucke aber im nächsten Augenblick hustend alles wieder aus. Das ist einfach nur scheußlich!

»Was ist *das* denn?«, will ich wissen.

»Das ist *Mulsum*. Eine Mischung aus Wein und Honig ... schmeckt es dir nicht?« Er wirkt ein wenig enttäuscht.

»O Gott, nein! Kann ich bitte Wasser haben?«

Marcus reicht mir den anderen Krug. Er ist mit Wasser gefüllt, das fade schmeckt – normalerweise trinke ich nur Soda –, aber besser ist als der Wein. Er schiebt das Brett mit dem Essen näher zu mir hin, und erst jetzt geht mir auf, dass ich vor lauter Nervosität trotz meines riesigen Hungers noch gar nichts gegessen habe. Ich greife nach einem Stück Brot.

»Mara?«

Mir ist nicht wohl dabei, wie er meinen Namen ausspricht. Ich meide seinen Blick, und mir kommt nur ein zögerliches »Ja?« von den Lippen. Angespannt knabbere ich an dem Brot.

»Du weißt, dass du hier in einem römischen Lager bist und man dich für eine Spionin hält?«

Ich blicke ihm nun direkt in die Augen und bemühe mich um eine feste Stimme. »Glaubst du das auch?«

»Um ehrlich zu sein, bin ich mir nicht sicher«, antwortet er nachdenklich. Er streicht sich über den Stoppelbart, kurz bin ich elektrisiert von dem Anblick. Zum einen, weil mir gerade aufgeht, dass die Römer, die ich aus Filmen und Geschichtsbüchern kenne, meist tadellos glattrasiert sind. Und zum anderen, weil ihm der Dreitagebart ungeheuer gut steht.

Seine Augen sind plötzlich ganz dunkel. Es sieht aus, als würde er tief in sich hineinlauschen, selbst noch auf der Suche nach der Antwort auf meine Frage.

Ich ergreife erneut die Initiative: »Sehe ich wie eine Germanin aus? Hast du jemanden wie mich schon mal gesehen?«

»Nein, du bist anders«, antwortet er spontan und ohne nachzudenken, fügt dann aber hinzu: »Allerdings hast du bisher noch nicht viel von dir preisgegeben. Und ich habe den Eindruck, dass du das auch nicht vorhast.«

Er erhebt sich, baut sich vor mir auf. Greift nach meinen Händen, zieht mich auf die Füße und schiebt mich etwas von Tisch und Stuhl weg, um mich genauer betrachten zu können. Bei seiner Begutachtung umrundet er mich langsam.

Ich bin hin- und hergerissen zwischen Unmut über diese Art der Fleischbeschau und der eigenartigen Spannung, die plötzlich in der Luft liegt. Mir wird heiß. Jetzt glühe ich wie ein Feuermelder.

Verdammt. Das darf doch nicht wahr sein!
Wie ein Pubertier. Peinlich! Peinlich!

Er kommt mir verflixt nahe. »Ich kenne germanische Männer, die *Braccas* tragen, aber keine Frauen.«

»*Braccas*?«, frage ich heiser.

Er streckt eine Hand aus und streicht mir über den Oberschenkel. Ich erschauere und begreife erst verspätet, dass die Berührung seine Antwort ist. *Braccas* – er meint meine Hose.

»Auch so fein gearbeitete und doch robuste *Tabernus* habe ich noch nie gesehen.« Er deutet auf meine Stiefel. Dann streicht er mir zart über die Arme. Befühlt den Stoff meiner Jacke und danach den Blusenstoff meines sehr eng anliegenden braunen Oberteils mit Spitze am Saum und Druckknöpfen auf der Vorderseite. Gänsehaut breitet sich über meinen ganzen Körper aus. »Dieser Stoff fühlt sich an wie *Sericum*, ist aber keine«, stellt er mit sanfter Stimme fest und zupft an meinem Oberteil.

Was ist Sericum *denn nun wieder? Seide vielleicht?*

Er blickt mich erneut an und ist so nahe, dass ich seinen warmen Atem auf meiner Haut spüre. Mit den Fingerspitzen berührt er vorsichtig mein Ohrläppchen. Streicht sanft über den goldenen Ohrhänger. Jetzt fröstelt es mich. Es entgeht ihm nicht. »Ist dir kalt?«

»Nein ...«, bringe ich stammelnd hervor. Er lächelt.

Dann lässt er meine Kette durch seine Finger gleiten. Alles schaut er sich ganz genau an, und immer wieder sucht er meinen Blick, spricht aber kein Wort.

Dieser Blick. Dieser verdammte Blick! Er dringt durch mich hindurch. Fast kommt es mir vor, als wäre ich durchsichtig – *beinahe nackt*.

Erst nach einer gefühlten Ewigkeit beginnt er zu reden: »Wunderschöner Schmuck, weiche Haut und zarte Hände.« Dabei streicht er behutsam an meinen Unterarmen entlang bis zu den einzelnen Fingergliedern. Meinen *Herr-der-Ringe-Ring* dreht er an meinem Finger. Vermutlich wundert er sich über die Schrift, die keine ist.

»So ein zartes Wesen und doch so kampferprobt ...« Seine Stimme ist ganz rau geworden. Ich schließe die Augen, damit sie mich nicht verraten können. Eine solche Anziehung habe ich noch nie empfunden. Ich habe Sorge, mich darin zu verlieren. Plötzlich steht er hinter mir. Ich spüre ihn überdeutlich. Seine Hände gleiten durch mein Haar, er riecht daran, als wollte er mich aufsaugen. Am liebsten würde ich mich gegen ihn sinken lassen. Doch dann schießt mir schlagartig ein Gedanke in den Sinn: *Meine Waffe!*

Die habe ich in den Hosenbund gesteckt. Nur knapp von meiner Jacke verdeckt. Wenn er mich weiter so abtastet, findet er sie jeden Augenblick. Mag sein, dass er nicht weiß, was das ist, aber ich will keine Fragen beantworten und schon gar nicht die Pistole abgeben müssen. Außerdem möchte ich heute noch die Gunst der Stunde für meine Flucht nutzen. Es dämmert bereits.

Also, Mädchen, atme einmal tief durch ...

Ich bin wieder voll da und weiche ein paar Schritte zur Seite, um dem Körperkontakt zu entgehen. Im ersten Moment wirkt er überrascht, im zweiten etwas angesäuert, dann aber grinst er mich an.

Einen Penny für seine Gedanken.

Okay, Mädchen, steh gerade!

Kopf hoch! Brust raus! Bauch rein!

Zeig ihm, dass dir das eben nichts bedeutet hat!

Ich blicke ihm fest in die Augen. »Ich habe dir gesagt, dass ich nicht zu den hiesigen Germanen gehöre.«

Bevor er etwas erwidern oder gar fragen kann, verweise ich auf ein dringendes menschliches Bedürfnis. Er versteht, was ich sagen will, und ruft nach einem gewissen *Lucius.*

Ich habe nicht den Eindruck, dass er mir vollends glaubt. Dass ich abhauen könnte, scheint er aber auch nicht zu befürchten, jedenfalls will er mich augenscheinlich nicht persönlich zur Toilette begleiten. Vermutlich nimmt er an, dass ich nur der Situation entfliehen will.

Ein Problem habe ich noch: Ich würde zu gern meinen Rucksack mitnehmen. Nur wie?

Als Lucius erscheint, gibt Marcus ihm die Anweisung, mich zur Latrine zu begleiten. Fast gleichzeitig mit ihm tritt der Römer ein, der mich für eine Spionin hält – Antonius. Auch diesmal liegt in seinem Blick kein sonderliches Interesse, als er mich mustert.

Lucius folgend bin ich schon fast beim Zeltausgang und grüble immer noch verzweifelt, was ich wegen meines Rucksacks tun soll, da legt mir plötzlich von hinten der Tribun einen weiten, ponchoartigen Mantel mit Kapuze um die Schultern.

»So wirst du nicht gleich erkannt mit deinem goldenen Haar«, erklärt er und streicht mir flüchtig über den Arm. Dann wendet er sich auch schon wieder Antonius zu.

Diesen Moment nutze ich und schnappe mir meinen Beutel. Ich klemme ihn mir ganz eng unter den Arm, wo er zusätzlich vom Mantel verdeckt wird. In der Dunkelheit, hoffe ich, wird weder Lucius noch den anderen etwas auffallen. Fest drücke ich mir selbst die Daumen.

Draußen schließt sich uns ein weiterer Römer an, den ich vorher bereits gesehen habe – Quintus heißt er, wenn ich mich nicht irre.

Der Gedanke, dass ich durch ein Lager mit Hunderten Männern laufen soll, erschreckt mich schon ein bisschen, und ich halte mich dicht an meine Begleiter, in der Hoffnung, dass mich niemand bemerkt oder gar erkennt. Wer weiß, was sonst geschieht? Dass Marcus mir den Umhang gegeben hat, sagt doch schon alles.

Trotz Fackeln und einiger brennender Feuerstellen ist es recht dunkel, der Weg nur dürftig ausgeleuchtet. Immer wieder nehme ich Schatten wahr – Legionäre. Ich kann ihre Blicke spüren. Das bereitet mir Unbehagen. Ob sie mich erkannt haben?

Endlich! Im flackernden Licht taucht ein einfacher Holzbau auf. Meine Begleiter bedeuten mir, hineinzugehen.

Hoffentlich finde ich darin keinen Donnerbalken vor.

Aber nein, dafür wäre diese Hütte zu klein. Vermutlich ist dieser ganz private kleine Abort nur für die Offiziere vorgesehen.

Ich bin positiv überrascht von dem, was ich im Inneren zu sehen bekomme: Es gibt Sitzgelegenheiten, fast wie Toilettenstühle. Im Boden darunter verläuft eine längliche Rinne, die das Brauchwasser mit Gefälle nach draußen ableitet. Hinter den Sitzen hängen große Beutel mit Wasser, wohl als Spülung gedacht, und davor stehen Schüsseln mit frischem Wasser und Schwämmen. Das ist offenbar das *Toilettenpapier.*

In einer Ecke steht erhöht ein Handwaschbecken. Alles in allem komfortabler und sauberer als befürchtet. Ganz sicher die Offizierslatrine. Mannschaftstoiletten waren seinerzeit lediglich mit riesigen Donnerbalken ausgestattet, behauptet mein Schulwissen. Ich kann mich also glücklich schätzen. Trotzdem betrachte ich angewidert die Schwämme. Ich nehme nicht an, dass sie nach jedem Gang weggeworfen und ersetzt werden.

Aber ich muss jetzt wirklich dringend meine Blase entleeren, länger kann ich es mir nicht verkneifen. Wohl oder übel werde ich mit dieser komfortableren Variante eines Plumpsklos vorliebnehmen müssen. Währenddessen kreisen meine Gedanken um meine Begegnung mit Marcus. Ich habe nicht damit gerechnet, dass er mir Avancen macht.

Waren es denn wirklich Avancen? Oder doch eher taktisches Kalkül, um mehr aus mir herauszubekommen?

Vielleicht will er mich auch nur besitzen, weil ich *anders* bin? Ich werde jedenfalls nicht abwarten, bis ich Antworten auf diese Fragen erhalte. Das hier führt zu nichts, und so anziehend ich ihn auch finde, ich muss hier weg. Keine Zeit für ein Techtelmechtel, das ohnehin keine Zukunft hat und mich nur in eine schwierige Lage bringen könnte.

Ich sehe mich etwas genauer in der Hütte um. Ich möchte ungern meine Flucht mit dem Ausschalten der beiden Offiziere beginnen. Wer weiß, ob das überhaupt gelänge? Und lautlos schon mal gar nicht. Wahrscheinlich bekäme ich dann schneller Gesellschaft, als mir lieb ist.

In der rechten Wand befindet sich eine Öffnung, die durch ein Tuch verdeckt wird. Wie ein Fenster mit Vorhang. Es wird nicht leicht, sich dort durchzuquetschen, aber was habe ich für eine Wahl? Der Ausstieg liegt Richtung Wald. Das ist von Vorteil. Auch kann ich bei einem ersten vorsichtigen Hinausspähen keinen Menschen entdecken.

Ich muss es versuchen!

Während ich meinen Rucksack vorsichtig aus der Luke gleiten lasse, höre ich einen meiner Bewacher fragen:

»Fertig?«

Schnell rufe ich zurück: »Nein, dauert noch!«

Ich bin heilfroh, dass sie meine Privatsphäre respektieren.

So leise wie möglich zwänge ich mich durch das winzige Fenster. Es ist wirklich gerade groß genug für mich und Gott sei Dank nicht sehr hoch. Draußen angekommen, blicke ich mich hastig um. Niemand zu sehen! Anfänglich schleiche ich mehr, als dass ich laufe. Doch je näher ich dem Wald komme, desto zügiger werde ich. Als ich die ersten Bäume erreicht habe, jubele ich innerlich: *Geschafft!*

Kaum zu glauben, niemand hat mich aufgehalten. Noch hat keiner meine Flucht bemerkt. Aber viel Vorsprung werde ich nicht haben. Vielleicht zehn Minuten? Keine Ahnung, wie viel Geduld die beiden vor der Latrine haben.

Schnell! Denk nach, wie es weitergehen soll.

Meine Taschenlampe schalte ich lieber noch nicht ein. Zu gefährlich! Ich muss mich erst ein wenig durchs Dunkel quälen, um nicht allzu früh entdeckt zu werden.

Da ich ursprünglich Richtung Süden unterwegs gewesen bin, werde ich mich nun Richtung Norden halten. Also auf der Moosseite der Bäume.

Wenn alles gut geht, stoße ich schon bald auf meine kleine Lichtung mit den Menhiren, die den Tunnel markieren. Hoffentlich habe ich genug Vorsprung. Und hoffentlich, ist dies wirklich mein Weg zurück nach Hause.

Was wird Marcus denken, wenn er meine Flucht bemerkt?

Ein ganz klein bisschen wehmütig bin ich schon.

Denn er hätte mir gefallen können.

KAPITEL 9 - NOLENS VOLENS
(WOHL ODER ÜBEL)

»Marcus, schlechte Nachrichten. Wir werden es heute nicht mehr schaffen, das Lager fertigzustellen. Wir brauchen noch mindestens einen weiteren Tag.«

Meine Gedanken sind nicht bei Antonius, sondern bei ihr und dem, was in den letzten Stunden geschehen ist. Noch nie habe ich mich von einer Frau so angezogen gefühlt. Sie ist alles andere als gewöhnlich und ganz sicher keine Germanin aus einem der mir bekannten Stämme, aber auch keine freie Bürgerin Roms.

Entgegen meinen üblichen Verhörmethoden habe ich keinen Druck auf sie ausgeübt – ich ahne, dass das bei ihr nichts bringen würde. Leider hat ihr unser Wein nicht zugesagt, dafür aber anscheinend meine Berührungen. Was mir ehrlich gesagt viel besser gefällt. Diese Nähe zu ihr und ihre Körperwärme – ihr Duft, die Umrisse ihres Körpers, die sehr deutlich durch den eng anliegenden Stoff zu ertasten sind – haben mich umgarnt. Selbst jetzt rieche und spüre ich sie noch, als stünde sie direkt vor mir. Die wenigen Antworten, die sie mir gab, waren eher seltsam:

Sie gehöre keinem Germanenstamm an ...

Habe die Kampfkunst in Jerusalem erlernt ...

Und auch ihre Frage nach Kaiser Augustus ...

Wirklich seltsam! Wer ist sie nur? Oder ist sie vielleicht kein irdisches Wesen?

Die Latrine aufsuchen zu müssen, ist allerdings sehr menschlich. Ob dies wirklich der Grund war, weshalb sie so unvermittelt unsere Zweisamkeit beendete? Oder hatte sie Sorge, die Kontrolle zu verlieren?

Letzteres würde mir schmeicheln und mich hoffen lassen.

Hoffen auf was?

Es gibt keine Zukunft mit ihr!, sagt mein Verstand.

Warum nicht?, fragt mein Herz.

Ich wäre nicht der erste Römer, der eine Sklavin zur Frau nimmt.

Ich reiße mich zusammen und wende mich Antonius zu, doch ehe ich etwas zu seiner schlechten Nachricht sagen kann, stürmen Lucius und Quintus herein. Sie sind abgehetzt, aber keiner beginnt zu reden. Sie schauen sich gegenseitig an, dann mich. Als hätten sie Angst, mir das zu beichten, was so offenkundig ist. Wie aus einem Mund und mit gequälten Mienen sprechen sie es dann doch noch aus: »Tribun, sie ist geflohen!«

Nur schwer kann ich meinen Zorn unterdrücken. »Was ist passiert?«

»Wir haben die Öffnung in der Wand Richtung Wald nicht bedacht«, gesteht Lucius reumütig. »Das ist unser Verschulden. Dort ist sie rausgeklettert.«

»Ihr erzählt mir auch die Wahrheit?«, hake ich nach.

»Natürlich. Warum sollten wir lügen?«, entgegnet entrüstet der bisher eher stille Quintus.

»Waren andere Soldaten in der Nähe?«, will ich wissen. Und weil sie nicht gleich antworten, wiederhole ich ungeduldig meine Frage: »Habt ihr noch jemanden gesehen?«

»Nein, wirklich niemanden«, erwidert Lucius geknickt.

Etwas verspätet verstehen die beiden, welchen Verdacht ich hege. »Nein, nein«, beteuert Lucius, »niemand hat mitbekommen, dass wir mit ihr zum Abort gegangen sind.«

Eilig fügt Quintus hinzu: »Es hätte sie auch ganz sicher keiner angerührt! Schon allein, weil wir da waren! Oder vertraust du uns nicht mehr?« Beide blicken mich gekränkt an.

»Nein, ist schon gut. Sie hätte sich lautstark gewehrt, wenn sie nicht freiwillig gegangen wäre. Und das hättet ihr gehört!« Leider muss ich der Wahrheit ins Auge blicken: Sie hat mich reingelegt. Ihr Vorsprung kann aber nicht groß sein. Es ist dunkel. Ein Nachteil für sie, aber auch für uns.

Bei Jupiter. Wie konnte ich mich nur so in ihr täuschen? Ich dachte – ja, was dachte ich eigentlich? Dass sie schon allein meinetwegen nicht fliehen würde, wenn sich ihr die Gelegenheit bot? Tief im Innern flüstert eine Stimme: *Du hast es gehofft.*

Ich habe versagt! Habe alle Umsicht außer Acht gelassen, und nun hat sie mich verraten. Ich weiß nicht, was ich mit ihr anstelle, wenn ich sie zu fassen bekomme. In mir steigt brodelnder Unmut hoch. Wo verdammt noch mal will sie mitten in der Nacht überhaupt hin?

»Also gut. Ihr beide macht die Pferde fertig. Wir werden sie suchen. Jetzt gleich!« Ich wende mich an Antonius. »Du bleibst hier und kümmerst dich um die Fertigstellung des Lagers.«

Antonius bedeutet mir, dass er mich kurz allein sprechen will. Wir treten ein Stück beiseite, und er raunt mir zu: »Willst du wirklich in dieser Dunkelheit los? Das ist doch zwecklos!«

An meinem Blick erkennt er, dass ich weder zu Verhandlungen bereit bin noch dazu, seine Frage zu beantworten.

»Schon gut. Schon gut! Mach, was du willst!« Mit beschwichtigend erhobenen Händen tritt er zurück und gibt es auf, mich umstimmen zu wollen.

»Wenn wir bis zum morgigen Abend nicht zurück sind, führst du die Männer ins Castrum. Auch ohne uns. Verstanden?« Er nickt widerstrebend.

Wir legen Rüstungen und Waffen an, und dann geht es tief ins Germanenland. An sich eine dumme Idee. Aber ich werde es nicht verantworten, das ganze Lager, bestehend aus drei *Centurien,* in das unwegsame Gelände zu führen, nur um nach *einer* Frau zu suchen. Es ist einfacher und sicherer, mit nur wenigen Männern den Wald zu durchkämmen, und wir fallen viel weniger auf. Außerdem müssen die Arbeiten am Marschlager beendet werden. Damit meine Männer abrücken können, um rechtzeitig die Schäden im Castrum zu beseitigen.

Bald entdeckt Quintus einige Spuren von ihr. Sie scheint Richtung Norden unterwegs zu sein. In jedem Fall wird sie versuchen, uns aus dem Weg zu gehen, und das ist nur möglich, wenn sie sich tiefer ins Barbarenland begibt.

Während wir in den Wald reiten, brennende Fackeln in den Händen, überlege ich noch immer, was Maras eigentliches Ziel war und ist. Sie hat nichts Bedrohliches versucht, sieht man mal davon ab, dass sie mich betört hat. Insgeheim hoffe ich darauf, sie wiederzufinden, aber mein Verstand weist auf die Weitläufigkeit des Geländes hin. Ich schwanke zwischen Zorn und Sorge.

Nach längerer vergeblicher Suche – die Nacht ist noch nicht vorüber – wendet sich Lucius an mich: »Tribun, man kann kaum etwas erkennen, und wir wissen nicht, wohin sie will. Sollten wir nicht besser auf die Morgendämmerung warten?«

Er hat recht, aber ich will keine Zeit verlieren. Noch kann sie keinen allzu großen Vorsprung haben.

»Wir suchen weiter! Richtung Norden«, befehle ich. Denn das rät mir mein Bauchgefühl. Frustriert gehorchen sie, und wir arbeiten uns immer tiefer hinein in dieses dunkle, gefährliche Land.

Die Sonne wird bald aufgehen, und noch immer haben wir sie nicht gefunden. Sie ist zu Fuß unterwegs und muss sich genau wie wir durch dieses Dickicht kämpfen. Unsere Pferde haben größte Mühen. Wo kann sie nur sein? Nirgendwo auch nur die kleinste Spur von ihr.

Plötzlich bedeutet mir Quintus, vom Pferd abzusteigen und leise zu sein. Lucius kommt auf mein Zeichen hinzu. Wir hatten uns aufgeteilt, ritten aber immer in Sichtweite, um in einem größeren Radius nach Spuren Ausschau halten zu können. Quintus deckte dabei die rechte Flanke ab, Lucius die linke, und ich ritt in der Mitte, mit Sichtkontakt zu den beiden. Er ist offensichtlich auf etwas oder jemanden gestoßen. Auf Mara? Oder sind es Germanen?

Lucius und ich nähern uns so leise wie möglich. Quintus kauert bereits im Gebüsch und deutet auf eine kleine Lichtung. Dort haben sich mehrere Dutzend Germanen versammelt. Es handelt sich um eine ihrer heiligen Stätten, ich sehe einige der von ihnen verehrten Steine.

Es scheinen Celtae zu sein, denn ein Druide in hellem Gewand ist unter ihnen. Wirklich seltsam! Celtae sind schon lange nicht mehr so nah an den römischen Grenzen gesichtet worden. Es hat den Anschein, als sei eine lautstarke Diskussion im Gange. Ich erkenne recht schnell, worum es geht – *um sie!*

Zwei Germanen halten Mara fest im Griff. Entgegen landläufiger Meinung ist nicht jeder Germane hellhaarig, aber das mit der Größe ist tatsächlich wahr: Sie überragen die meisten Römer um einen halben bis ganzen Kopf.

Mara wehrt sich nach Kräften. Mit diesem Stamm hier ist sie also offenbar schon mal nicht im Bunde. Einige wirken ihr gegenüber sogar recht feindselig – direkt vor ihr stehen zwei Männer mit gezogenen Äxten. Wenn sie Pech hat, wird sie geopfert. Iulius Caesar hat seinerzeit von schauderhaften Praktiken berichtet; diese Geschichten kursieren heute noch unter meinen Männern und versetzen sie in Angst und Schrecken. Im Augenblick verhindert nur die Anwesenheit des Druiden Schlimmeres. Aber wie lange kann er seine Stammesbrüder noch zurückhalten?

Ich bin kurz davor, eine Dummheit zu begehen. Auf keinen Fall werde ich sie diesen Barbaren überlassen. Nicht, bevor sie mir einige Fragen beantwortet hat! Nicht, bevor sie mein Bett geteilt hat. Und wenn überhaupt, dann bin ich es, der ihr den Hals umdrehen darf.

Ich lodere noch immer vor Zorn über ihren Verrat. Und überhaupt – wie stehe ich vor meinen Männern da, wenn nicht einmal ein Weibsstück mir gehorcht? Ich habe noch nie einer Frau Leid zugefügt, aber sie bringt mich an meine Grenzen. Vielleicht versohle ich ihr den Hintern und mache sie zu meiner Sklavin. Der Gedanke, sie für immer zu besitzen, gefällt mir und lässt mein Herz höher schlagen. Ich werde sie schon dazu bringen, mich zu ehren, mich zu lieben und mir zu gehorchen.

Plötzlich werden unsere Pferde unruhig, eins von ihnen wiehert. Im nächsten Augenblick tauchen Germanen aus dem Dickicht auf. Wir bekunden durch gegenseitigen Blickkontakt unsere Kampfbereitschaft. Die Germanen fackeln nicht lange. Es kommt zum Kampf. Wir setzen uns gegen sechs Hünen zur Wehr und können einige rasch ausschalten.

Der Gruppe auf der Lichtung bleiben die Geschehnisse am Waldrand ganz sicher nicht verborgen. Ich muss damit rechnen, dass in wenigen Augenblicken noch mehr Angreifer erscheinen.

Das Kampfgeschehen verlagert sich immer mehr gen Lichtung. Wie zu erwarten war, erhalten unsere Gegner Verstärkung. Unsere zahlenmäßige Unterlegenheit bereitet uns zusehends Probleme. Ich weiß nicht, wie lange wir noch standhalten können, zumal Lucius verletzt wurde.

Jäh ertönt die *Carnyx*, das keltische Horn. Üblicherweise wird damit ein Angriff angekündigt, jetzt aber halten die Germanen inne. Die keltischen Krieger umringen uns noch immer, gehen aber auf Abstand. Es ist ihnen anzusehen, wie wenig ihnen dieser erzwungene Rückzug gefällt. Sie sind in der Überzahl und damit in einer besseren Position, auch wenn mehrere Tote auf dem Waldboden davon zeugen, dass wir unsere Haut teuer verkaufen. Wir atmen erst einmal tief durch. Stehen Rücken an Rücken und sondieren die Lage. Es sieht übel aus.

Der Druide kommt auf uns zu, gefolgt vom Großteil seiner Begleiter. Auch Mara wird mit Gewalt mitgezerrt. Der Alte schaut mich lange und eindringlich an, währenddessen ringsum die keltischen Krieger lautstark ihren Unmut über die Beendigung des Kampfs kundtun. Als der alte Mann das Wort ergreift, verstummen sie jedoch augenblicklich.

»Du bist Tribun Marcus Caelius Aurelius«, sagt er langsam und gemessen auf Latein. »Ich habe schon von dir gehört. Was willst du so tief in unseren Wäldern?«

»Sie.« Mit meinem Schwert deute ich auf Mara.

In seiner Gefolgschaft erhebt sich lautes Murren. Ich glaube in dem Stimmengewirr zu hören, wie Verdächtigungen gegen Mara ausgestoßen werden: *Sie sei eine römische Spionin; sie habe die heilige Stätte entweiht.*

Die Stimmung droht zu kippen. Während sie sich immer weiter ereifern, registriere ich, dass sich nicht nur Celtae hier versammelt haben – ich höre auch den Chatti-Dialekt heraus. Was tun diese beiden Stämme gemeinsam hier, so einträchtig vereint?

Als der Druide wieder spricht, wird es erneut still. »Was willst du von ihr?«

»Sie ist meine Gefangene und aus dem Lager geflohen. Ich nehme sie wieder mit!«, antworte ich bestimmt und selbstsicher.

»Nein!«, schreit Mara auf.

Der Druide lächelt. »Du hast sie gehört. Sie will nicht mit dir kommen.«

»Das hat sie nicht zu bestimmen«, antworte ich energisch.

»Da hast du recht«, antwortet er und fügt hinzu: »Du aber auch nicht!«

Verdammt, was jetzt? Ich bin in einer denkbar schlechten Verhandlungsposition. Ich schaue Mara an. Sie wirkt verzweifelt.

Wieder richtet der Druide das Wort an mich: »Was willst du nun tun, Tribun?« Während ich noch überlege, was ich antworten soll, fährt er fort: »Willst du wirklich hier und heute sterben?«

»Wenn es den Göttern gefällt ... ja. Ich habe keine Angst vor dem Tod und werde ganz sicher einige von euch mitnehmen«, gebe ich ruhig zur Antwort. Ich meine jedes Wort ernst und blicke ihm fest in die Augen. Er weiß meine Ansage einzuschätzen. Man sieht ihm an, wie er überlegt.

Unvermittelt wendet er sich von mir ab und geht zu Mara. Kurz spricht er mit den Männern, die sie festhalten. Dann wendet er sich erneut mir zu. »Du magst vielleicht keine Angst vor dem Tod haben. Aber wie sieht es mit ihr aus? Was ist, wenn wir sie töten?«

Damit habe ich nicht gerechnet. Ob man mir meine Sorge ansieht? Ihr jedenfalls schon. Sie gibt einen erstickten Aufschrei von sich und wird totenbleich.

Wenn ich mich ergebe, kommen wir hier vielleicht nicht mehr lebend raus – *oder doch?* Denn wenn sie uns hätten töten wollen, dann wäre es längst geschehen. Was will dieser alte Mann also von uns – *von ihr?*

Meine Entscheidung ist längst gefallen, aber erst einmal schaue ich mich um. Betrachte die besorgten Gesichter meiner Centuriones. Sie wissen, was ich vorhabe.

Einen sehr intensiven und langen Blick werfe ich Mara zu. Ahnt sie, was das für mich bedeutet? Ich habe noch nie persönliche Motive oder gar das Leben einer Fremden vor die Interessen Roms gestellt. Was hat sie nur mit mir angestellt? Welche Magie ist hier im Spiel?

Meine Antwort an den Druiden ist einfach und klar: Ich werfe ihm meine Waffen vor die Füße und bedeute meinen Centuriones, es mir gleichzutun. Kaum haben wir uns ergeben, werden wir von ihnen überwältigt. Ich habe keine Ahnung, was sie mit uns vorhaben. Mich würde es nicht wundern, wenn sie uns in einer heiligen Zeremonie ihren Göttern opfern würden.

Mitten im Durcheinander begegne ich Maras Blick und halte ihn fest. Sie ist überrascht, erschrocken und die Angst steht ihr ins Gesicht geschrieben. Aber wütend ist sie auch.

KAPITEL 10 - KELTEN (*CELTAE*)

Schon wieder stecke ich im Schlamassel. Ich scheine dafür eine echte Begabung zu besitzen. Kaum habe ich es geschafft, den Römern zu entkommen, gerate ich diesen Kelten in die Fänge. Dabei war ich meinem Ziel, nach Hause zu kommen, so nahe. Mit unendlich viel Glück bin ich nach einer stundenlangen Wanderung durch diese dichten Wälder auf die Lichtung mit den Menhiren gestoßen. Meine Freude war riesengroß. Doch dann ist wie aus dem Nichts dieser Druide mit seinen Leuten aufgetaucht und hinderte mich am Betreten des Tunnels. Brabbelte mit gewichtigen Gesten unaufhörlich unverständliche Worte.

Da stand ich also, quasi eine Germanin – zwar frischeren Datums, aber eben eine Germanin –, und verstand doch kein Wort meiner Vorfahren. Dafür kann ich etwas Latein und Italienisch. Da hätte ich wohl besser Gälisch oder ähnliches in der Schule lernen sollen.

Jedenfalls habe ich mich mit aller Macht gewehrt und versucht, an diesen Kerlen vorbeizugelangen. Wollte unbedingt in den Tunnel, in der Hoffnung, diesem Irrsinn endlich zu entkommen. Ich schaffte es immerhin bis in den Eingangsbereich, aber es kamen immer mehr von ihnen, und schlussendlich überwältigten sie mich dann doch.

Kurz zog ich in Erwägung, Gebrauch von meiner Waffe zu machen. Nur – was passiert, wenn ich ausgerechnet einen Vorfahren von mir erschieße? Würde ich damit meine eigene Existenz auslöschen? Aber was weiß ich schon über Zeitreisen, Zeitparadoxien oder Paralleluniversen.

In Spielfilmen wird meist vor Eingriffen in die Vergangenheit gewarnt, um nicht die eigene Existenz zu gefährden. Eine andere Theorie hingegen besagt, dass man bei Zeitreisen in ein Paralleluniversum reist, in dem man die Vergangenheit ändern kann, ohne seine eigene ungeschehen zu machen, weil es ja eine Parallelwelt ist.

Verflucht, es wäre viel einfacher, meine Waffe aus dem 21. Jahrhundert zu nutzen. Dann wäre ich möglicherweise schon längst zu Hause. Es ist zum Heulen!

Einige der Kelten hätten mir nur allzu gern etwas angetan, um das zu erkennen, muss man nicht ihre Sprache verstehen. Zu meinem Erstaunen schritt der Druide ein und verhinderte Schlimmeres. Aber noch ehe ich erfuhr, was sie mit mir vorhatten, wurden sie abgelenkt, von Geräuschen, die vom Waldrand her an unsere Ohren drangen. Kampflärm!

Gleich darauf erkannte ich, wer dort war: Marcus!

Mit zweien seiner Männer. *Nur zwei?*

Ein ungleicher Kampf, selbst für die kampferprobten Römer, denn sie standen einer Überzahl an Feinden gegenüber.

Warum ist er mir gefolgt? Verletzter Stolz kann es nicht sein, oder vielleicht doch?

Selbst wenn ich gewollt hätte, wäre es mir unmöglich gewesen, den dreien zu helfen. Zwar verfolgten auch meine beiden Aufpasser neugierig das Kampfgeschehen, aber das hinderte sie nicht daran, mich weiterhin zwischen sich einzukeilen und mich mit ihren Äxten zu bedrohen.

Minuten später ertönte ein ohrenbetäubender Lärm. Ein Signalhorn, mit dem der Druide seinen Männern befahl, den

Kampf einzustellen. Nicht jeder von ihnen schien damit einverstanden zu sein, doch schlussendlich gehorchten sie. Warum er eingriff und die Römer damit rettete, war mir ein Rätsel. Auch Marcus hielt inne. Ehe ich mich versah, wurde ich in Richtung der im Patt stehenden Männer gezerrt.

Marcus wirkte völlig unbeeindruckt, regelrecht gleichgültig. Nur als er mich ansah und sich unsere Blicke für einen Moment ineinander verhakten, sah ich Unmut in seinen Augen auflodern. Er war sicher wütend, meinetwegen in diese Situation geraten zu sein. Doch als der Druide ihm damit drohte, mich zu töten, fiel seine gleichgültige Fassade, das Entsetzen war ihm deutlich anzusehen. Mir selbst wurde speiübel, und nur mühsam unterdrückte ich einen Aufschrei. Der Tod an sich ist beängstigend genug, aber wenn es mich schon erwischte, wäre mir eine Kugel lieber, als in dieser barbarischen, verfluchten Epoche per Axthieb oder mit einem Schwertstreich getötet zu werden. Bei der Vorstellung geriet ich fast in Panik.

In diesem Augenblick sah mich Marcus lange an. Etwas in seinen Augen verlieh mir Zuversicht. Hatte er vielleicht doch eine Armee dabei, die bisher noch in Deckung geblieben war?

Kommt raus, schrie ich innerlich, *wenn ihr da seid, dann erscheint bitte – jetzt!*

Warum nur kamen sie nicht?

Weil da niemand ist, hörte ich eine kleine, erbarmungslose Stimme in mir antworten.

Unerwartet legten Marcus und seine Männer ihre Waffen nieder. Aus und vorbei! Schiere Verzweiflung erfüllte mich. Und wieder regte sich die innere Stimme: *Jetzt hör auf! Noch seid ihr am Leben. Aus irgendeinem Grund haben sie euch nicht getötet. Das muss etwas zu bedeuten haben.*

Der Druide nimmt mit Genugtuung zur Kenntnis, dass Marcus und seine Männer die Gegenwehr einstellen, und verliert kein weiteres Wort mehr an sie oder mich.

Mich dauert der Anblick der drei Römer. Ohne Waffen und gefesselt sind sie ihren Peinigern wehrlos ausgeliefert. Sie werden gestoßen, herumgeschubst und mit Schlägen und Tritten traktiert. Auch mir hat man mittlerweile die Hände vor dem Körper zusammengeschnürt, aber ich werde nicht so grob behandelt.

Ich weiß nicht, was sie mit uns vorhaben. Niemand redet mit uns. Unsere Wächter drängen uns in Richtung des Druiden, der mit seinem Gefolge die Lichtung verlässt.

Während des Marsches mit unbekanntem Ziel richte ich den Blick stur auf meine Füße und versuche, nicht zu viel nachzudenken. Trotzdem beginnt mein Gehirn ein Schreckensszenario zu kreieren: Vielleicht lassen sie uns nur am Leben, um uns später zu opfern?

Der grauenhafte Gedanke lässt mich nicht wieder los. Wie konnte es nur so weit kommen? Wieder und wieder lasse ich die Ereignisse Revue passieren. Ich bin mit mir und meinem Selbstmitleid dermaßen beschäftigt, dass ich auf die Umgebung nicht weiter achte. Irgendwann höre ich dumpf und wie aus weiter Ferne Marcus' Stimme, jedoch nur langsam kehre ich ins Hier und Jetzt zurück.

Wieder einmal befinde ich mich auf einem Trampelpfad, stellenweise ist er so schmal, dass nur zwei Personen nebeneinander laufen können. An meiner Seite geht Marcus, vor uns die Kelten, direkt hinter uns die beiden Legionäre, und dahinter wieder Kelten. Keine Chance zur Flucht.

Als ich den Blick hebe, sieht er mich besorgt und fragend an, als hätte er schon seit einer ganzen Weile versucht, zu mir durchzudringen. Fast flüsternd, will er wissen: »Geht es dir gut?« Selten dämliche Frage. Was hat er hier überhaupt verloren, was hat er sich davon versprochen?

»Wieso bist du mir gefolgt?«, will ich von ihm wissen.

»Weil du geflohen bist!«, presst er ärgerlich, aber leise zwischen den Zähnen heraus.

Sein Zorn irritiert und erstaunt mich zugleich. Doch schnell begreife ich, dass wir vorsichtig sein müssen. Mit diesen Germanen ist nicht gut Kirschen essen. Vor allem die uns voranschreitenden Krieger könnten uns Schaden zufügen. Auch ich flüstere. »Hast du wirklich etwas anderes erwartet?«

Er blickt mich unverwandt an. »Ja!«

»Ich war deine Gefangene. Was machen Gefangene für gewöhnlich? Sie fliehen, sobald sich eine Gelegenheit bietet«, entgegne ich gereizt und füge trotzig hinzu: »Alles andere wäre unnatürlich.«

Mir reicht es. Ich bin völlig überfordert und wende mich von ihm ab. Ist doch egal, was er denkt oder was jetzt noch kommen mag. *Ich liege bestimmt im Koma.* Und damit bin ich wieder zurück bei einem meiner früheren Erklärungsversuche für das Ganze. Leicht hysterisch lache ich leise vor mich hin.

»Alles in Ordnung mit dir?« Marcus hat meinen Gefühlsausbruch bemerkt.

»Nein, *nichts* ist in Ordnung! Erst bin ich Gefangene der Römer, und nun bin ich Gefangene der Kelten. Eine Variable ist dabei immer gleich geblieben ... ich bin gefangen!« Es kommt zynischer und verzweifelter raus als beabsichtigt. In meiner Muttersprache ergänze ich noch: »Das ist doch alles ein beschissener Mist!« Das war nötig. Ich bin frustriert.

»Was?«, fragt Marcus irritiert.

Der laut gewordene Disput bleibt nicht unbemerkt. Einer der vor uns laufenden Germanen – *äh Kelte? Ach, unwichtig!* –

stoppt abrupt, brüllt etwas und sieht uns mit drohend erhobener Axt wütend an.

Ich verstumme augenblicklich. Marcus hingegen scheint aufbegehren zu wollen, aber da nimmt er endlich meinen flehenden Gesichtsausdruck wahr und fügt sich widerwillig. Wieder einmal bleibt uns nichts anderes übrig, wir müssen gehorchen. Stumm folgen wir unseren Entführern. Ich hadere entsetzlich mit meiner Situation. Mit jedem Schritt wird mir bewusster, dass ich mich weiter und weiter von meiner Chance entferne, heimzukehren. Ungewisse Stunden liegen vor mir. Womöglich meine letzten …

Lange sagt keiner mehr ein Wort. Verdammt noch mal, irgendwann müssen wir doch mal ankommen. Wo auch immer das sein mag.

Erneut wage ich, Marcus etwas zuzuflüstern. Dabei achte ich peinlichst darauf, dass uns niemand hört. »Was denkst du, was werden sie mit uns machen?«

Marcus überlegt kurz und antwortet leise: »Das weiß ich nicht. Ich bin überrascht, dass wir noch leben.«

»Wird Antonius dich denn nicht suchen kommen?«

»Nein. Ich habe ihm Order gegeben, sich ums Lager zu kümmern.«

»Verdammt!« Unsicher blicke ich mich um. Nicht, dass man uns noch hört und es zum Äußersten kommt. Da haben diese Germanen-Kelten einen schönen Fang gemacht. Von einigen dieser Männer bin ich genauso (neu)gierig betrachtet worden wie im Lager der Römer. Ich bin eben ein Unikat in dieser Welt. Ein zweifelhafter Ruhm.

Meine Gedankengänge werden abrupt unterbrochen.

Lucius bricht zusammen. Marcus will ihm helfen, aber man lässt ihn nicht, stattdessen wird er grob zu Boden gestoßen. Nun diskutieren unsere Bewacher, und Marcus ruft etwas – nicht auf Latein. Ich frage ihn, was los ist.

»Sie wollen ihn töten. Sagen, er wäre eine Last und würde es ohnehin nicht schaffen.«

Ich bin überrascht über die Verzweiflung in seiner Stimme. In dieser Epoche wird doch viel gekämpft und gestorben, und ein Soldatenleben ist häufig kurz. Aber anscheinend sind die beiden Freunde. Und jetzt hab ich ein schlechtes Gewissen, weil sie meinetwegen in der Patsche sitzen.

Als einer der Germanen seine Axt zückt und Lucius den Garaus machen will, werfe ich mich einer spontanen Eingebung folgend über den Verletzten und schreie, so laut ich kann, in der Hoffnung, dass der Druide eingreift. Ich weiß nicht, ob er mich überhaupt hört, aber eine andere Idee habe ich nicht.

Ich brülle wie eine Verrückte, und als einige Kelten mich von Lucius wegzerren wollen, klammere ich mich trotz gefesselter Hände an ihm fest und mache mich bleischwer. Es hilft nicht viel. Im letzten Moment taucht tatsächlich der alte Mann auf und ruft seinen Leuten etwas zu. Sie lassen mich auf der Stelle los, beginnen dann aber mit ihm zu diskutieren. Es ist faszinierend zu beobachten, wie er sie mit einer knappen Geste zum Schweigen bringt. Dann wendet er sich mir zu. »Warum willst du ihm helfen?«

»Ich will nicht, dass meinetwegen jemand stirbt.«

Er mustert mich überrascht. »Er hat meine Leute getötet.«

»Warum habt ihr uns dann nicht gleich alle auf der Lichtung umgebracht?«, will ich wissen.

Er betrachtet mich nachdenklich und ernst. »Dieser Römer ist schwer verletzt. Er wird es nicht schaffen. Ihn zu erlösen, wäre barmherziger.«

»Vielleicht kann ich ihm helfen.«

»Du?«, fragt er erstaunt. »Wie?«

»Ich brauche einen geschützten Platz, eine Hütte und ... meinen Beutel.« Mit einem Nicken deute ich auf meinen Rucksack, den ein Kelte an sich genommen hat.

Er folgt meinem Blick und überlegt eine Weile. »Nun gut.« Er bedeutet zweien seiner Männer, Lucius zu tragen, und wendet sich wieder an mich. »Wir sind bald da. Dann kannst du dich beweisen.«

Marcus und Quintus starren mich wortlos an, Lucius aber bekommt nichts von alledem mit. Er ist immer noch bewusstlos. Wegen der Schmerzen? Vom Blutverlust? Oder beides? Oje, was habe ich mir nur dabei gedacht? Ich bin doch kein Arzt. Klar, ich absolvierte regelmäßig meine Erste-Hilfe-Kurse, aber ...

Tatsächlich erscheinen bald darauf ein paar Hütten in unserem Blickfeld. Ich bin erleichtert. Der Druide begleitet mich in eins der kleinen Häuschen, und die beiden Kelten, die Lucius tragen, folgen uns. Beim Hineingehen erhasche ich aus dem Augenwinkel einen Blick auf Marcus und Quintus, die in der Nähe des Eingangs an einen riesigen Pfahl gebunden werden. Indes legen die Kelten Lucius auf den Hüttenboden und entfernen mir die Fesseln.

»Er ist mehr tot als lebendig«, stellt der Druide fest. »Glaubst du wirklich, dass du ihn zurückholen kannst?«

Ehrlich antworte ich ihm: »Ich weiß es nicht. Aber ich will es wenigstens versuchen.«

Er nickt und tritt einen Schritt zurück, verlässt jedoch die Hütte nicht, ebenso wenig wie die beiden Männer, die Lucius hereingebracht haben. Aber auch sie halten sich im Hintergrund.

Als Erstes versuche ich mir einen Überblick zu verschaffen. Dazu muss ich Lucius entkleiden. Das ist gar nicht so einfach, die vielen Riemen seiner Schulter- und Brustpanzerung sind hinderlich.

Der Druide bemerkt, dass ich Schwierigkeiten habe, und gibt einem seiner Männer ein Zeichen. Mit einem Messer löst dieser schnell das Problem. Nun liegt mein Patient mit bloßem Oberkörper vor mir, und ich kann ihn mir näher anschauen.

Er hat mehrere oberflächliche Schnittverletzungen an den Armen und eine hässliche Wunde schräg links unter dem Bauchnabel. So die erste Inaugenscheinnahme.

Keine Ahnung, ob innere Organe geschädigt sind, ich hoffe nicht. Ich bin kein Arzt. Doch verliert er für mein Dafürhalten viel Blut. Ich beschließe, zuerst die Bauchwunde zu versorgen, so gut es eben geht.

»Ich benötige heißes Wasser und Tücher und meinen Beutel.«

Der Druide gibt meinen Auftrag weiter. Es dauert nur wenige Minuten, dann habe ich alles Verlangte.

Ich bedeute einem der Kelten, Lucius an den Armen festzuhalten, und dem zweiten, seine Beine zu fixieren. Momentan ist er zwar ohne Bewusstsein, aber wer weiß – wenn ich mit der Wundversorgung beginne, wacht er vielleicht auf und wehrt sich. Ich kann ihm leider keine Narkose geben.

Aus meinem Rucksack krame ich unter anderem ein Wundspray, Pflaster, Wundnahtstreifen, Wundkleber, Klebeband und Mullbinden sowie Nadel und – Mist, kein Faden. Dann muss Zahnseide reichen. Typisch für mich – nicht nur das systematische Aufzählen, wenn ich nervös werde, sondern auch, dass ich vergessen habe, mein Notfallpaket aufzufüllen. *Verflixt, konzentrier dich!*

Ich tauche die Leintücher in das heiße Wasser und mache mich daran, den Schnitt in Lucius' Bauch auszuwaschen. Diese Wunde muss am dringendsten versorgt werden.

Verdammt heiß, das Wasser, damit verbrühe ich mich noch.
Egal – da muss ich jetzt durch.

Lucius gibt leise Schmerzenslaute von sich, wehrt sich aber nicht. Im Anschluss an die Reinigung sprühe ich zum Desinfizieren Spray in die Wunde, was dann doch zu vermehrter Unruhe des immer noch bewusstlosen Patienten führt. Kein Wunder, das Zeug brennt wie die Hölle.

Es kostet mich enorme Überwindung, das klaffende Fleisch mit Nadel und Zahnseide zu vernähen. Mittendrin wacht er auf und wehrt sich mit Vehemenz. Die beiden Kelten müssen sich mit ihrem ganzen Gewicht auf ihn legen, um ihn am Boden zu halten. Seine Schreie gellen in meinen Ohren. Er tut mir leid, ich wünschte, ich könnte ihm das ersparen. Gott sei Dank geht alles schneller als gedacht. Das mag auch daran liegen, dass mich sein Wehklagen zur Eile treibt. Kurz darauf wird er wieder ohnmächtig.

Abschließend desinfiziere ich die fertige Naht mit dem Spray und mache vorsorglich noch Wundkleber drauf. Ich traue der Zahnseide nicht, vor allem, wenn sich Lucius wieder bewegt.

Nachdem ich die hässliche Verletzung versorgt und mit Mullbinden versehen habe, kümmere ich mich um die kleineren Wunden am Arm, für die ich Wundnahtstreifen verwende. Alles in allem bin ich zufrieden. Lucius ist zumindest nicht am Schock gestorben.

Vorsorglich werde ich ihm noch Antibiotika geben. Meine beste Freundin ist Ärztin. Sie besorgt mir Medikamente, wenn ich welche brauche, so habe ich immer ein Notfallsortiment zu Hause und in meiner Tasche, und muss nicht umständlich einen Arzttermin ausmachen, was bei meinen Arbeitszeiten meist schwierig ist.

Die Antibiotika kann ich nun gut für Lucius gebrauchen, denn bei den medizinischen Standards dieses Jahrhunderts dürfte das Entzündungsrisiko ein großes Problem darstellen. Ich glaube nicht, dass viele Menschen ohne Antibiotika eine solche Bauchwunde überleben.

Völlig fertig, verschwitzt und müde lasse ich mich auf den Boden fallen. Ist mir egal, was jetzt passiert. Ich habe mein Möglichstes getan, doch – wofür eigentlich? Denn selbst wenn ich ihm das Leben gerettet haben sollte, werden uns die Kelten nicht lebend gehen lassen. Also wozu das alles?

Meine kleine Stimme meldet sich wieder: *Für die Hoffnung!*

Im Raum ist es totenstill. Ich öffne die Augen nur widerwillig, aber ich muss wissen, ob ich da bin, wo ich zu sein glaube. Verdammt, an der Situation hat sich nichts geändert. Es war kein Traum! Wieder nicht!

Anscheinend bin ich vor Erschöpfung eingeschlafen. Man hat mich auch gar nicht wegbewegt, sondern da liegen gelassen, wo ich mich habe hinfallen lassen, mich aber wenigstens mit einem Tuch zugedeckt. Wie lange habe ich wohl geschlafen?

Lucius, kommt mir in den Sinn, und alles fällt mir wieder ein. Sofort schaue ich nach ihm. Er lebt – noch. Das beruhigt mich. Er schläft und schwitzt. Das ist normal. Hoffentlich schafft er es. Den Verband werde ich morgen kontrollieren und ihm dann auch die nächste Antibiotika-Dosis geben. Oder ist bereits morgen?

Von draußen höre ich eine Stimme. Zuerst kann ich sie nicht zuordnen. Dann registriere ich, dass es Marcus ist, der nach mir ruft. Ich rappele mich auf und will die Hütte verlassen, aber vor dem Eingang stehen zwei Kelten und drängen mich zurück. Für einen kurzen Moment begegne ich jedoch Marcus' Blick. Er wirkt erleichtert. Während ich zurück ins Innere der Hütte stolpere, höre ich seine Frage nach Lucius.

»Er lebt«, rufe ich zurück.

Solange ich in dieser Hütte gefangen und zum Warten verdammt bin, rotiert mein Hirn und kommt nicht zum Stillstand. Wie lange bin ich überhaupt schon in diesem Zeitalter? Vielleicht zwei, drei Tage oder länger?

Nein. Einen Tag. Seit gestern. Dabei kommt es mir vor wie eine Ewigkeit. Die Ereignisse überschlagen sich ständig, es gibt kaum eine Pause. Ich stehe unter enormem Druck und habe Angst.

Lucius scheint wach zu werden. Stöhnend schlägt er die Augen auf und sieht mich an. »Bin ich tot?«

»Nein«, antworte ich, greife nach einem feuchten Lappen und kühle ihm die Stirn.

»Du hast mich gerettet«, stellt er fest.

»Das werden wir noch sehen.«

Selbst wenn er seine Verletzungen überlebt, ist immer noch nicht klar, was diese Leute mit uns vorhaben.

»Ich habe Durst.«

»Einen Moment ...« Während ich ihm einen Becher Wasser einschütte, frage ich: »Hast du Schmerzen?«

»Es geht. Ich bin Schlimmeres gewöhnt.« Da er bei diesen Worten tapfer lächelt, muss ich unwillkürlich schmunzeln.

»Ich kann dir etwas gegen die Schmerzen geben. Soll ich?«

»Wenn du schon so fragst, dann gern *pulchra Auguratricis*.«

Daran übersetze ich einen Augenblick herum – wenn ich mich nicht irre, müsste es *schöne Zauberin* heißen oder so ähnlich.

Seine Augen leuchten auf, als die Schmerztablette zu wirken beginnt, die ich meinem Wunderbeutel entnommen und ihm mit dem Wasser gegeben habe. Ich bin sehr froh, dass ich, was mein Notfallpaket angeht, eine *krankhafte Manie* habe – O-Ton Gerd. Er hat das nie verstanden und sah es wohl eher als potenzielle Fremdgeh-Garnitur an, denn es befinden sich auch Kondome darin.

Eine Frau muss eben auf alles gut vorbereitet sein, ist meine Devise, und das sagte ich ihm auch. Mir hat dieses Notfallpaket jedenfalls bisher sehr gute Dienste geleistet. Nur sind meine Reserven begrenzt.

Lucius sieht mich an. »Du weißt sicher, dass der Tribun Gefallen an dir findet?«

»So ... tut er das?«

»Ja. Du bist etwas Besonderes. Das sieht man auf den ersten Blick.«

Ich habe keine Lust, darauf zu antworten. Nicht ich bin besonders, sondern meine Situation. Nach einer Weile ergreift Lucius erneut das Wort. »Wer bist du? Bist du vom Himmel gefallen? Eine Göttin?«

Ich muss laut auflachen, dann höre ich damit auf und mustere ihn verblüfft. »Du meinst das ernst?«

Lucius begutachtet mich konzentriert, als versuche er vergeblich, aus mir schlau zu werden.

»Ich bin keine Göttin! Ich bin keine Zauberin! Ich bin keine von *ihnen*«, ich deute nach draußen, »und keine von euch.« Innerlich füge ich ein *Basta* hinzu.

»Schön zu wissen, was du alles nicht bist. Aber was oder wer bist du dann?«

Berechtigte Frage, die ich inzwischen schon oft gehört habe. Leider habe ich darauf noch immer keine gute Antwort gefunden.

»Ich bin das, was du siehst. Eine Frau namens Mara, die über einige ... Kenntnisse verfügt. Und weder eure Feindin ist noch die Feindin der Kelten.«

Bevor mich Lucius weiter löchern kann, betreten unsere Bewacher den Raum. Sie wollen, dass ich mitkomme. Ich bin ehrlich gesagt froh, der Enge und den Fragen entfliehen zu können.

Draußen dämmert es bereits. Die Kelten haben Fackeln angezündet. Ich scheine viel länger geschlafen zu haben als gedacht. Zudem stelle ich beunruhigt fest, dass sich Marcus und Quintus nicht mehr vor der Hütte befinden. Hoffentlich ist das kein schlechtes Zeichen.

Man führt mich zu einer Art Langhaus. Es ist größer als die anderen Gebäude, vermutlich finden hier Versammlungen statt, vielleicht auch Verurteilungen. Als ich eintrete, stelle ich erleichtert fest, dass auch Marcus und Quintus zugegen sind. Man lässt mich aber nicht zu ihnen. Marcus wirft mir einen fragenden Blick zu. Ich weiß, was er wissen will und nicke kurz: *Ja, mit Lucius ist alles in Ordnung.*

Vorsichtig verschaffe ich mir einen Überblick. Der Raum ist groß, aber bei Weitem nicht gefüllt. Bei meinem Eintreten geht ein Raunen durch die Reihen der Anwesenden. Jäh hebt der Druide seine Sichel, und alle verstummen.

Er spricht in der mir unbekannten Sprache, und immer wieder deutet er dabei auf mich, ab und zu auch auf die beiden Römer. Ein paar Kelten rufen ihm aus der Menge etwas zu. Ob sie ihn aufhetzen wollen? Es wirkt jedenfalls stellenweise so. Der Druide lässt sie zeitweise gewähren, doch immer, wenn er seine Hand mit der Sichel hebt, verstummen sie. Er hat hier definitiv das Sagen. Von ihm wird alles abhängen, mein Leben und das von Marcus und seinen Männern.

Marcus wirkt beunruhigt. Der letzte Redner hat, wenn ich den Tonfall richtig deute, wohl einen Vorschlag gemacht, dem der Druide mit einem Nicken zustimmt. Marcus schaut erst mich an, dann den Alten, und schreit auf Latein: »Nein!«

Er brüllt weiter, nun in der mir nicht bekannten germanischen Sprache. Seine Bewacher traktieren ihn bereits mit Knüppeln, als der Druide sie stoppt.

Marcus ist völlig außer sich. Er spricht hektisch. Seine Blicke verheißen nichts Gutes. Der Druide hört ihn zwar an, lässt sich aber nicht umstimmen, er schüttelt den Kopf.

Jetzt brüllt Marcus auf Latein: »Nehmt mich! Bei Jupiter, nehmt mich!«

Mir wird schlecht. Soll ich etwa geopfert werden?

Vielleicht wäre jetzt der passende Augenblick, meine Waffe zu ziehen und so viele von diesen Idioten ins Jenseits zu befördern wie nur möglich. Oder mir selbst ein Ende zu bereiten, *eigenbestimmt*, bevor sie es tun.

Warum ich zögere, weiß ich selbst nicht. Vielleicht bin ich doch der *Das-Glas-ist-halb-voll-Typ*.

Der Druide kommt auf mich zu. Er lächelt. Warum grinst er denn so blöd? Unter den gegebenen Umständen finde ich das mehr als makaber. Als er vor mir steht, brabbelt er erst etwas in seiner Sprache, dann aber fügt er leise, nur für meine Ohren bestimmt, hinzu: »Du bist außergewöhnlich und, wie ich glaube, aus einer anderen Welt.«

Jetzt bin ich platt. Wie kann er das wissen?

»Einige der Stammesältesten glauben das nicht. Sie halten dich für eine Verbündete Roms. Kein Wunder, scheinst du doch mit den hier anwesenden Römern im Bunde zu sein. Zudem liegt dem Tribun viel an dir, und dir an ihm. Zu viel für unseren Geschmack.«

Er schaut in die Runde und dann wieder zu mir. Laut sagt er: »Man verlangt einen Test. Du sollst dich bewähren. Die Götter werden über dich richten, und wir werden uns dem Himmelsurteil beugen.«

Was für eine gequirlte Kacke soll das denn nun schon wieder werden? Wollen sie mich etwa wie eine Hexe im Mittelalter testen und ins Wasser werfen?

Bin ich eine Hexe, tauche ich auf und bin damit schuldig, und werde getötet. Bin ich keine, gehe ich unter und bin unschuldig, aber leider tot. Der Effekt ist in beiden Fällen derselbe – ich sterbe.

Der Gedanke, meine Waffe einzusetzen, gefällt mir immer besser.

Marcus mischt sich erneut ein. Man merkt ihm an, dass er seinen Ärger kaum unter Kontrolle halten kann. »Druide! Ich bin ein Tribun Roms. Ich trage die Verantwortung! Nehmt mich und nicht diese Frau. Sie gehört nicht zu uns!«

Der alte Mann geht langsam auf ihn zu und erklärt ihm mit fester und bedrohlicher Stimme: »Du, Tribun Roms, bist hier nicht in der Position, etwas zu bestimmen. Es geht nicht um euch. Einzig und allein dieses Wesen dort interessiert uns!« Mit seiner verdammten Sichel deutet er auf mich. »Aber es gibt da vielleicht jemanden, für den du dich interessieren könntest.«

Mit einem Mal klingt seine Stimme eiskalt, voller Verachtung. Ob diese Verachtung allgemein den Römern gilt oder speziell Marcus und seinen Männern, vermag ich nicht zu sagen.

Er gibt ein Zeichen, und ein Gefangener wird hereingeführt. Was heißt geführt? Man schleift ihn durch den Raum und wirft ihn Marcus förmlich vor die Füße.

Ich erkenne ihn: Es ist einer der Legionäre aus dem Wald. Der, der am Tag meiner Ankunft das Mädchen und mich angriff. Er ist schwer verletzt. Nur – was macht er hier? Ich dachte, Marcus hätte sich mit lediglich zwei seiner Getreuen auf die Suche nach mir begeben. Ist vielleicht doch die römische Armee in der Nähe?

Marcus blickt ihn erstaunt an. »Vinus?« Es klingt wie eine Frage.

Als Vinus erkennt, wer da seinen Namen nennt, blitzt Hoffnung in seinen Augen auf, hastig umklammert dieses

Bild des Jammers die Beine seines Tribuns und fleht ihn an: »Bitte, Tribun, vergebt mir! Helft mir! Sie haben Schlimmes mit mir vor. Bitte, ich flehe Euch an!«

Fast habe ich Mitleid mit ihm. Aber nicht nur er ist in den Raum gebracht worden, sondern auch sein Opfer – das Mädchen, das er und sein Kumpel angegriffen haben. Sie stellt sich neben den Druiden und betrachtet das Häufchen Elend mit kalter Verachtung. Dann hebt sie den Blick und entdeckt mich. Kurz leuchten ihre Augen auf. Sie hat mich erkannt und flüstert rasch dem Alten etwas ins Ohr, woraufhin er mich erneut intensiv und wissend anblickt.

Verdammt, was weiß er, was ich nicht weiß?

Na, zumindest weiß er, was man mit mir vorhat.

Da hat er mir schon mal etwas voraus.

Marcus blickt zu Quintus und dann zum Druiden. Der Legionär zu seinen Füßen schluchzt unterdessen ununterbrochen weiter. »Was soll das?«, fragt Marcus den Druiden.

»Er ist Römer«, erwidert der Druide mit ruhiger Stimme, »einer aus eurer Kohorte, und hat diesem Mädchen hier Gewalt angetan. Bis *sie* ...«, er deutet auf mich, »einschritt und Schlimmeres verhinderte.« Ergänzend fügt er nach einer kurzen Pause hinzu: »Er wurde dafür verurteilt, und dieses Urteil wird heute vollstreckt. Ihr dürft dabei anwesend sein.«

Ui, ich glaube, das wird jetzt echt übel. Im Kampf zu sterben ist eine Sache, aber in dieser Zeit der Gerichtsbarkeit unterzogen zu werden eine andere, ich beneide ihn nicht.

Was hätte er bei uns für die versuchte Vergewaltigung bekommen? Am wahrscheinlichsten eine Bewährungsstrafe, ansonsten maximal zwei bis drei Jahre Gefängnis. Bei guter Führung wäre er nach knapp anderthalb Jahren wohl wieder freigekommen. Hier nun erwartet ihn vermutlich eine martialische Strafe. Als römischer Legionär gehört er für die Germanen zum erklärten Feind. Das Urteil für sein Vergehen dürfte der Tod sein.

Bei den Worten des Druiden wimmert und wehklagt der Verurteilte noch erbärmlicher als zuvor.

Quintus wirft ihm einen abfälligen Blick zu: »Wie du siehst, kann niemand seiner Strafe entgehen. Du hattest lediglich einen Aufschub. Der heute hier endet.« Nach einer kurzen Stille, in der nur das peinliche Flehen des Legionärs zu hören ist, fügt Quintus ungehalten hinzu: »Hör auf mit dem Gejaule. Benimm dich wie ein Römer oder wenigstens wie ein Mann! Du bereitest uns Schande.«

Ehe wir uns versehen, werden wir unsanft nach draußen befördert. Dort muss ich mit Grauen erkennen, welches Schicksal den Legionär erwartet.

Zwischenzeitlich ist vor dem Langhaus eine Richtstätte aufgebaut worden. Genauer gesagt, ein Scheiterhaufen. Trotz der sommerlichen Temperaturen fröstelt es mich – grausamer könnte die Bestrafung wirklich nicht sein. Ich dachte, man würde ihm sein Leben durch ein Schwert nehmen. Auch das ist nicht gerade leichte Kost. Aber verbrennen, wahrscheinlich noch lebendig – das ist menschenverachtend und pure Freude am Quälen. Das bloße Ableben reicht nicht aus. Nein, man will ihn leiden sehen, ihn zerstören. Und noch perfider – er soll seine Auslöschung bei vollem Bewusstsein miterleben.

Solch einen grausamen, besonders schmerzhaften Tod hat niemand verdient. Wirklich niemand. Auch nicht Vinus.

Mir wird wieder übel, denn die Erkenntnis, dass wir dem schrecklichen Schauspiel beiwohnen sollen, liegt klar auf der Hand.

Immer mehr Menschen finden sich am Platz ein, selbst Lucius wird herbeigeschafft. Es ist ein Wunder, dass er aufrecht stehen kann. Die eingekehrte Dunkelheit gibt der Szene einen unheimlichen Rahmen. Dazu die Schreie des Legionärs, die aus dem Langhaus dringen. Wie wird das erst, wenn er da *oben* ist? Alles in mir schreit:

Ich will hier weg!
Ich will das nicht hören!
Ich will das nicht sehen!

Unsere Bewacher stehen nicht mehr so nah bei uns, sie haben sich auf der Suche nach einem guten Aussichtspunkt ein Stück entfernt. Nur Marcus und seine beiden Männer befinden sich noch direkt neben mir.

Marcus bemerkt meinen ängstlichen Blick auf den Scheiterhaufen. »Du schaffst das«, raunt er mir ermutigend zu.

»Nein, wohl eher nicht. Das ist grausam, selbst für diesen Abschaum«, erwidere ich gequält.

Marcus schüttelt halb anerkennend, halb verständnislos den Kopf. »Du bist wirklich merkwürdig. Er hat dir und dem Mädchen Gewalt zugefügt, und dennoch bist du voll Mitgefühl. Du solltest dir besser Gedanken darüber machen, was sie für dich vorgesehen haben.«

Unser Gespräch wird durch einen Kelten jäh unterbrochen, der uns grob anfährt und offenbar will, dass wir still sind. Mein Körper und meine Seele begehren auf, fordern nach Flucht, aber ich, beziehungsweise wir, müssen uns gedulden und den richtigen Zeitpunkt abpassen. Zum Glück haben die Kelten mich nicht durchsucht. Mein Messer und die Pistole könnten heute noch zum Einsatz kommen.

Wie meine Leidensgenossen trage auch ich mittlerweile wieder Handfesseln, aber nicht sonderlich stramm, daher versuche ich den Strick vorsichtig und unbemerkt zu lösen, was mir kurze Zeit später gelingt. Nun erreiche ich auch mein Klappmesser in der Hosentasche.

Vom Schein der Fackeln abgesehen, ist es nun dunkel, und alle Blicke sind auf den Scheiterhaufen gerichtet, ich kann ungehindert agieren. Zu Marcus suche ich den Blickkontakt. Ich bedeute ihm, die Fesseln zu lösen. Er versteht erst nicht. Als ich ihm dann heimlich und ganz vorsichtig das Messer zustecke, begreift er rasch. So können sich die drei nach und nach befreien. Für eine Flucht ist es aber noch zu früh.

Das Horn ertönt, und mehrere Druiden erscheinen. Sie sprechen zu ihren Leuten, was diese mit lautem Gegröle kommentieren. Das ganze Gequatsche dauert eine gefühlte Ewigkeit.

Endlich – erneut wird das Horn geblasen, diesmal länger. Vinus wird aus dem Langhaus geschleift. Sein Jammern ist unter dem Johlen der Anwesenden kaum zu hören. Als man ihn auf den Scheiterhaufen bringt und festbindet, ist die Freude der Kelten unermesslich.

Wie kann man bei einem solchen Treiben nur fröhlich sein?

Ich schaue dem Horror wie gelähmt zu. Es ist wie bei einem Autounfall, man kann einfach nicht wegschauen, selbst wenn man will.

Als das Feuer entzündet wird, fängt Vinus an, ganz elendig zu brüllen, und als die Flammen ihn erfassen, wird ein markerschütterndes Kreischen daraus. Dieses Kreischen dringt durch meine Schockstarre, und mit einem Mal bemerke ich, dass Marcus an mir rüttelt, offenbar nicht zum ersten Mal. Er bedeutet mir, dass wir *jetzt* flüchten müssen. Keiner achtet mehr auf uns, selbst die Wachen sind von dem Schauspiel völlig in den Bann geschlagen. Ich aber blicke Marcus gequält an.

Ich muss sein Leid beenden, denke ich, und als hätte er mir die Gedanken vom Gesicht abgelesen, raunt er mir zu: »Du kannst nichts für ihn tun. Wir müssen gehen!«

Doch! Ich kann etwas tun!

Ich ziehe meine Waffe. Ein einziger Schuss in den Kopf, und das Geschrei hört schlagartig auf. Mit einem Mal ist es totenstill. Keine Schreie mehr, kein Gejohle, alles verstummt.

Marcus und seine Leute haben nicht mitbekommen, was ich getan habe. Sie sind von der plötzlichen Stille ebenso überrascht wie alle anderen. Als Marcus mich ansieht, bemerkt er meinen starren Blick in Richtung Scheiterhaufen, und den Gegenstand in meiner Hand. Er fügt eins und eins zusammen. Um jetzt noch fliehen zu können, müsste erneut eine Ablenkung her. Marcus flüstert mir zu: »Wiederhole es!«

Es dauert einen Moment, bis er zu mir durchdringt.

Und abermals fordert er: »Der Donner! Bitte ruf ihn noch mal. Jetzt!«

Nach kurzem Zögern richte ich in einem unbeobachteten Moment die Waffe gen Himmel und schieße erneut, woraufhin alle schreiend wie aufgeschreckte Hühner davonlaufen, die Arme schützend über den Kopf erhoben.

Nun haben wir die Ablenkung, die wir brauchen, allerdings bin ich immer noch völlig benommen. Marcus packt mich fest am Arm und zieht mich hinter sich her, während die anderen beiden ein paar Kelten überrumpeln, die zwischen uns und dem nahen Wald stehen und uns auf der Flucht im Weg sind.

Und wieder beginnt die kleine Stimme in mir Zweifel zu säen: *Du hast einen Menschen getötet ...*

Doch eine andere Stimme hält dagegen: *Nein, du hast ihn erlöst ...*

KAPITEL 11 - MANUS MANUM LAVAT (EINE HAND WÄSCHT DIE ANDERE)

Eines ist sicher, diese Frau ist nicht von dieser Welt.

Sie hat einen Mann getötet. Aus einer Entfernung von bestimmt fünfzig Fuß, und das mittels eines Donners, der ihm direkt in den Kopf gefahren ist. Der kurze Eisenstab in ihrer Hand erzeugt ganz offensichtlich Blitz und Donner, und er bringt einen schnellen Tod. Nur Götter wie Jupiter oder der germanische Donar verfügen über solche Waffen.

Woher hat sie diese Macht? Und wieso hat sie diesen Stab nicht schon früher eingesetzt? Sie hätte sich schon längst befreien können. Ist sie eine Göttin, oder hat sie diese Kraft gestohlen? Vielleicht haben ihr die Götter auch eine Aufgabe aufgetragen – oder vielleicht mir?

Jedenfalls rettete sie uns damit das Leben.

Nur gut, dass diese Barbaren panische Angst vor Gewittern haben. Bei sehr starken Unwettern ziehen sie die Köpfe ein und suchen so schnell wie möglich Schutz. Sie glauben in solchen Momenten, dass der Himmel auf sie herabzustürzen droht. Viele Römer machen sich deshalb lustig über sie, aber eines sollte man in keinem Fall tun: Sie unterschätzen!

Sie sind ohne Frage furchtlose Krieger und gefährliche Gegner im Kampf. Ihre Haare formen sie mit Kalkwasser zu einer Art Stachelfrisur. Ihre Größe und ihr Schlachtgeschrei lassen so manchen Legionär erschauern, zumal bekannt ist, dass die Celtae ihren getöteten Feinden die Köpfe abtrennen und als Trophäe an ihre Gürtel oder Pferde binden.

Zum Glück sind wir ihnen entkommen. Jetzt benötigen wir dringend eine Pause. Nach stundenlangem Querfeldein haben wir endlich einen geeigneten Rastplatz gefunden, weit genug weg von der keltischen Siedlung.

Es ist eine kleine Anhöhe mit einem Felsvorsprung. Hier werden wir die restliche Nacht verbringen. Etwaige Angreifer sind von diesem Platz aus leicht auszumachen.

Ich hoffe, dass wir ausreichend Vorsprung gewonnen haben. Mara und Lucius brauchen Schlaf und Ruhe. Beide haben die letzten Stunden tapfer durchgestanden, sind aber sehr still. Eine kurze Rast wird uns allen guttun.

Lucius spielt wie gewohnt den Starken, aber seine Verletzungen machen ihm sichtlich zu schaffen. Und Mara wirkt immer noch entsetzt von dem Erlebten. Sie hat auf unserer Flucht kein einziges Wort gesprochen, sitzt zusammengekauert in einer geschützten Ecke unterhalb des Felsüberhangs und umklammert ihre Knie, als wenn sie zurück in den Mutterleib wollte.

»Quintus, du übernimmst die erste Wache, ich die zweite.«

Er nickt kurz zur Bestätigung, dann fragt er: »Tribun, was war das für ein Knall? Das Wetter ist doch gut.«

»Das weiß ich auch nicht. Aber die Götter scheinen uns wohlgesinnt zu sein«, gebe ich ihm ausweichend zur Antwort. Er wirkt nicht sehr überzeugt von meiner Erklärung, doch mangels anderer Ideen gibt er Ruhe.

Ich wende mich an meinen verletzten Centurio: »Lucius, wie geht es dir?«

»Wird schon. Ich brauche nur etwas Schlaf.« Mit diesen Worten legt er sich stöhnend auf seinen über den Boden ausgebreiteten Mantel nieder. Nach wenigen Augenblicken höre ich ihn, trotz seiner Leiden, sachte schnarchen.

Ich richte meine Aufmerksamkeit auf diese verwirrende Frau, hocke mich vor ihr hin und versuche, in ihr schönes Gesicht zu blicken, was sich als schwierig erweist, denn sie hat sich vornübergebeugt, das Kinn auf den Knien, und wiegt sich hin und her. »Mara? Geht es dir gut? Brauchst du etwas?«

Sie scheint meine Worte gar nicht wahrzunehmen. Also setze ich mich zu ihr und lege ihr einen Arm um die Schultern. Sie zittert, obwohl es eine laue Sommernacht ist. Der Schock muss tiefer sitzen, als ich dachte. Vielleicht hilft es ihr, wenn ich ihr meine *Paenula* umlege, die Wärme des Mantels könnte ihr guttun. Sanft streiche ich ihr über Rücken und Arme und versuche sie zu beruhigen wie ein Kind, das einen schlechten Traum gehabt hat. Zu meiner Überraschung lehnt sie sich an mich, und es dauert nicht lange, da ist sie in meinen Armen eingeschlafen.

Während der folgenden Stunden zuckt und wimmert sie im Traum leise vor sich hin. In diesen Augenblicken berühre ich ihre Wangen und streiche zart über ihr goldenes Haar. Ich flüstere ihr zu, dass alles wieder gut wird und sie in Sicherheit ist, dass ich sie beschützen werde, was auch immer noch kommen mag. Meine Worte erreichen sie offenbar selbst im Traum. Sie beginnt sich merklich zu entspannen.

Ich selbst kann nicht schlafen, zu verwirrend sind die jüngsten Ereignisse. Mein Blick fällt auf Quintus und Lucius. Zwei getreue Kameraden, die mit mir auf die Suche nach einer Fremden gegangen sind, ohne sich zu beklagen.

Ja, ich bin ihr Tribun, und sie müssen mir gehorchen. Und ja, sie waren es, die Mara haben entkommen lassen. Aber andererseits wissen die beiden ganz genau, dass der römische Statthalter mit meiner Schwäche für diese Frau nicht einverstanden wäre. Das wäre er wirklich nicht, aber das kümmert mich nicht. Sie ist wahrlich etwas Besonderes, und sie hat heute ihr Leben für mich und meine Männer riskiert. Ich bin ihr etwas schuldig, und – ich begehre sie.

Als die Celtae Lucius töten wollten, hat sie sich waghalsig über ihn geworfen und sich wie eine Verrückte aufgeführt. Es hat einen Augenblick gedauert, ehe ich begriffen habe, dass sie versuchte, die Aufmerksamkeit des Druiden zu erregen.

Was auch immer Mara in der Hütte für einen Zauber angewandt hat, Lucius kehrte von den Toten zurück. Selbst die Wachen tuschelten und wirkten ehrfürchtig angesichts dessen, was sie dort drinnen mit angesehen hatten.

Doch am nächsten Tag hatte man uns ins Langhaus geschafft. Was sie mit uns machen wollten, habe ich nicht erfahren – waren wir nur noch am Leben, um den Tod meines ehemaligen Legionärs Vinus mit anzusehen? Oder ging es um mehr?

Ich weiß nur, dass sie wissen wollten, wer Mara ist, und dass sie die Absicht hatten, sie einer Prüfung zu unterziehen. Viele der Versammelten hielten sie für eine römische Spionin. Die Vorstellung, dass sie deswegen sterben könnte, hatte mich an den Rand der Verzweiflung gebracht. Trotz meines Entsetzens ist mir nicht entgangen, wie wenige Celtae bei der Versammlung erschienen waren, die doch für sie ein großes Spektakel gewesen sein muss.

Auch die Anwesenheit einiger Chatti habe ich bemerkt – eigentlich sind die Stämme derzeit verfeindet. Wieder ein Indiz dafür, dass im Hinterland etwas vor sich geht, was den Verdacht des Statthalters bestätigt, dass sich die Germanenstämme zusammenrotten, um eine Offensive gegen Rom zu starten. Allerdings gingen wir bisher davon aus, dass es nicht allzu bald so weit sein würde. Unsere Legionen von mehr als zehntausend Mann durch diese urwüchsige Wildnis zu führen, bedarf einiger Vorbereitung. Es sieht nicht so aus, als bliebe uns dafür noch genügend Zeit. Doch ich weiß nicht, ob wir es lebend zum Lager schaffen werden, um von unseren neuen Erkenntnissen zu berichten.

Es war und ist eine sternenklare Nacht. Nicht eine Wolke ist am Himmel zu sehen. Umso überraschter waren die Germanen von dem Donner, der aus heiterem Himmel ihren Gefangenen getroffen hatte.

Ich blicke auf Mara hinunter und denke an ihre Verzweiflung, als man Vinus auf den Scheiterhaufen brachte. Sie war starr vor Schreck, jegliche Farbe war ihr aus dem Gesicht gewichen. Dass sie so viel Mitgefühl mit ihm empfunden hat, wundert mich, aber sie ist eben anders als andere. Sie hat ihren Donnerstab benutzt, um Vinus zu erlösen, obwohl sie es bisher nach Kräften vermieden hatte, ihre wahre Macht als *Auguratricis* oder sogar *Deam* zu offenbaren. Ich frage mich, was von beidem sie sein mag – Zauberin oder Göttin? Ich halte alles für möglich. Angst vor ihr habe ich jedoch nicht, denn gerade ihr Mitgefühl und die Tatsache, dass sie ihre Zauberkraft bisher nur dieses eine Mal eingesetzt hat, zeigen mir, dass sie nicht die Absicht hat, uns zu schaden.

Jetzt müssen wir schnellstens zurück ins römische Lager. Nur dort sind wir sicher. Quintus reißt mich aus meinen Gedanken: Ich bin mit der Wache dran. Behutsam versuche ich, die an meiner Schulter eingeschlafene Schönheit abzulegen. Im Schlaf protestiert sie leise, und auch ich kann mich nur schwer von ihr lösen.

Bald wird die Sonne aufgehen, und unsere Verfolger sind sicherlich schon auf dem Weg. Zwar haben wir nicht den direkten Pfad zum Lager eingeschlagen, aber einen zu großen Umweg scheue ich, da wir sonst noch tiefer ins Barbarenland geraten. Größere Streckenabweichungen auf unserem Weg nach Süden könnten die Barbaren nutzen, um uns durch gut positionierte Wachposten abzupassen.

Die Vögel sind bereits wach und zwitschern laut vor sich hin, als ich plötzlich in der Ferne das keltische Horn höre. Uns bleibt nicht mehr viel Zeit.

»Quintus, Lucius! Wacht auf! Wir müssen weg!« Mara wecke ich, indem ich ihr behutsam über die Wange streiche. »Du musst aufstehen. Es wird Zeit, hier zu verschwinden.«

Verwirrt starrt sie mich an, bis sie begreift, wo sie ist. Ihre Augen füllen sich mit Tränen. Ich ziehe sie zu mir hoch und nehme sie fest in den Arm. »Es wird alles wieder gut. Ich verspreche es dir! Niemand wird dir ein Leid zufügen, solange ich bei dir bin.«

Sie ist so zerbrechlich. Diese Frau, die kämpfen kann wie drei meiner besten Männer und den Donner beherrscht, ist so empfindsam. Sie schaut mich an und spricht wieder in der mir unbekannten Sprache, aber der verzweifelte Klang ist nicht zu überhören.

Kann *das* die Sprache der Götter sein? Doch das wäre schon seltsam. »Mara, ich verstehe dich nicht.«

Sie wechselt wieder zum Lateinischen: »Ja, weiß ich.«

»Was hast du denn eben gesagt?«, will ich wissen. »Und was ist das für ein Dialekt?«

Trocken beantwortet sie mir nur die letzte Frage: »Deutsch!«

Doedsch? Noch nie davon gehört.

Quintus macht Druck: »Marcus, wir müssen jetzt hier weg!«

Mara zögert, blickt mich an.

»Was ist?«, frage ich ungeduldig. »Wir müssen wirklich gehen!«

»Ich muss mal. Ihr Männer habt es da recht einfach«, äußert sie mit vorwurfsvollem Blick.

Kurz starren wir sie stumm an, ehe wir begreifen, was sie meint. Jetzt sind wir es, die betreten dreinschauen.

»Da links am Felsen, hinter dem Busch, kannst du dich erleichtern.«

»Okay, danke. Bin gleich wieder da.«

Ookai? Was ist denn das wieder für ein Wort?

Einige Minuten später ist sie zurück, und wir könnten endlich aufbrechen, wenn – ja, wenn – sie uns nicht erneut aufhalten würde.

»Was ist es denn diesmal?« Jetzt bin ich wirklich gereizt, hübsches Antlitz hin oder her.

»Lucius braucht noch seine Medizin, und ich muss den Verband wechseln.« Ohne meine Antwort abzuwarten, geht sie auf ihn zu, kramt in ihrem Beutel und gibt ihm eine kleine weiße Scheibe. Er steckt sie in den Mund, ohne zu zögern, und spült sie mit einem Schluck Wasser hinunter. Er vertraut ihr ganz offensichtlich.

Was mag das sein? Vielleicht Ambrosia?

Die Nahrung der Götter?

Als sie ihm den Verband wechselt, ihn berührt, blickt er sie an, und in seinen Augen sehe ich Zuneigung. Er hat offensichtlich Gefühle für sie entwickelt, da bin ich mir sicher. Ich verstehe ihn nur zu gut. Dennoch – es bereitet mir Unbehagen, denn sie gehört zu mir!

Die Töne des keltischen Horns kommen immer näher. Wir müssen uns wirklich beeilen.

Während wir durch den Wald hasten, gewinne ich den Eindruck, als kämen die Klänge aus verschiedenen Richtungen. Wenn dem so ist, sind vermutlich mehrere Gruppen auf der Suche nach uns. Wir werden es nicht mehr rechtzeitig ins

Lager schaffen, ehe eine davon uns einholt. Wir benötigen schnellstens einen sicheren Unterschlupf.

»Quintus, Lucius ... ihr hört sie auch?«

Beide antworten gleichzeitig: »Ja!«

»Wir benötigen eine Zuflucht. Schnell!«

Während ich mit den beiden spreche, hat sich Mara ein Stück entfernt. Ich behalte sie sorgsam im Auge. Sie steht auf dem höchsten Punkt des vor uns liegenden Hügels und blickt auf die Ebene hinaus, die sich Richtung Südwest ausbreitet.

Es ist ärgerlich, denn wir sind gar nicht weit weg von unserem Lager. Man kann von hier aus sehr gut die Berge des Civitas Taunensium sehen. Aber wir werden es nicht mehr rechtzeitig dorthin schaffen.

Als wir uns gerade auf die Suche nach einem geeigneten Versteck machen wollen, ruft Mara nach mir. Zuerst vermute ich, dass man uns entdeckt hat. Ich laufe zu ihr und trete an ihre Seite, blicke ebenfalls auf die Ebene hinab, doch ich kann nichts Verdächtiges erkennen. »Was ist?«, will ich nervös wissen.

Sie richtet die klaren blauen Augen auf mich, sie leuchten vor Freude. »Ich kenne diesen Ort!«

»Du warst schon mal hier?«

Sie dreht sich in alle Richtungen und deutet auf einige Landmarken, dabei redet sie in ihrem eigenen Dialekt.

»Ich verstehe dich nicht, Mara. Sprich Latein!« Anlässlich der drohenden Gefahr werde ich immer ungeduldiger.

»Hier könnte eine Höhle oder Tunnelanlage sein.« Sie kneift die Augen zusammen und sieht sich hastig auf dem Hügel um. Dann läuft sie los, ich folge ihr, und tatsächlich: Unter einer riesigen Eiche befindet sich eine schmale Öffnung; sie ist so zugewuchert, dass man sie kaum erkennt. Zudem liegt der Eingang an einem leichten Steilhang.

Hätte Mara nicht genau dort gesucht, wir hätten ihn nie gefunden. Ich rufe nach meinen Centuriones, die sofort herbeieilen. Ungläubig spähen sie durch die Öffnung und können unser Glück kaum fassen. Allerdings wird es nicht leicht, dort hineinzuklettern. Der Durchlass ist schmal und zugewuchert. Wir dürfen keine Spuren hinterlassen, also müssen wir aufpassen, dass die Pflanzen weitestgehend heil bleiben.

Bedauerlicherweise haben wir unsere eigenen Waffen nicht mehr, die hat man uns weggenommen. Aber auf der Flucht konnten wir zwei keltische Kurzschwerter erbeuten und ein Beil. Mit diesen Hilfsmitteln drücken wir nun das Grünzeug beiseite, damit einer nach dem anderen ins dunkle Unbekannte klettern kann. Ein paar Blessuren holen wir uns dabei, einige der Sträucher tragen Dornen, aber das ist, verglichen mit den Celtae, das kleinere Übel.

Als wir endlich alle im Loch verschwunden sind, sehe ich noch einmal nach dem Eingangsbereich und richte das Gestrüpp wieder her, so gut es geht. Nur ist es jetzt – nahezu ohne Restlicht von draußen – stockdunkel geworden. Ohne Lichtquelle können wir uns kaum von hier fortwagen. Während wir uns vorsichtig orientieren, suche ich nach Mara und rufe schließlich leise ihren Namen.

Ein zaghaftes »Hier« dringt an mein Ohr.

Vorsichtig taste ich mich zu ihr durch. Sie selbst sucht mit ihren Händen ebenso nach mir, und als sie mich findet, klammert sie sich an mir fest.

»Wir bleiben hier. Ohne Licht kommen wir hier unten nicht weit.«

»Was glaubst du, wie lange wir hier ausharren müssen?«, fragt sie angespannt.

»Die *Carnyces* klangen ziemlich nah. Das Beste wird sein, wir ruhen uns etwas aus, sind leise und haben ein Auge und Ohr auf den Eingang.«

Mara drängt sich ungewohnt nah an mich heran.

»Geht es dir gut?«, erkundige ich mich. Mir gefällt der Körperkontakt sehr, aber es überrascht mich, dass sie auf einmal meine Nähe sucht. Leise wispert sie: »Schon. Nur, hasse ich Dunkelheit und ... Spinnen.«

»Was? Wirklich?« Bei dieser Offenbarung muss ich unwillkürlich schmunzeln. Sie streckt die härtesten Krieger nieder und vernäht Fleischwunden wie Leinen, aber vor Spinnen hat sie Angst? Nein, sie ist keine Göttin. Sie ist eine Frau mit bemerkenswerten Fähigkeiten und allzu weiblichen Fehlern.

»Lach nicht!«, höre ich sie empört flüstern.

»Mach ich doch gar nicht.« Man hört meiner Stimme deutlich an, dass das geschwindelt ist.

»Lügner!« Nun klingt sie verärgert.

»Selbst wenn hier welche sind, wirst du sie nicht sehen«, necke ich sie. Und schon hat sie mir ihren Ellenbogen in die Rippen gestoßen.

»Autsch. Das war nicht nett«, hauche ich ihr ins Ohr.

»Mag sein, aber nett bist du ja auch nicht.« Bei diesen Worten hat sie ihren Kopf zu mir gedreht, und auf einmal sind wir uns ganz nah, fast berühren sich unsere Lippen. Ich spüre ihren Atem in meinem Gesicht und rieche ihren Duft. Ihren ganz besonderen, ganz eigenen Geruch.

Mir wird ganz warm. Der Drang, sie zu küssen, ist stark. Wäre ich doch nur mit ihr allein. Dann könnte ich für nichts garantieren.

Auch sie bemerkt die Anziehungskraft zwischen uns. Zieht sich aber augenblicklich zurück, als unvermittelt das keltische Horn ertönt, nah am Eingang. Schlagartig erfüllt uns eine ganz andere Art der Anspannung. Es bedarf keiner Worte, die Lage ist ernst. Die Waffen bereit, stehen wir auf dem Sprung, falls die Celtae den Zugang finden sollten.

Nun hören wir auch Stimmen. Derweil hat sich Mara wieder eng an mich gedrückt. Sie hält den Atem an, um zu lauschen, viel zu lange, und als sie dann Luft holen muss, klingt es wie ein Keuchen.

Draußen wird es ruhiger. »Sie sind wohl weitergezogen«, sagt Lucius. »Wir haben es geschafft.«

»Sei still!«, mahnt Quintus ihn zur Ruhe. »Es gibt immer eine Nachhut.«

Er befürchtet Nachzügler, die uns noch entdecken könnten. Damit liegt er gar nicht so falsch. Von dieser Anhöhe aus kann man weit über die Ebene hinwegblicken. Es wäre taktisch klug, Posten vor Ort zu belassen, die verdächtige Bewegungen im Tal melden. Doch Lucius lässt sich nicht beirren und will von Mara wissen: »Woher kennst du eigentlich diese Stätte?«

»Verdammt, halt endlich deinen Mund! Da draußen ist noch jemand«, zischt Quintus leise. Kaum hat er es ausgesprochen, raschelt es bereits am Eingang.

Unsere Sinne sind aufs Äußerste geschärft. Wir wappnen uns für den Kampf. Und da schreit draußen auch schon jemand: »Hier ... schnell, kommt her, hier ist es!«

Verdammt ...

Als einer der Barbaren mit dem Kopf voran hereinzukommen versucht, verliert er ihn sogleich, Quintus hat das Problem sekundenschnell gelöst. Das abgeschlagene Haupt, kaum erkennbar im plötzlich eindringenden schwachen Tageslicht, rollt mir vor die Füße, was Mara einen kurzen, spitzen Schrei entlockt.

Die Gefährten des Toten ziehen die Leiche heraus, und wir hören sie lautstark miteinander streiten. Es sind überraschend wenige Stimmen, es scheint sich nur um einen kleinen Trupp zu handeln. Einer von ihnen schlägt vor, uns auszuräuchern, ein anderer will den Eingang verschließen, und wieder jemand anders will einfach hinunterspringen und das Problem mit der Waffe lösen.

Es dauert nicht lange, und sie entscheiden sich fürs Ausräuchern. Jetzt im Sommer ist alles trocken, die Pflanzen am Eingang brennen wie Zunder. Wir stecken im wahrsten Sinne des Wortes in einer brenzligen Lage.

»Wenn wir versuchen, hinauszugelangen, werden sie uns einen nach dem anderen abschlachten«, stellt Quintus nüchtern fest.

»Da hast du recht. Uns wird nichts anderes übrig bleiben, als tiefer in den Gang einzudringen. Es muss noch einen anderen Ausgang geben.«

Meine Stimme klingt zuversichtlich, und das bin ich auch. Wir werden hier lebend wieder rauskommen. Ganz sicher!

Allerdings ist die Dunkelheit nach wie vor ein gewaltiges Problem. Es dringt bereits Rauch ein. Sie scheinen uns also nicht lebend haben zu wollen.

Urplötzlich erstrahlt inmitten der Finsternis die Sonne, und wir sind blind.

Was in Jupiters Namen ist das?

KAPITEL 12 - STURMFELS

Was für eine Katastrophe! Nun bin ich schon wieder in einem Tunnel gefangen, wenn auch in einer anderen unterirdischen Anlage als der, die mir vor ein paar Tagen den ganzen Schlamassel erst eingebrockt hat.

Rauch dringt in unser Versteck ein, und ich würge. Sehe den barbarischen Feuertod des Legionärs wieder vor mir. Das mit anzusehen, war das grausamste Ereignis meines Lebens. Wie kann man einen Menschen bei lebendigem Leib verbrennen? Es ist mir unbegreiflich. Aber um ehrlich zu sein, hat sich seitdem nicht viel verändert: Zwar hat sich die westliche Zivilisation auf gemeinsame Werte festgelegt, die Bürger- und Menschenrechte garantieren, doch die Wahrheit ist leider noch immer: Menschen sind zu unvorstellbarer Grausamkeit fähig. Egal, wie zivilisiert, emanzipiert und kultiviert sie zu sein glauben.

Ich musste Vinus erlösen – selbst er hatte ein solch barbarisches Ende nicht verdient.

Wenn wir hier nicht wegkommen, werden wir ähnlich entsetzlich sterben. Ich taste in meinem Rucksack nach der Taschenlampe und zögere. Marcus war der Einzige, der bemerkt hat, dass ich für Vinus' plötzlichen Tod verantwortlich bin, und er hat die Waffe in meiner Hand gesehen. Angst vor mir schien er nicht zu haben, doch was mag er denken? Und was wird er dazu sagen, wenn ich jetzt einen weiteren eigenartigen Gegenstand benutze und damit etwas vollbringe, was ihm vorkommen muss wie Magie?

Ich kann ihm keine einfache Erklärung dafür liefern. Dies ist eben nicht meine Welt. Seine fragenden Blicke nehme ich wohl wahr, vor allem, als ich in meiner Muttersprache fluche, aber ich achte nicht darauf. Verstehen wird mich hier sowieso keiner. Weder meine Sprache noch mich als Mensch. Wenn ich auf Deutsch vor mich hinschimpfe, fühle ich mich nicht mehr ganz so verloren, kann Frust und Ängste rauslassen, die mich aufzufressen drohen.

Doch im Augenblick bleibt mir keine andere Wahl, als einen weiteren Gegenstand preiszugeben.

Ich schalte die Taschenlampe ein.

»Ich bin blind«, schreit Quintus nach einer kurzen Schrecksekunde.

»Was ist *das*?«, fragt Lucius ängstlich.

Und Marcus? Er wirkt irritiert, aber nicht panisch.

Die anderen beiden wollen mit gezückten Waffen gegen die Lichtquelle vorgehen und damit quasi gegen *mich*. Hastig brülle ich: »Stopp! Aufhören!«, und drehe die Lampe in meine Richtung, sodass sie mich anleuchtet.

Marcus drückt die Schwertarme der beiden Centuriones nieder, um zu verhindern, dass sie versehentlich ihre Waffen gegen mich einsetzen.

»Was zum Jupiter ist das?«, verlangt er zu wissen.

»Also, das ist, ähm … eine Art Eisenrohr … und da ist eine Fackel drin.«

Was für ein jämmerlicher Erklärungsversuch!

Ungläubig hakt Marcus nach: »Was soll das sein? Eine Fackel?«

»Das ist jetzt nicht wichtig. Wir müssen hier schnellstens raus! Und jetzt sehen wir wenigstens etwas.«

Mit der Lampe in der Hand zwänge ich mich zwischen den ungläubig staunenden Männern hindurch und gehe voran, denn für Erklärungen haben wir keine Zeit. Ein mulmiges Gefühl habe ich dabei schon, aber die drei folgen mir wortlos.

Zügig und sorgfältig durchschreite ich den Gang und bedauere, dass ich kaum Zeit habe, mir alles genauer anzusehen. Wir müssen erst einmal Abstand zwischen uns und die Kelten bringen.

Während ich weitergehe, kommen mir allerlei Erinnerungen zu diesem Fleckchen Erde: Das hier dürfte die Stelle sein, an der über zweitausend Jahre später Stornfels erbaut werden würde, beziehungsweise zuerst natürlich die Burg *Sloz Sturmfels* auf einem erodierten Vulkanschlot, am Rande des Vogelsbergs, dem größten zusammenhängenden Basaltmassiv erloschener Vulkane in ganz Europa.

In der Vergangenheit, in die es mich verschlagen hat, weist die Anhöhe lediglich Spuren einer nur noch schlecht erhaltenen Ringwall-Anlage auf, Gebäudereste waren nicht zu erkennen. Stornfels' Nachbardorf Ulfa soll keltischen Ursprungs sein. Offenbar ist diese Erhebung hier früher einmal für Kulthandlungen genutzt worden.

Wären wir weiter Richtung Wetterau geflüchtet, hätten die Germanen sicher leichtes Spiel gehabt. Auf dem Weg dorthin gibt es kaum Deckung, die Römer haben die Gegend bereits größtenteils entwaldet – sie benötigen fruchtbare Anbaugebiete für Getreide und mehr.

Zum Glück für uns ist mir in letzter Sekunde der Tunneleingang in der Nähe der Kirche eingefallen, die hier zu meiner Zeit stehen wird, sie wird im neunzehnten Jahrhundert aus den Resten der Burg erbaut werden. Aber in dem unterirdischen Gang war ich nie gewesen, denn man hatte ihn schon zu Zeiten meiner Großeltern zugemauert. Als Kind wurde mir mit der Mär, dass dort böse Geister wohnen sollten, Angst gemacht. Ich glaubte das.

Jetzt hier zu sein, weckt meine Lebensgeister. Und unglücklich bin ich über diese Wendung nicht, denn ich will nicht zurück in ein römisches Lager. Ich glaube kaum, dass Marcus oder seine Vorgesetzten mich wieder gehen ließen.

Im Moment sehe ich uns als eine Art Zweckgemeinschaft, verbündet auf der Flucht vor einem gemeinsamen Gegner. So meine Sicht, Marcus wird vermutlich anders darüber denken.

Die Männer hinter mir räuspern sich, ich reagiere nicht darauf. Jetzt erst nehme ich meine Umgebung im Lampenlicht bewusster wahr und schaue genauer hin.

Anfänglich schien der Tunnel eine schlichte Erdhöhle zu sein – rund, mit glatten Wänden und so hoch, dass ein normal gebauter Mensch aufrecht hindurchgehen kann. Das Ganze erinnert mich an eine TV-Doku über sogenannte *Erdställe* in Bayern, die ich vor einer Weile gesehen habe. Aber in diesen Erdställen kam man oft nur gebückt oder kriechend voran, im Gegensatz zu unserem Gang hier.

Bei vielen dieser Untertunnelungen ist das Datum nicht klar bestimmbar. Und zu welchem Zweck sie angelegt wurden, ist noch nicht hinreichend erforscht. Vereinzelte Anlagen könnten möglicherweise sogar aus der Steinzeit stammen. Die meisten allerdings führen nirgendwohin. Es wäre eine Katastrophe, wenn unser Gang wie die bayrischen Erdställe in einer Sackgasse enden würde. An ein solches Szenario möchte ich gar nicht erst denken.

Nach den ersten Metern ändert sich die Bauweise. Wir treffen auf Fels, also Basaltgestein. An einigen Stellen sehe ich Mauerwerk aus flachen Steinen, quer darauf liegende schwere Steinplatten dienen als Decke. Vielleicht zur Stabilisierung? Und alles in Trockenbauweise, ohne Mörtel. Was für eine

Plackerei muss das seinerzeit gewesen sein. Nur – zu welchem Zweck?

Auf Räume oder Seitenkammern sind wir bisher nicht gestoßen, daher schließe ich eine Nutzung als Erdkeller eher aus. Niedriger ist der Gang bisher auch nicht geworden, wir können ihn immer noch aufrecht durchschreiten. Es liegt nichts herum, was Rückschlüsse auf die mögliche Benutzung zulassen könnte. Womöglich ist das ein gutes Zeichen? Denn dann hat diese *Wurst* vielleicht auch *zwei Enden*, also einen Ein- und einen Ausgang. Es muss einfach einen Ausgang geben! Es macht sich doch keiner so viel Arbeit für eine Sackgasse?

Wieder räuspert sich jemand hinter mir. Und wieder reagiere ich nicht darauf, denn ich führe es auf den eingeatmeten Rauch zurück. Irrtum! Marcus ist es, der sich bemerkbar gemacht hat, und als ich nicht reagiere, räuspert er sich gleich noch mal. Ich drehe mich um und leuchte ihm dabei versehentlich direkt ins Gesicht, worauf er die Augen zukneift, einen Schritt zurückweicht und wohl den Fuß von Quintus erwischt, jedenfalls meckert der: »Autsch! Verflucht!«

»Was ist?«, will ich gereizt wissen. Trotz Licht und Neugier beginnt die Umgebung auf mich negativ zu wirken. Kein Wunder, dass die Menschen früher an Geister, Trolle, Werwölfe und allerlei andere seltsame Gestalten geglaubt haben. Das Gehirn spielt einem schnell so manchen Streich – so allein in der Dunkelheit. Wie damals im Tunnel auf der Suche nach Korber, als ich das Gefühl hatte, jemand hauche mich an. Erneut fröstelt es mich bei dem Gedanken.

»Nimm das Ding aus meinem Gesicht!«, gibt Marcus gereizt zurück. Als ich das Licht von ihm abwende, spricht er weiter: »Halte deine Fackel nach links unten, auf Bodenhöhe. Da liegt etwas.«

»Wo?«

»Na, da! Etwa fünf Fuß vor dir ... links.« Er zeigt auf die Stelle. Vielleicht bin ich unbewusst doch noch zu hastig unterwegs, denn eigentlich will ich hier nur schnellstens raus.

Marcus hat recht: In Bodenhöhe befindet sich eine kleine Nische, direkt in der Steinwand. Dort liegen ein Lochbeil und ein paar Pfeilspitzen aus Stein. Ich bin kein Archäologe, denke aber, dass das Zeug schon ein paar tausend Jahre alt sein wird. Während ich die nähere Umgebung der Fundsachen ausleuchte, entdecke ich gegenüber der Nische einen einzelnen riesigen Stein. Er ist in die Trockenmauer eingebettet worden. Ein Menhir.

»Was hältst du davon?«, fragt mich Marcus.

»Keine Ahnung. Vermutlich ein Kultplatz. Aber wofür genau und von wem erbaut ... wirklich keine Ahnung«, gebe ich ehrlich zu.

»Schau, dort!«

Als ich wieder in den Gang leuchte, kann man in der Ferne eine Weggabelung erkennen. Wir gehen darauf zu, der Tunnel kommt mir jetzt leicht abschüssig vor. Vielleicht ist das ein gutes Zeichen? Dem Rauch jedenfalls sind wir längst entkommen. Und wieder blitzt eine Erinnerung auf:

Früher haben die alten Stornfelser davon gesprochen, dass es unterirdische Fluchtwege bis nach Laubach geben solle. Das habe ich mir beim besten Willen nie vorstellen können. Denn wer sollte sich zehn Kilometer weit durch den felsigen Untergrund graben, und warum? Nun werde ich es vielleicht herausfinden.

Als wir den Abzweig erreichen, wird unsere Hoffnung auf einen Ausgang enttäuscht. Der Gang gabelt sich lediglich. Wir müssen eine Entscheidung treffen.

»Welchen nehmen wir?«, will Lucius wissen.

»Womöglich wäre es sinnvoll, wenn wir uns trennen?«, schlägt Quintus vor.

Marcus überlegt recht lange. Ich sehe ihm an, dass er ungern die Truppe splitten möchte. Außerdem habe ich nur eine einzige Taschenlampe, und eine Gruppe müsste ohne Licht weitergehen.

Quintus hält an seinem Vorschlag fest, er ergänzt: »Unsere Aussichten stünden besser. So schaffen es vielleicht zwei von uns ins Lager, um Meldung zu machen, dass sich die Germanenstämme bereits verbündet haben und jederzeit mit einem Angriff zu rechnen ist.«

Da ist was dran. Das scheint auch Marcus so zu sehen. »Dann machen wir das so. Du und Lucius geht links entlang, ich und Mara rechts. Wer in eine Sackgasse gerät, kehrt um und versucht den jeweils anderen Gang. Wenn wir uns nicht mehr antreffen sollten, dürfte mindestens einer der Tunnel nach draußen geführt haben.«

Die anderen beiden nicken. Mir fällt noch etwas ein: »Wartet!« Rasch krame ich ein Feuerzeug aus meiner Tasche. Damit gebe ich zwar wieder etwas von der modernen Technik meiner Zeit preis, aber auch in römischer Zeit gab es Ähnliches: Mittels Zunder und Feuerstein wurden früher Funken erzeugt. Gar nicht so viel anders als heute. Na ja, okay, eigentlich schon, aber ich kann die Jungs doch nicht ohne Hilfsmittel ins Dunkel laufen lassen.

»Hier, das ist eine Art Feuereisen. Damit könnt ihr euch ein bisschen Licht machen.« Ich übergebe es Quintus und zeige ihm, wie er es benutzen kann und was er tun muss, wenn es ausgeht. Natürlich sehe ich schon wieder in überraschte Gesichter. Ich glaube, jetzt halten sie mich endgültig für eine Magierin. Soll mir recht sein.

Lucius drücke ich die letzte Antibiotika-Pille in die Hand, mit der Anweisung, sie am nächsten Tag einzunehmen. Er blickt mich traurig an. Ich kann nicht anders und umarme ihn kurz und herzlich, was ihn offenkundig sehr überrascht. Anfänglich erwidert er noch etwas zaghaft meine Umarmung, dann aber drückt er fester zu. Ich ahne, dass er ein bisschen für mich schwärmt, was Marcus sichtlich nicht gefällt. Das ist mir aber einerlei. Wer weiß, ob ich die beiden je wiedersehen werde?

Quintus ist eher der kühlere Typ, ihm nicke ich lediglich zu und verabschiede mich von beiden mit den Worten: »Viel Glück!« Marcus gibt noch ein paar Anweisungen, und schon trennen sich unsere Wege.

Wir gehen ohne die beiden weiter. Zu meiner Überraschung spricht Marcus kein Wort. Ich habe erwartet, dass er mich jetzt, da wir unter uns sind, mit Fragen löchert. Aber nichts geschieht. Ist er sauer? Oder bereut er bereits die Entscheidung, die Gruppen aufgeteilt zu haben?

»Marcus?«

Es dauert einen Moment, bis er reagiert. »Ja?« Er klingt tatsächlich angesäuert.

»Habe ich etwas falsch gemacht?«, erkundige ich mich vorsichtig.

Unvermittelt hält er mich an der Schulter fest und dreht mich zu sich um. Da er meine Arme nach unten drückt, fällt mir die Taschenlampe aus der Hand. Das interessiert ihn aber nicht. Wir stehen im Halbdunkel voreinander und starren uns an. Er ist wütend. Nur warum? Was habe ich ihm denn getan?

»Was sollte das eben mit Lucius?«, verlangt er gereizt zu wissen. Dabei verstärkt er den Druck auf meine Oberarme.

»Hä ... was? Marcus, du tust mir weh!«

Ich kapiere gerade gar nichts.

»Du mir auch! Schon vom ersten Tag an.« Er presst diese Worte zwischen den Zähnen heraus. Wie das Ventil eines Topfs, der kurz vorm Überkochen steht. »Liebst du ihn?«

»Wen? Lucius? Was redest du denn da für einen Unsinn!«

Jetzt verstehe ich. Er ist eifersüchtig.

Auf einmal kann ich mir ein Grinsen nicht verkneifen.

Das war offenbar ein Fehler. Denn Marcus reißt mich augenblicklich in seine Arme und küsst mich hart und fordernd. Oder sagen wir eher, mit einer Gewalt, als wolle er jeden Gedanken an Lucius aus meinem Bewusstsein tilgen.

Zuerst will ich diesen ungestümen Überfall nicht dulden und wehre mich – ein wenig. Allerdings sendet mein Körper verräterische Signale. Und da Marcus nicht gewillt ist, mich loszulassen, und auch mein Körper seine drängenden Lippen willig zu akzeptieren beginnt, gebe ich mich der Leidenschaft hin. Er bemerkt meine Kapitulation und nimmt mich nun zärtlicher in den Arm. Sein Kuss ist nicht mehr so hart, aber immer noch nachdrücklich. Er kommt mir vor wie ein Verdurstender, der nach Wasser lechzt.

»Das will ich schon so lange«, flüstert er mir in einer kurzen Atempause ins Ohr.

»Hm ...?« Ich verstehe kaum ein Wort, denn mein Herzschlag ist lauter als seine Stimme.

Plötzlich hört er mit seinen Liebkosungen auf und umfasst mein Gesicht. Von ihm abzulassen, fällt mir irrsinnig schwer. Eindringlich, fast zornig blickt er mir in die Augen. Dann will er erneut wissen: »Bist du in Lucius verliebt? Sag es mir!«

Es fällt mir schwer, mich auf seine Frage zu konzentrieren. Viel dringender möchte ich wieder seine Küsse kosten, als solch eine Eselei beantworten zu müssen. Unbewusst benetze ich mir mit der Zunge die Lippen, um einen unbefriedigenden Ausgleich zu schaffen für das, was mir entzogen wurde. Bei dem Anblick stöhnt er gequält auf und schüttelt mich kräftig, um dann sogleich wieder meinen Mund fast gewaltsam in Besitz zu nehmen. Diesmal wehre ich mich nicht. Nein, ich dränge mich ihm entgegen.

Diese Art Leidenschaft war mir bisher völlig fremd, ich habe so etwas noch nie erlebt. Als wir kurz nach Luft ringen, fragt er mich fast flehend: »Bitte Mara, sag mir doch endlich, was du für ihn empfindest?«

Ich muss zugeben, ich genieße diesen Moment und diese Macht über ihn. »Da ist nichts«, hauche ich kaum hörbar und hoffe, ihn damit zu erlösen.

Ungläubig erwidert er: »Wie kann ich dir nur glauben?«

»Weil es wahr ist!« Nun bin ich es, die sein Gesicht zwischen die Hände nimmt und ihn ganz nah heranzieht.

»Lucius ist ein netter junger Mann. Mehr nicht. Glaubst du, ich könnte jemand anderen so berühren wie dich?«

Bei diesen Worten beginne ich ihn vom Hals aufwärts zu liebkosen und knabbere an seinem Ohr, bis ein Beben durch seinen gesamten Körper fährt und er auf die Verschmelzung unserer Lippen nicht länger warten will.

Marcus drängt mich gegen die Tunnelwand, und ich spüre deutlich, dass nicht nur sein Gemüt erregt ist. Unsere Umwelt nehmen wir gar nicht mehr wahr. Wir bekämen es nicht mit, wenn sich jemand nähern würde. Mit einer einzigen Ausnahme: Plötzlich spüre ich etwas *Kribbeliges* auf meinem Arm. Und ich weiß genau, dass es nichts mit Marcus zu tun haben kann. Es muss eine Spinne, ein Käfer oder etwas ähnlich Ekliges sein. *Widerlich*!

Abrupt stoße ich Marcus von mir weg, reibe mir panisch die Arme und hüpfe wie ein Flummi auf der Stelle. Durchwühle und schüttele meine Haare und gebe Geräusche von mir wie eine Verrückte: »Argh ... Igitt ... Pfui ...«

Natürlich ist Marcus von meinem urplötzlichen Sinneswandel irritiert. Als er versteht, was los ist, schüttelt er sich vor Lachen. Er versucht mich beruhigend in die Arme zu nehmen, aber es bleibt beim Versuch, denn ich klopfe und haue immer noch auf mir herum, um auch wirklich jedes Getier entweder abzustreifen oder abzuschütteln.

Und er? Was macht er? Er lacht noch immer. Nur langsam bekomme ich mich wieder in den Griff. Noch immer angesäuert hebe ich die Taschenlampe auf und suche nach dem dummen Vieh, doch ist es nicht mehr zu finden. Vielleicht auch besser so. Ab und an fällt der Lichtkegel auf Marcus' Gesicht. Er steht breitbeinig, mit verschränkten Armen vor mir und grinst von einem Ohr zum anderen.

»Verdammt, lach mich nicht aus!«, fahre ich ihn sauer an.

Mit nur einem großen Schritt ist er bei mir und umfasst mich ganz fest, dabei drückt er sanft, aber bestimmt meinen Kopf an seine Brust. Tatsächlich beruhige ich mich und atme tief durch.

»Du bist wirklich sonderbar. Ich kenne keine Frau mit solch einer Abscheu vor Käfern.«

»Spinnen!«, korrigiere ich ihn barsch.

»Na gut, dann halt Spinnen.« Er grinst und grinst und grinst, während es mich beim Wörtchen *Spinne* immer wieder schüttelt. Ich gebe bestimmt ein erbärmliches Bild ab. Seit ich hier bin, konnte ich weder duschen noch mich waschen. Ich fühle mich stinkig, staubig und verdreckt, und meine Haare sehen bestimmt aus, als hätte ich in die Steckdose gegriffen. Ich muss ein Bild des Jammers abgeben.

Marcus sieht mich stumm an. Ich drehe mich weg. Er umfasst mein Kinn und zwingt mich, ihn anzusehen.

Bekümmert erwidere ich seinen Blick. »Sieh mich bitte nicht an. Ich fühle mich so schmutzig. Ich muss ganz furchtbar aussehen.«

»Du bist die seltsamste, aufregendste, stärkste und vor allem schönste Frau, die ich jemals kennenlernen durfte.«

Er sieht aus, als meinte er es vollkommen ernst. »Du bist wunderschön mit deinen wilden blonden Haaren und deinen blauen Augen. Und dein Duft ...« Wie zur Bestätigung atmet er meinen Geruch ein und bekommt einen ganz verklärten Blick. Seine Lippen nähern sich erneut den meinen und verschmelzen mit ihnen zu einem leidenschaftlichen Kuss. Schnell wird er wieder fordernd. Kurz vergesse ich alles, sogar die Tatsache, dass wir so schnell wie möglich aus diesem Tunnel fliehen sollten.

Bis mir meine Krabbeltier-Erfahrung, *hier in diesem dunklen Gang*, wieder in den Sinn kommt. An einer weiteren derartigen Erfahrung habe ich kein Interesse. Als ich mich endlich von ihm lösen kann, flüstere ich atemlos: »Marcus, wir sollten hier wirklich schnellstens weg!«

Es dauert eine Weile, bis meine Worte zu ihm durchdringen und er mir mit einem knappen Nicken zustimmt, gefolgt von einem tiefen Seufzer des Bedauerns. Dann zwinkert er mir zu: »Wegen der Spinnen, nicht wahr?«

Kein Kommentar!

Die körperliche Trennung fällt mir schwer. Ich spüre immer noch seine Küsse auf meiner Haut und möchte mehr davon. *Dieser Römer ist unerwartet – lecker.*

Kurz bevor wir uns endgültig voneinander lösen, blickt er mir tief in die Augen. »Ich weiß nicht, wer du bist oder was du für Absichten hast, aber ich vertraue dir. Du hast mich für dich eingenommen. Das muss die Magie der Götter sein.«

Ich kann kaum sprechen und gebe ihm daher lieber einen schnellen Kuss zur Antwort, bevor ich mich umdrehe und den Gang entlanglaufe. Als sich die Hormone langsam wieder beruhigen, stellt er mir doch noch Fragen. Vor denen ich mich ehrlich gesagt bereits gefürchtet habe.

»Mara?«

»Ja?«

»Vertraust du mir denn auch?«

Ich weiß nicht so recht, was ich darauf antworten soll. Ich ahne aber, worauf er hinauswill, daher dauert es einen Moment, bis ich etwas erwidere. Die kurze Pause hätte ihm schon ein Wink sein können.

»Du bist Römer, Soldat und ein Mann. Wie weit würdest du dir oder deinesgleichen an meiner Stelle trauen?«

Nun ist er derjenige, der sich für einen Moment nicht äußert. Dann antwortet er: »Ich habe dir bereits gesagt, dass ich auf dich aufpassen und dich beschützen werde. Mit meinem Leben! Das habe ich dir versprochen, und daran halte ich mich auch. Das ist mein Ehrenwort als Marcus Caelius Aurelius!«

Ah, ich erinnere mich: Marcus hatte mich nach unserer Flucht vor den Kelten – beim Rasten – mit diesen Worten in den Schlaf gewiegt. Jetzt wirkt er verletzt. Sein beleidigter Unterton ist nicht zu überhören. Aber wie kann ich ihm vertrauen? Leidenschaftliche Gefühle hin oder her – er ist ein Fremder, in einer sehr fremden Zeit.

»Du kennst mich doch gar nicht. Vielleicht siehst du es ja ganz anders, wenn du mehr über mich erfährst«, wehre ich mich zaghaft.

Er stoppt mich, indem er mich an der Schulter festhält und am Weitergehen hindert. »Mara, mein Ehrenwort zählt mehr. Außerdem kann es nichts geben, was meine Meinung über dich ändern könnte. Ich habe dich erlebt. Du bist mitfühlend, mutig und hast uns das Leben gerettet. Das reicht für mich.«

»Es gibt für alles eine Ausnahme«, widerspreche ich.

Er schüttelt mich leicht. »Jetzt hör auf!«

»Nun, wenn du so über mich denkst, dann brauchst du doch nicht mehr zu wissen, oder?«, werfe ich ein.

Marcus wirkt gleichzeitig frustriert und amüsiert. »Ich habe vergessen zu erwähnen, dass du auch sehr schlau bist.« Er küsst mich auf die Stirn. Ergänzend fügt er hinzu: »Ich sehe, du willst dich mir nicht öffnen. Drängen werde ich dich nicht. Ich kann warten. Wenn du bereit bist, höre ich dir zu. Unvoreingenommen!«

Puh, da bin ich noch einmal um komplizierte Erklärungen herumgekommen. Seine Worte mögen ernst gemeint sein, aber das kann auch daran liegen, dass er mich ganz offensichtlich begehrt. Nur vergeht so etwas auch schnell wieder. Und spätestens wenn ich seinen Vorgesetzten in die Hände falle, ist es vorbei mit seinem Schutz. So weit werde ich es aber nicht kommen lassen. Wenn wir hier raus sind, werde ich meine Flucht planen – *vor ihm*, denn ich muss zu meinem Tunnel!

KAPITEL 13 - IRRWEG

»Sieh nur! Dort dringt Licht ein. Ich glaube, wir haben es geschafft«, rufe ich erleichtert und drehe mich zu Marcus um. Vor lauter Freude verpasse ich ihm einen dicken Schmatzer.

Er lächelt. »Du bist wunderschön, wenn du glücklich bist.«

»Ach Unsinn, ich sehe sicher aus wie eine Wühlmaus ... so grau und schmutzig.« Verlegen klopfe ich mir die Kleidung ab.

»Nein, du bist perfekt«, widerspricht er und streicht mir zärtlich eine Haarsträhne aus dem Gesicht. O mein Gott, seine Worte und vor allem seine Berührung elektrisieren mich. Was würde nur geschehen, wenn wir Zeit für uns hätten? Jede Faser meines Körpers sehnt sich nach seiner Nähe.

Mensch Mädchen, jetzt konzentrier dich endlich auf das Hier und Jetzt. Das mit ihm hat keine Zukunft! Falsche Zeit, falscher Ort ...

Mit aller Kraft schüttle ich die Sehnsucht ab. Denn jetzt geht es nur darum, aus dem Tunnel zu fliehen und – und was? Ja, auch ihm zu entkommen. Leider – irgendwie.

Bei diesem Gedanken werde ich ganz wehmütig. Da finde ich endlich einen Mann wie ihn und muss ihn doch wieder loslassen. Ich seufze tief.

»Keine Sorge. Ich bin sicher, wir werden noch viel Zeit miteinander verbringen.« Spitzbübisch grinst er mich an.

Was meint er denn jetzt? Ach so. Er hat meinen Seufzer gehört und ihn auf seine Weise interpretiert.

Mara, jetzt aber wirklich Konzentration!, schelte ich mich.

Zielstrebig und vorsichtig nähern wir uns der Öffnung im Fels, der teilweise mit Steinen verschlossen ist. Natürlich wuchert auch hier üppiges Grün, die Tunnelanlage ist dem Augenschein nach lange nicht mehr benutzt worden.

»Wir müssen erst ein paar Steine wegräumen«, bemerkt Marcus.

Bevor wir aber mit dem Freiräumen beginnen, lauschen wir aufmerksam nach draußen. Nicht, dass uns ein böses Erwachen droht. Auch die Kelten werden sich zu einem möglichen weiteren Ausgang Gedanken gemacht haben, und falls sie die Anlage kennen, sind sie vermutlich bereits vor Ort, um uns abzupassen. Doch nichts ist zu hören, abgesehen vom Vogelgezwitscher.

Nach einer Weile blicken wir uns gegenseitig an und geben uns damit quasi das Go, die Steine, die uns den Weg versperren, vorsichtig zu entfernen. Zum Glück sind sie nur trocken aufeinander gesetzt und nicht allzu groß. Unsere Umgebung behalten wir dabei stets im Auge. Und dann ist es endlich so weit. Wir können raus. Marcus geht als Erster.

»Niemand zu sehen«, erklärt er leise und hilft mir beim Ausstieg.

Während ich meine Kleidung zurechtrücke, blicke ich mich um und sondiere die Umgebung. Es ist wirklich keine Menschenseele zu sehen oder zu hören. Wir befinden uns mitten im Wald. Auch dieser Ausstieg liegt an einem leichten Hang. In der näheren Umgebung befinden sich viele flache Steine, große und kleine. Sie sehen aus wie runde Basalte und sind überall wild verstreut, eine Ordnung lässt sich nicht erkennen. Alles ist mit Pflanzen überwuchert, sodass auch dieser Zugang nur schwer auszumachen ist.

Wie viel Zeit wir im Tunnelsystem verbracht haben, kann ich nur schätzen. Vielleicht dreißig Minuten? Eher länger. Man verliert im Dunkeln, und zudem noch auf der Flucht, schnell das Zeitgefühl. Jedenfalls gehe ich über den Daumen gepeilt von einer Wegstrecke von etwa zwei Kilometern aus. Weit weg von unserem Ausgangspunkt können wir jedenfalls nicht sein, aber der dichte Wald verhindert eine genauere Positionsbestimmung. Und unsere Gegner werden sicher nach uns suchen. Auf einmal fallen mir Marcus' Freunde ein. Hoffentlich haben es die beiden ebenfalls nach draußen geschafft.

»Komm, wir müssen gehen!«, unterbricht Marcus meine Überlegungen. Er packt mein Handgelenk und zieht mich mit sich. Es widerstrebt mir, so abgeführt zu werden. Ich verfolge ja einen anderen, ganz eigenen Plan.

»Wo willst du denn hin?«, will ich wissen.

»Nach Süden. Wohin sonst?«, entgegnet er, ohne mich dabei anzuschauen.

»Es wird bald dunkel. Wir brauchen einen sicheren Unterschlupf«, gebe ich zu bedenken.

»Nicht schon wieder.« Er klingt frustriert. »Waren wir nicht lange genug in dem Maulwurfbau?«

»Das ändert nichts daran, dass die Nacht bald hereinbricht«, erwidere ich ungeduldig.

Das leuchtet ihm ein. »Du hast recht, aber ich gehe nicht zurück in den Tunnel!«

»Dann müssen wir uns eine Alternative suchen«, entgegne ich trocken.

Einfach wird das nicht. Ich kenne die Gegend, von natürlichen Höhlen in der Umgebung weiß ich allerdings nichts. Außerdem dürfte das Gebiet zu dieser Zeit nur dünn besiedelt sein, sodass wir wohl kaum Scheunen oder Ähnliches vorfinden werden. Auf Einheimische wollen wir ganz sicher nicht treffen. Das Ganze wird auf eine Nacht unter freiem Himmel hinauslaufen. *Na toll!*

Während wir nach einem geeigneten Lagerplatz Ausschau halten, mache ich mir Gedanken, wie ich Marcus entfliehen kann. Das wird nicht einfach. Wenn, dann muss es in der Nacht geschehen.

Es dämmert bereits, als wir doch noch auf ein Gebäude stoßen, eine Art offenen Viehstall, der schon ziemlich heruntergekommen zu sein scheint. Menschen oder Tiere sind weit und breit nicht auszumachen. Vielleicht hat man ihn aufgegeben, als sich die Römer in der Gegend breitmachten? Sehr stabil wirkt er jedenfalls nicht. Beim nächsten stärkeren Lüftchen dürfte er zusammenbrechen.

Marcus sieht mir meine Skepsis an. »Wir werden für die Nacht nichts Besseres finden.« Er zwinkert mir aufmunternd zu. Begeistert bin ich nicht, aber natürlich weiß ich auch, dass wir keine Wahl haben. Und für die momentanen Verhältnisse ist das schon purer Luxus. Nichtsdestotrotz, was würde ich nicht alles für ein Bett, Bad und ein kaltes Bier geben ...

Marcus ist schon damit beschäftigt, unser Nachtlager zu bereiten. Irgendwie schaut er dabei sehr schelmisch.

Komm jetzt bloß nicht auf blöde Gedanken!

Hier schon gar nicht!

»Ich habe Hunger, du nicht?«, versuche ich ihn abzulenken.

»Ein wenig, aber wir werden erst wieder etwas bekommen, wenn wir im Lager sind.«

Vielleicht auch nicht! In meinem Rucksack dürften sich noch ein paar Schokoriegel befinden. Als Notration nützlich und besser als gar nichts. Ich wühle zwei heraus und drücke Marcus einen davon in die Hand. Er sieht mich mal wieder fragend an. Ich reiße meine Packung auf und bedeute ihm, es mir gleichzutun, was er dann auch macht.

Wie lecker. Ich liebe Schokolade und genieße jeden Bissen. Beim Kauen beobachte ich fasziniert, wie Marcus umständlich die Folie aufzureißen versucht, und komme nicht mehr aus dem Lachen heraus, als ich sein verzerrtes Gesicht nach der ersten Kostprobe sehe.

»Das ist furchtbar süß. Und so was schmeckt dir?«, fragt er leicht angewidert.

»Es gibt sicherlich Gesünderes. Aber es ist alles, was ich habe, und ja ... mir schmeckt's.«

»Was ist das eigentlich für ein Pergament? Es ist glatt, biegsam, robust und doch leicht zu zerreißen.«

Die Folie begutachtet er interessierter als die Schokolade. *Warum soll ich ihm nicht ein paar neuzeitliche Wörter um die Ohren hauen?*

»Das ist Plastik«, antworte ich ihm daher wahrheitsgemäß.

»Ah, Blastic.« Seine Neugier ist noch nicht gestillt. »Wie wird das hergestellt?«

»Weiß ich nicht. Bist du Schmied?«, will ich von ihm wissen.

»Nein, wieso? Was hat das mit dem Pergament zu tun?«

»Nichts«, antworte ich. »Aber du wirst bestimmt auch nicht im Detail wissen, wie eure Schwerter hergestellt werden. Für alles gibt es eben Fachleute.«

Als ich meine Wasserflasche öffne und daraus trinke, befürchte ich schon die nächste Frage. Daher komme ich ihm lieber zuvor: »Wieder Plastik. Frag nicht! Möchtest du einen Schluck?« Er blickt in mein amüsiertes Gesicht und bohrt tatsächlich nicht weiter nach. Doch mein Angebot lehnt er freundlich, aber bestimmt ab.

Derweil hat er sich auf seine ausgebreitete *Paenula* gesetzt und betrachtet mich aufmerksam. Sehr aufmerksam. Das macht mich nervös. Ich tippele von einem Bein aufs andere und versuche seinem Blick auszuweichen. Nur kann ich hier nicht ewig dumm rumstehen. Um Zeit zu schinden, drehe ich mich um und sehe in die Dunkelheit hinaus.

»Jetzt komm schon. Setz dich. Oder hast du Angst vor mir?« Er klingt amüsiert. »Ich beiße nicht«, fügt er leise und ein wenig heiser hinzu.

Als ich mich umdrehe, um ihm etwas Passendes zu entgegnen, steht er direkt vor mir. Erschrocken weiche ich einen Schritt zurück und gerate aus dem Gleichgewicht. Marcus hält mich fest, bevor ich stürzen kann. Verdammt! Körperkontakt wollte ich doch vermeiden. Nun zieht er mich auch noch eng an sich heran.

»Was ist mit dir? Du wirkst nervös?« Zärtlich streicht er mir mit dem Zeigefinger über Wange und Mund.

»Nichts, wirklich, nichts«, hauche ich.

Ich weiß, er wird mich gleich küssen. Und verflucht – ich kann es kaum erwarten. Instinktiv rücke ich dichter an ihn heran.

Mein Kopf schimpft: *Hör auf, bevor es zu spät ist!*

Aber mein Herz fordert: *Küss ihn, solange du ihn noch hast!*

Er streicht mir sanft über Arme und Rücken. Sein Gesicht ist meinem sehr nah. Mit halb geschlossenen Augen saugt er den Duft meiner Haut ein und ich den seinen. Er riecht nach Natur, nach Holz und – ich weiß nicht, können Hormone duften? Jedenfalls ist sein Geruch nicht ansatzweise unangenehm, auch wenn ich das in dieser Zeit erwarten würde.

Als er mit den Lippen meinen Hals erobert und mich anschließend auf den Mund küsst, bekomme ich weiche Knie. Um nicht umzufallen, halte ich mich an ihm fest. Unser Kuss ist pure Leidenschaft. Ich bin es, die die Initiative ergreift und zaghaft seine Mundhöhle mit der Zunge zu erforschen beginnt. Er wirkt überrascht, aber nur kurz, dann lässt er sich darauf ein.

Seiner Brust entweicht ein tiefes Knurren. Er ist erregt. Das spüre ich sehr genau. Ich weiß nicht, ob ich mich – oder gar ihn – noch rechtzeitig stoppen kann.

Will ich das denn überhaupt?

Warum soll ich nicht etwas Schönes aus dieser Zeit mitnehmen und in Erinnerung behalten?

Unsere Körper drängen sich immer fordernder aneinander. Kurz löse ich meinen Mund von ihm und lege atemlos meinen Kopf in seine Halsbeuge. Er nutzt die Gelegenheit: »Mara, ich weiß nicht, was du mit mir anstellst. Aber ich weiß, was *ich* mit *dir* anstelle, wenn du mich nur lässt.«

O Gott, seine Worte, seine Stimme, dieses Versprechen und seine Zärtlichkeiten. Schiere Erregung durchfährt mich. Ich kann kaum noch einen klaren Gedanken fassen.

Durch unser Ungestüm verlieren wir das Gleichgewicht und fallen auf seinen Mantel, beziehungsweise Marcus landet darauf und ich auf Marcus. Wir sehen uns an, lachen atemlos auf. Erst jetzt nehme ich seine Brustpanzerung wahr, die störend ist in vielerlei Hinsicht. Ich richte mich auf – nun auf ihm sitzend – und überlege, wie ich das störende Ding schnell loswerden kann. Marcus begreift und will mir mit hastigen Händen helfen, da hören wir plötzlich ein Rascheln im nahen Unterholz. Sofort sind unsere Sinne hellwach.

Sehen können wir nicht viel, denn mittlerweile ist die Nacht hereingebrochen. Marcus greift nach seiner Waffe, und ich überlege, auch meine zu zücken. Nur würde das Krachen eines Schusses viel zu viel Aufmerksamkeit auf uns lenken. Und außerdem möchte ich nur ungern meine knappe Munition vergeuden. Wir verharren daher einige Zeit in Angriffsstellung, aber nichts tut sich. Wahrscheinlich war es nur ein Tier – hoffentlich kein Wildschwein.

Als wir uns einigermaßen sicher fühlen, lassen wir uns wieder auf seinem Mantel nieder. Keine Ahnung, was er gerade denkt. Ich kann seine Augen nicht sehen, dafür ist es mittlerweile schon zu dunkel. Ich spüre nur, wie er meine Hand nimmt und sie sanft festhält. Das gibt mir ein gutes und sicheres Gefühl.

Marcus startet keinen weiteren Annäherungsversuch, was mir recht ist. Erschöpft vom Wahnsinn der letzten Tage und auch erschöpft von dieser unerwarteten Leidenschaft, übermannt mich tiefe Müdigkeit. Ich kann keinen klaren Gedanken mehr fassen. Mein Bewusstsein taucht ab in ein tiefes, dunkles Meer.

Als ich wieder erwache, bin ich erschrocken. Heute Nacht wollte ich doch fliehen! Ist es schon zu spät?

Es ist noch dunkel, aber bis zum Sonnenaufgang kann es nicht mehr lange hin sein. Vorsichtig wage ich einen Blick auf Marcus. Er schläft noch. Und wie süß – er hat mich mit dem Teil seines Mantels zugedeckt, auf dem er zuvor gelegen hat. Mich schmerzt es ein wenig, ihn verlassen zu müssen. Nur gehöre ich hier einfach nicht her. Und noch bin ich in der Nähe der Tunnel, die mich vielleicht zurück nach Hause bringen.

Seltsam, dass er so tief schläft, eventuelle Angreifer hätten nun leichtes Spiel. Aber auch er hat Erholung nötig.

Hoffentlich wacht er jetzt nicht auf.

Während ich meine Flucht vorbereite, plagt mich mein schlechtes Gewissen. Irgendwie muss ich ihm das erklären.

Für so etwas hast du keine Zeit, schilt mich die kleine Stimme in mir.

Doch!, antworte ich ihr. *Dafür muss Zeit sein. Du warst ihm so nah wie noch keinem anderen.*

Ich nehme einen Zettel aus meinem Rucksack, um ein paar Abschiedsworte zu schreiben. Nur wie beginne ich?

Salve Marcus, verzeih mir bitte!
Es ist mir sehr schwergefallen, aber ich muss dich verlassen.
Ich gehöre hier nicht her und will nach Hause.
Such mich nicht. Bring dich in Sicherheit.
Gratias ago! Mara

Das muss reichen und sagt hoffentlich alles Wesentliche aus. Den Zettel lege ich auf meinen Schlafplatz. Dann schleiche ich mich, so leise ich nur kann, davon. Ein allerletztes Mal drehe ich mich zu ihm um und riskiere einen Blick. Marcus schläft noch immer. Im Dämmerlicht betrachte ich diesen tollen Mann, und beantworte den aufkommenden Zweifel: *Ja, ich muss gehen und ihn zurücklassen.* Natürlich wird er wütend und enttäuscht sein, wenn er mein Verschwinden bemerkt. Hoffentlich sucht er diesmal nicht nach mir. Für ihn ist es sicherer, wenn er in sein Lager zurückkehrt. Für mich kann ich nur hoffen, dass ich meinen Zeittunnel alsbald finde und er wirklich meine Fahrkarte nach Hause ist. Ich habe mir bisher keine Gedanken darüber gemacht, was werden soll, wenn ich nicht zurückkann.

Also, welchen Weg soll ich einschlagen? Am besten halte ich mich nordöstlich. Die Anlage unter Stornfels scheint eher Richtung Norden verlaufen zu sein, daher wähne ich mich gar nicht so weit weg von meinem ursprünglichen Tunnel.

Während ich zwischen Bäumen und Gestrüpp entlangwandere und kleine Anhöhen passiere, denke ich viel nach. Meist über *ihn*. Die Entscheidung war richtig, keine Frage!

Nur hätte ich ihm gern alles persönlich erklärt. So ein Abschiedsbrief ist einfach schäbig. Aber ihm begreiflich zu machen, dass ich aus einer anderen Zeit stamme, wäre ungleich komplizierter. Nicht einmal ich erfasse es in Gänze. Und selbst wenn er es verstünde, glaube ich kaum, dass er mich hätte gehen lassen.

Was würde ich denn an seiner Stelle denken? Wohl am ehesten, dass derjenige nicht ganz richtig im Kopf ist. Genau das würde ich annehmen. Es bringt alles nichts. Die Entscheidung war richtig. Ich will nur noch schnellstens nach Hause.

Über eine Stunde bin ich schon unterwegs, und nichts an meiner Umgebung kommt mir bekannt vor. Hab ich die Stelle vielleicht verpasst und bin schon zu weit nördlich oder östlich? Was um Himmels willen soll ich nur machen?

Während ich resignierend das tiefblaue Firmament um Hilfe anflehe, höre ich Stimmen. Schnell gehe ich hinter ein paar Büschen in Deckung. Eine Handvoll Männer erscheint, sie haben mich zum Glück nicht bemerkt. Einer von ihnen ist der Druide von damals. Genial! Vielleicht führt sein Weg zu den Menhiren auf der kleinen Lichtung. Ich werde ihnen folgen. Es ist zumindest einen Versuch wert. Allerdings wird es nicht leicht werden, sie unbemerkt zu verfolgen, denn ich laufe nicht auf Watte. Egal, ich muss es wagen.

Eine ganze Weile klappt es auch ganz gut. Sie scheinen mich nicht zu bemerken, und natürlich halte ich gebührenden Abstand. Dennoch, ab und an dreht sich einer von ihnen um, als würde er misstrauisch nach einem Verfolger Ausschau halten – nicht zu Unrecht. Sie unternehmen aber nichts. Falls sie etwas gehört haben, glauben sie vielleicht, es war nur ein Tier.

Wir sind noch gar nicht lange unterwegs, da lichtet sich der Wald. Und welche Freude! Ich habe den richtigen Riecher gehabt. Denn ich bin wieder an meinem Ausgangspunkt angelangt – meinem Zeittunnel. Nun muss ich nur noch warten, bis die Kelten ihrer Wege ziehen. Dann kann ich endlich heimgehen.

Während ich im Unterholz warte, denke ich erneut an Marcus. Was er wohl gerade tut? Vermisst er mich? Ist er wütend oder eher traurig?

Alles unnütze Gedanken, du dumme Gans, schelte ich mich selbst. Es hätte nie eine Zweisamkeit mit ihm geben können! Er ist vor zweitausend Jahren gestorben. Und ich bin knapp zweitausend Jahre nach seinem Tod geboren worden. Dazwischen liegen zwei Jahrtausende. Das nenn ich mal einen Altersunterschied, der sich gewaschen hat.

Mein Zwiegespräch mit mir selbst wird unterbrochen – endlich tut sich was. Die Gruppe verlässt den Platz.

Vorsorglich lasse ich noch einige Zeit verstreichen, um ganz sicherzugehen. Dann wage ich mich aus meiner Deckung hervor und renne mehr, als dass ich laufe, auf den Eingang zwischen den Menhiren zu, immer in Sorge, ich könnte wieder aufgehalten werden. Aber nichts geschieht. Ungehindert erreiche ich den Tunnel und dringe schnell in die Anlage vor. Für den Augenblick bin ich glücklich.

Je tiefer ich hineingelange, desto weniger Tageslicht fällt herein. Daher benutze ich meine Taschenlampe. Ich komme gut voran und hoffe, bald auf den Gang zu stoßen, der die Tür in meine Welt bedeutet.

Ich laufe bereits eine ganze Weile, bin aber noch immer nicht auf die allerkleinste Abzweigung gestoßen.

Das ist doch unmöglich! Was habe ich falsch gemacht? Habe ich etwas übersehen?

Das alles ist so irreal, so unglaublich, dass ich es auf einmal wirklich für möglich halte, einfach nur verrückt geworden zu sein.

Nein, irre bist du nicht! Das hier ist völlig real!, hält meine kleine innere Stimme dagegen. Denn so kann sich keine psychische Erkrankung manifestieren – oder vielleicht doch? Nein! Derart real ist ein Traum nicht.

Ich spüre den glatten Stein unter den Händen, rieche die abgestandene Luft, und auch was ich empfinde, fühlt sich ausgesprochen echt an und nicht nach einem Traum.

Nur – welche andere Erklärung für meine Reise durch Zeit und Raum sollte es sonst geben?

Mit diesem Tunnel hat alles angefangen. Hier hat es mich in eine andere Zeit verschlagen. Also muss auch in diesem Tunnelsystem des Rätsels Lösung zu finden sein.

Voller Wut und Verzweiflung, und unter einem Meer von Tränen schreie ich meine Angst und meinen Zorn laut heraus. »Verdammte Scheiße! Ich will endlich nach Hause! Lieber Gott, hilf mir doch!«

Mein ganzer Körper wird von einem nicht enden wollenden Zittern gepackt, gepaart mit tiefen Schluchzern. Ich bekomme einen Weinkrampf.

Meine hilflose Rage lasse ich mit Faustschlägen an den Wänden aus. Als wenn sich dadurch ein Durchgang öffnen würde. Ich habe definitiv einen Zusammenbruch!

Ich komme niemals mehr heim. Niemand wird je erfahren, was mit mir geschehen ist. O Mama, es tut mir so unendlich leid!

Ich kann ihr nicht einmal eine Nachricht hinterlassen. Wie sollte ich das alles auch erklären? Es ist müßig, darüber nachzudenken, ich wüsste ohnehin nicht, wie ich eine Botschaft hinterlassen soll, die zwei Jahrtausende überdauert. Und selbst wenn mir etwas einfiele: Niemand käme je auf die Idee, hier nach einer Nachricht von mir zu suchen – wenn sie nicht sowieso im Laufe der Jahrhunderte von irgendjemandem gefunden, für wertlos erachtet und weggeworfen würde.

Das alles und die Erkenntnis, hier für immer festzusitzen, bringt mich fast um den Verstand. Soll ich mir gleich hier und jetzt ein Ende machen? Die Möglichkeit dazu besitze ich.

Nie hätte ich geglaubt, einen solchen Gedanken je in Erwägung zu ziehen. Nur was um Gottes willen kann ich denn sonst tun? Wohin gehen? Wo leben? Ich bin ein Alien in der gefühlten Steinzeit.

Plötzlich spricht jemand aus dem Schatten zu mir: »Schön, dich wiederzusehen.«

Panik ergreift mich. Woher kommt diese Stimme? Wer ist das? Marcus jedenfalls nicht. Habe ich es mir vielleicht nur eingebildet, höre ich jetzt schon meine inneren Quälgeister *laut*? Da taucht im Lichtkegel meiner Taschenlampe ein alter Mann auf. Der Druide! Zu meiner Verwirrung lächelt er mich an.

»Ich dachte, ihr wärt längst fort?«, frage ich überrascht und wische mir verstohlen die Tränen weg, versuche, ein gewisses Selbstbewusstsein an den Tag zu legen.

»Die anderen schon, ich nicht. Ich wusste, dass du uns gefolgt bist«, entgegnet er.

»Woher?«, will ich erstaunt wissen.

»Ich weiß immer, wo du bist.« Er blickt mich tiefgründig an und fügt hinzu: »Du kennst diese Stätte hier und auch den Zugang zum *Nemetom* auf dem stürmischen Felsen, unserem heiligsten Platz.«

Ungläubig hake ich nach: »Du sagst, dass du *immer* gewusst hast, wo ich war? Das verstehe ich nicht! Woher? Wieso?« Und dann erinnere ich mich entsetzt: »Einer eurer Männer starb auf dem Sturmfels.«

»Das war keiner von meinen Leuten, das war ein Chatte. Das spielt aber alles keine Rolle ...«

Er will schon weiterreden, als ich ihn unterbreche: »Dann warst *du* das im Wald, im Gebüsch, als ich mit Marcus in dem Unterstand war?«

»Ja. Ich muss doch auf dich achtgeben«, entgegnet er ganz nüchtern. *Peinlich* ...

Ich erröte und bekomme den Mund nicht mehr zu. Und was heißt hier eigentlich *auf mich achtgeben*? Was redet er da?

»Was soll das bedeuten?«, will ich wissen.

»Jedes Jahr erwarten wir an *Alban Hevin* ...«, er bemerkt meinen ratlosen Blick und erklärt: »Das ist der längste Tag im Jahr, gefolgt von der kürzesten Nacht.«

Jetzt verstehe ich. Er meint den 21. Juni. Die Sommersonnenwende.

Er fährt indes fort: »Jedes Jahr an *Alban Hevin* erwarten wir unsere Muttergottheit. Eine Seherin und Schicksalskennerin.«

Er macht eine Pause und schaut mich wissend an. Es dauert nur einen kurzen Moment, bis ich kapiere, worauf er hinauswill.

»Und du glaubst, *ich* wäre das?« Du meine Güte, *ich* und eine Gottheit? Der ist ja noch verrückter als ich!

»Nun, es ist ein sehr alter Glaube. Meine Vorfahren haben mir das Wissen um die alten Tunnelanlagen und die Reisenden aus der Anderswelt weitergegeben, und ich werde es meinen Nachfolger lehren. In meinem Volk glauben allerdings viele nicht mehr daran, weil keiner von uns jemals einen solchen Wanderer gesehen hat. Bis vorgestern ...«

Ich muss ihn jetzt einfach unterbrechen: »Guter Mann ...«.

Aber da fällt auch er mir ins Wort. »Ulick.« Als ich ihn nur ratlos ansehe, wiederholt er es: »Ich heiße Ulick.«

»Also gut ... Ulick! Du kannst doch nicht allen Ernstes glauben, dass ich eine ... äh Gottheit bin? Ich habe mich verirrt und will nur eines, nämlich zurück nach Hause. Sieht so etwa eine Göttin aus?« Mit zittrigen Fingern fahre ich mir durchs wirre Haar.

»Ich weiß, dass du aus der Anderswelt stammst! Alles an dir ist fremdartig. Du beherrschst die Kunst des Kampfes und die der Heilung, und bist schöner als jede Morgendämmerung. Du ziehst die Männer in den Bann, und besitzt die Macht des Donners.« Bei den letzten Worten blickt er mich sehr genau an. Er weiß also, dass ich Vinus erschossen habe. Ich bin sprachlos. Er hingegen nicht: »Nur reicht mein Wort vielen meiner Stammesgenossen nicht aus, vor allem den Fürsten und Kriegern. Niemand hat je einen Wanderer der Anderswelt aus den heiligen Tunneln kommen sehen oder auch nur jemanden gekannt, der das einmal selbst erlebt hat. Du bist seit langer Zeit die Erste, und dann verbündest du dich auch noch mit diesem Römer. Das missfällt unseren Leuten natürlich. Sie misstrauen dir.«

Ich unterbreche ihn erneut: »Was erwartet ihr denn um Gottes willen von mir?«

Keine Ahnung, ob er mein Kauderwelsch auf Deutsch-Latein und Italienisch überhaupt versteht. Aber das alles klingt so grotesk, dass ich Mühe habe, nicht vor lauter Aufregung in meine Muttersprache zu verfallen.

»Uns steht eine große Schlacht bevor. Viele Stämme haben sich verbündet. Alle Druiden, Zauberer, Hexen und Wahrsager wurden dazu befragt. Aber viele von ihnen haben das Wissen der Vorfahren vergessen ... sind Blender. Ich will nicht, dass mein Volk untergeht, nur weil falsche Seher orakeln. Du bist unser Schicksal. Du bist geschickt worden, um uns vor Schlimmerem zu bewahren. Du kennst die Wahrheit.«

Ach herrje, der meint das wirklich ernst. Was soll denn ausgerechnet ich da bewirken können, und von welchem Kampf redet er verdammt noch mal?

Die einzige in die Geschichte eingegangene Schlacht in diesem Land, von der ich weiß, ist die Varusschlacht. Aber es wäre ein riesiger Zufall, wenn ich genau in dieser Zeit gelandet wäre. Außerdem wird das Kampfgeschehen bei Osnabrück vermutet, gute dreihundert Kilometer von hier entfernt. Daher antworte ich ihm sehr bestimmt: »Ich bin weder eine Seherin noch eine Magierin. Ich kann dir zu alldem nichts sagen, ich will nur zurück nach Hause. Kannst du mir dabei helfen?«

Er schaut mich sehr lange und nachdenklich an. »Glaub es oder glaub es nicht, aber du bist auserwählt. Was deine Rückkehr in die Anderswelt betrifft: Es gibt nur wenige Zeitfenster, die das ermöglichen könnten. Du bist an *Alban Hevin* gekommen. Die nächste Möglichkeit wäre *Samhain*. Unser Fest der Toten.«

Ich habe keine Ahnung, wann das sein soll. »Und wann findet das statt?«

»Im elften Monat nach der Wintersonnenwende.« Er blickt mich an, als kenne er die Tiefen meiner Seele. Ich wiederum begreife plötzlich, dass dieses Fest unser Halloween sein dürfte, denn mit Wintersonnenwende ist der 21. Dezember gemeint. Das weiß ich noch vom Geschichtsunterricht.

Verdammt! Bis dahin sind es noch mehr als vier Monate.

O Gott. Das packe ich nicht. Niemals!

Er sieht mir meine Verzweiflung an und legt mir seine Hand fast beruhigend auf den Arm. »Es gibt auch noch das *Lammas-Fest*. Es findet am Anfang des achten Monats nach Wintersonnenwende statt. Auch an diesem Tag könnte es möglich sein, mit den Wesen der anderen Welt in Kontakt zu treten. Allerdings ist das *Samhain-Fest* das Wichtigere.«

Na toll, das wäre dann so um den ersten August herum. Auch bis dahin sind es noch mehr als vier Wochen. Was soll ich denn so lange machen?

»Du siehst, du hast keine Wahl. Du musst bleiben. Deiner Bestimmung kannst du nicht entrinnen.« Ulick ist sich seiner Sache recht sicher.

»Jetzt mal ehrlich, ich weiß doch nichts«, appelliere ich erneut an seine Vernunft. Er lächelt wissend und bedeutet mir, mit ihm zu kommen. Ich bin fassungslos vor Schreck und folge ihm fast willenlos. Er führt mich wieder Richtung Ausgang. In die Welt der Germanen und Römer.

War es klug, Marcus zu verlassen? Tja, wenn ich die Zeit bis zum ersten August irgendwie überstehe und dann der Tunnel tatsächlich *bereit* für mich ist, dann vielleicht ja.

Aber was soll ich in der Zwischenzeit tun? Dieser alte Mann glaubt, dass ich das Schicksal kenne und von Nutzen für ihn sein könnte. Ich hingegen wüsste nicht, wie, und selbst wenn: Würde er mich, wenn ich ihm helfe, gehen lassen?

KAPITEL 14 - VIA EST FINIS
(DER WEG IST DAS ZIEL)

Jetzt ist sie schon wieder weg und hat mir nur diesen schnöden Zettel mit ein paar bedauernden Worten hinterlassen. Nicht zu fassen, dass sie die Gunst der Stunde erneut genutzt hat, um vor mir zu fliehen. Nur – warum?

Wir haben uns doch gut verstanden? Sogar mehr als gut. Wo will sie denn hin? Wieder zurück zum Hügel?

Nein, das denke ich eher nicht. Vielleicht ist sie auf dem Weg zu der Lichtung, wo der Druide und seine Männer sie vor zwei Tagen gefangen genommen haben? Dort scheint sich eine weitere heilige Stätte der Celtae zu befinden. Dieser Ort muss für Mara eine besondere Bedeutung haben, und er ist gar nicht so weit von unserem Marschlagerplatz entfernt, das von hier aus gesehen im Nordosten liegen dürfte.

Diesmal bin ich allein und ohne Pferd unterwegs. Es geht zwar langsamer voran und ist auch etwas beschwerlich, aber andererseits bin ich so unauffälliger und kann ungestört auf die Umgebungsgeräusche achten. Und während ich diese urigen Wälder durchquere, grüble ich unablässig über diese seltsame Frau nach. Ich verstehe sie nicht. Offensichtlich haben es auch die Germanen auf sie abgesehen, weshalb also flieht sie immer tiefer hinein in dieses Land? Wirklich nur, um zu dieser Kultstätte zu gelangen? Und was verspricht sie sich davon? Mit den Göttern auf unserer Seite haben wir es auf der Flucht aus der Tunnelanlage herausgeschafft. Warum sollte sie sich geradewegs wieder in eine solche begeben?

Da fällt mir ein: Hoffentlich sind derweil Lucius und Quintus sicher im Castrum angekommen. Ich bin für sie verantwortlich und habe gegen unseren Soldatenkodex verstoßen – ihretwegen! Wären wir als Gruppe zusammengeblieben, hätte Mara meinen ungewohnt tiefen Schlaf nicht zur Flucht nutzen können. Sie hat einiges riskiert, um von mir wegzukommen.

Und ich? Ich träumte währenddessen von ihr. Nie zuvor habe ich eine Frau getroffen, die meinen Körper und meine Seele so durcheinandergebracht hat. Im Tunnel sind wir uns unendlich nah gewesen. Sie weiß, was sie tut. Sie hat Erfahrung, und ich wollte sie – von Anfang an.

Kein anderer Mann hätte mir dabei in die Quere kommen dürfen. Kurzzeitig glaubte ich, sie empfände etwas für Lucius. Denn Quintus und mir hat sie viel weniger Beachtung geschenkt. Nun gut, Lucius war verletzt, und deshalb hat sie sich um ihn bemüht, dennoch – wie konnte sie es nur wagen, sich so herzlich von ihm zu verabschieden? Das hat mich wahnsinnig gemacht. Er darf sie nicht haben! Ich werde sie nicht teilen!

Eine solche Leidenschaft, eine solche Eifersucht, kannte ich bisher nicht. Dort im Tunnel stand ich kurz davor, sie mit Gewalt zu nehmen, so rasend war ich vor Misstrauen und Sehnsucht. Aber sie reagierte anders als gedacht. Ich begriff, dass auch sie mich begehrte. Das hat mich überrascht. Sehr überrascht, auf eine wunderbare Weise. Nicht Lucius will sie, sondern mich.

Und trotzdem ist sie vor mir geflohen. Warum? Das will mir nicht in den Kopf. Sie wird mir einiges erklären müssen, wenn ich sie erwische! Unter anderem zu den magischen Gegenständen, die sie bei Bedarf hervorzaubert. Das Feuereisen, das mit einem Fingertippen an- und auch wieder ausgeht. Und dann noch diese eklig süße Nahrung, eingewickelt in das seltsame Pergament namens *Blastic*.

Ach, und nicht zu vergessen die ominöse Fackel in dem Eisenrohr. Aber auch die Donnerwaffe ist eine wirkliche Sensation – aus der Ferne zu töten, ohne dem Gegner nahekommen zu müssen.

Eine Göttin ist sie sicherlich nicht. Nein, das glaube ich wirklich nicht. Aber woher hat sie all diese Wunderdinge? Was ist das nur für ein Volk, das solche Gegenstände herstellen kann?

Wenn wir mit ihnen Handel treiben könnten, würde ich beim Kaiser reichlich an Ansehen gewinnen, und der Ruf meiner Familie wäre wiederhergestellt. Nur – weshalb haben wir bisher keine Kenntnis von einem Reich mit solcher Macht?

Alles sehr mysteriös, inklusive dieser Frau – wenn sie doch nur nicht immer fliehen würde und mir endlich Vertrauen entgegenbrächte. Sie ist wahrlich das seltsamste und aufregendste weibliche Wesen, das ich je gesehen habe. Wenn sie vor Freude strahlt, ist es, als würde die Sonne lachen. Am glücklichsten wirkte sie, als wir auf unserer Flucht den Hügel mit der unterirdischen Tunnelanlage fanden. Ihre auffallende Faszination dafür ist mir unbegreiflich. Man sah ihr die Wissbegier an. Als wäre sie ein Gelehrter auf Forschungsreise. Nur ihre Spinnenphobie passt nicht ins Bild. Ich kenne niemanden, der einen solchen Ekel vor den kleinen Tieren besitzt. Aber jeder hat eine Achillesferse.

Bei diesem Gedanken muss ich lächeln. Es wird sicherlich noch genügend Anlässe geben, engeren Körperkontakt bei mir zu suchen, denn Krabbelfreunde gibt es genug auf der

Welt. Im Moment ist mir aber nicht nach Zärtlichkeiten zumute, viel lieber möchte ich ihr den Hintern versohlen. Dafür, dass sie geflohen ist – *vor mir!*

Wir könnten schon längst zurück im Lager sein, wo ich sie nach allen Regeln der Kunst verführen würde. Doch erst einmal muss ich sie aufspüren. Und dann fessle und kneble ich sie. Noch einmal wird sie mir jedenfalls nicht entkommen.

Ich habe einen guten Orientierungssinn. Es dürfte nicht mehr weit sein. Die Bäume werden lichter, und ich kann die von Sonnenlicht durchflutete freie Stelle im Wald bereits aus der Entfernung erkennen. Diesmal werde ich besser aufpassen als beim letzten Mal. Und es wird mich keiner aufhalten.

Vorsichtig nähere ich mich, bleibe aber noch in Deckung, um etwaige Wachposten nicht auf mich aufmerksam zu machen. Der Tunneleingang wird von großen Steinen flankiert und scheint tatsächlich ungesichert zu sein. Niemand zu sehen oder zu hören, auch keine Mara.

Enttäuschung macht sich in mir breit. Hat mein Instinkt mich getrogen? Aber vielleicht ist sie auch bereits im Tunnel.

Plötzlich kommt auf der anderen Seite der Lichtung der Druide aus dem Wald und geht ohne weitere Umschweife zur heiligen Stätte. Bevor er eintritt, blickt er sich kurz um. Bemerkt hat er mich aber nicht. Ich bin nicht sicher, ob ich ihm folgen soll, denn in der Anlage säße ich schnell in der Falle. Also warte ich. Doch werde ich immer ungeduldiger.

Als ich es nicht mehr aushalte, trete ich näher, und da höre ich Stimmen. Nein, nicht mehrere Stimmen, sondern nur eine. Die einer Frau. Mara? Sie schreit und weint.

Durch den Tunnel werden die Töne bis nach draußen getragen. Ich muss zu ihr. Sie scheint in Gefahr zu sein.

Gegen den Rat meiner inneren Stimme betrete ich den engen Bau. Schon wenige Meter weiter höre und sehe ich rein gar nichts mehr. Erneut bleibe ich stehen und lausche auf meine Umgebung. Aber kein Ton ist zu hören – oder doch? Ein Flüstern? Hätte ich jetzt bloß Maras Fackel.

Es dauert einen Moment, dann ertönen deutlich vernehmbar Schritte. Schnell suche ich Deckung in einer kleinen Nische. Wenige Augenblicke später läuft Mara an mir vorbei, ohne mich wahrzunehmen, gefolgt von dem Druiden. Ich denke gar nicht länger darüber nach und schlage ihn nieder. Er ist sofort bewusstlos. Mara blickt sich erschrocken um und will mich schon angreifen, als sie überrascht feststellt, dass ich es bin. »Du? Was machst du denn hier?«

Diese Frage ärgert mich. »Na was schon! Dich suchen ... Mal wieder.«

»Warum?«

Ist sie tatsächlich so unwissend, oder ist das Taktik?

»Darüber reden wir später. Jetzt haben wir keine Zeit! Wir müssen weg, bevor er aufwacht.«

»Nein!« Sehr energisch und mit verschränkten Armen steht sie vor mir und sieht ganz und gar nicht aus, als würde sie freiwillig mitkommen wollen.

»Ein Nein nehme ich nicht hin!«, erwidere ich kurz, aber bestimmt. Es braucht nur einen kurzen, schnellen Schlag seitlich gegen den Hals, und sie bricht bewusstlos in meinen Armen zusammen. »Das hast du dir selbst zuzuschreiben«, flüstere ich ihr zu, oder eher mir selbst. »Du hättest ja auf mich hören können.«

Rasch wickle ich die lange rote *Focale* von meinem Hals, reiße sie in zwei Hälften und benutze das Tuch, um Maras Hände und Füße zu fesseln, dann werfe ich sie mir über die Schulter.

Jetzt heißt es schnellstmöglich hier zu verschwinden, bevor der Druide erwacht oder andere Celtae auftauchen.

Bis zum Castrum werde ich es nicht mehr schaffen, doch im Marschlager dürften noch Unterkünfte stehen, und es sollten auch ein paar Männer als Wachposten vor Ort verblieben sein.

Natürlich ist es ein Risiko, einen so vorhersehbaren Weg einzuschlagen, aber das Wetter wird schlechter. Es regnet wohl bald. Das möchte ich ungern im Freien erleben. Außerdem wird Mara vor Wut toben, wenn sie erwacht. Das Geschrei will ich nicht ungeschützt über mich ergehen lassen, sonst werden noch alle Germanenstämme der Region auf uns aufmerksam.

Mit ihr als Traglast ist das Vorankommen recht beschwerlich. Gut, dass es nicht mehr weit ist. Und ihr verdammter Beutel gerät ständig ins Rutschen. Ich würde mich seiner entledigen, aber es ist ihr *Zaubersack*. Wer weiß, wofür er noch alles gut sein könnte. Zu gern würde ich einen Blick ins Innere riskieren.

Was zum Jupiter ist hier geschehen?

Alles ist verwüstet. Die Unterkünfte für die Einheiten und mein eigenes Praetorium sind vollkommen zerstört. Auf den ersten Blick ist nicht eindeutig erkennbar, ob ein Überfall der Grund hierfür ist. Es sind jedenfalls keine sterblichen Überreste zu sehen, weder von Freund noch von Feind. Nicht einmal Blut, und das bleibt bei einem Kampf niemals aus.

Vielleicht hat sich Antonius gezwungen gesehen, hastiger aufzubrechen als geplant, und musste das Lager ungesichert zurücklassen. Eventuell kamen die Chatti auf ihrem Rückweg vom Überfall des Castrum hier vorbei, oder unsere gestrigen Verfolger haben das Lager gefunden. *Verflucht!*

Mein schlechtes Gewissen wächst und auch die Sorge um meine Männer. Ich trage die Verantwortung für sie. Dem Statthalter bin ich bereits vor diesen Ereignissen ein Dorn im Auge gewesen. Das könnte das Ende meiner militärischen Laufbahn bedeuten – oder Schlimmeres.

Ich muss schnellstens mit Mara zum Castrum. Womöglich stimmt es ihn milde, wenn ich diese Frau mit ihren Wunderapparaten mitbringe.

Mit nur einer Handvoll dieser Donnerwaffen würden wir einen unschätzbaren militärischen Vorteil erlangen. Selbst eine im Kampf deutliche Unterzahl an Legionären wäre damit mehr als ausgeglichen.

Mara hätte als Mittlerin zwischen den Völkern einen guten Stand, und ich würde sie natürlich zur Frau nehmen.

Das hört sich doch ganz vernünftig an. So lässt sich das Angenehme mit dem Nützlichen verbinden.

Nun gut, aber erst einmal muss ich uns ein Nachtlager bauen, es beginnt schon zu nieseln. Meine Brustpanzerung ziehe ich aus, auch wenn es nicht üblich ist; so lässt es sich aber leichter arbeiten.

Es dauert nicht lange, bis ich aus den Resten meines Praetorium eine provisorische Unterkunft geschaffen habe. Standort dieses Provisoriums ist nicht der Marschlagerplatz, sondern der südliche Waldrand. Da keine Legionäre zur Bewachung vorhanden sind, möchte ich mich nicht feilbieten.

Unsere Unterkunft ist fast fertig, da höre ich Mara lamentieren. Wie lange sie schon wach ist, weiß ich nicht, ich war zu beschäftigt. Sicherlich will sie, dass ich ihr die Fesseln abnehme, und tut dies mit einigen unschönen Worten kund. Das kann ich aber nur vermuten, denn sie spricht mal wieder in der mir unbekannten Sprache.

Jetzt wechselt sie ins Lateinische: »Was verdammt noch mal soll das? Mach mich sofort los. Sofort!« Sie zappelt wütend wie ein Fisch auf dem Trockenen. Weil ich nicht reagiere, brüllt sie weiter: »Bist du taub, blöd oder etwa beides? Lös mir augenblicklich diese verfluchten Fesseln!«

Ihre Lautstärke bereitet mir Sorgen – unsere Gegner könnten sie hören. Mit schnellem Schritt bin ich bei ihr.

Überrascht verstummt sie. Doch als sie begreift, dass ich nicht die Absicht habe, sie loszubinden, sondern ihr stattdessen einen Knebel zu verpassen gedenke, glüht ihr Kopf rot vor Zorn, und ihre Augen sprühen Funken. Wütend versucht sie, sich mittels Strampeln und Zerren zu befreien und wehrt sich unter lautstarken Schimpftiraden. Sie gleicht einem Vulkan, der kurz vorm Ausbruch steht. Selbst wenn ich beabsichtigt hätte, ihr die Fesseln zu entfernen, wäre jetzt der denkbar schlechteste Zeitpunkt.

Als unser Nachtlager fertig ist, gehe ich zu ihr. Sie ist immer noch weit davon entfernt, sich zu beruhigen.

Ohne auf ihre Gegenwehr zu achten, hebe ich sie hoch und trage sie ins Zelt. Dabei wage ich einen ersten Versuch, mit ihr zu reden: »Ich wünschte, ich hätte es nicht tun müssen. Nur bist du schon zweimal geflohen, ein drittes Mal gelingt dir das nicht.«

Sie will antworten, bekommt aber wegen des Tuchs in ihrem Mund kein verständliches Wort heraus. Ich bin noch nicht bereit, ihr zuzuhören, daher verbleibt der Knebel an Ort und Stelle. Nach einer Weile wird sie ruhiger. Ich wage einen erneuten Versuch und fixiere sie mit einem eindringlichen Blick. »Ich löse dir jetzt den Knebel. Ich erwarte von dir, dass du vernünftig bist, dich nicht wehrst und nicht rumbrüllst! Verstanden?«

Sie nickt kurz. Für meinen Geschmack ein bisschen zu rasch und zu bereitwillig. Nach dem Entfernen des Tuchs schluckt sie mehrmals. Ihre Stimme ist leise, ihr Blick dafür umso drohender. »Das machst du nie wieder! Verstanden?«

»Einverstanden. Sofern du Ruhe bewahrst, keinen weiteren Fluchtversuch unternimmst und endlich still bist.«

Ihr Blick ist eisig. Sie presst die Lippen zusammen und zischt: »Lös mir auch die Fesseln!«

»Nein, das bleibt so!«, lehne ich entschieden ab.

»Bist du verrückt geworden? Ich kann mich kaum bewegen. Alles tut mir weh. Also nimm sie mir ab, verdammt noch mal!«

Sie wird wieder lauter, und ich wedele bedeutungsvoll mit dem Knebel vor ihr herum. Sie versteht den Wink sogleich und beißt sich auf die Unterlippe.

»Braves Mädchen.« Ein Grinsen kann ich mir nicht verkneifen, was mir natürlich einen tödlichen Blick als Antwort einbringt.

»Ich ... ich muss mal«, stottert sie plötzlich.

Das macht mich misstrauisch. Sie sieht mich etwas zu unschuldig an. Das ist sicher ein Trick. »Verkneif es dir.«

»Das kann ich nicht! Willst du wirklich, dass ich mich einnässe?«

Sie bleibt ihrer Unschuldsmiene treu. Was soll ich machen? Wenn ich nachgebe, wird sie vermutlich versuchen zu fliehen und dafür notfalls ihre Kampftechniken einsetzen. Nicht, dass ich mich ihr nicht gewachsen fühle, aber die Verletzungsgefahr wäre auf beiden Seiten hoch.

»Marcus, wirklich, es ist dringend!«, fleht sie.

Nun gut. Die hiesige Latrine wurde bedauerlicherweise ebenso wie die Zelte zerstört, aber einige Fuß entfernt ist ein geeigneter Platz, den ich bereits bei Erbauung des Lagers in Augenschein genommen habe: Ein paar mächtige Bäume, umgeben von einer riesigen Dornenhecke. Das Strauchwerk ist so dicht um die Stämme herum gewuchert, dass sich in der Mitte ein geschützter Platz befindet, umgeben von Pflanzen, Stämmen und Blättern. Das dichte Laubwerk schützt sogar vor dem Nieselregen. Die Hecke ist undurchdringlich und zu hoch, um sie mit einem Sprung zu überwinden. Ins Astwerk zu klettern und von dort aus zu springen, ist ebenfalls nicht ratsam, man würde in den Dornen landen. Es gibt nur einen Zugang.

Ein Fluchtversuch wäre für Mara daher sehr schmerzhaft, der einzige Ausweg führt direkt durch mich hindurch. Somit ist das Ganze überschaubar.

Ich trage sie dorthin, um ihr erst kurz vorher die Fesseln lösen zu müssen. Ihr Blick spricht Bände, meine Sicherheitsmaßnahmen gefallen ihr ganz und gar nicht. Während ich ihr die Fesseln abnehme, warne ich sie eindringlich und mache mich dennoch auf das Schlimmste gefasst: »Mara, begehe jetzt keine Dummheit. Ich möchte dich ungern noch mal niederschlagen.«

Unheilverkündend funkelt sie mich an. Als sie frei ist, reibt sie sich Hand- und Fußgelenke, streckt sich und geht wortlos an mir vorbei, nicht ohne mir einen bitterbösen Blick zuzuwerfen. Ich bleibe wachsam.

Es vergeht geraume Zeit, aber Mara kehrt nicht zurück. Etwas nervös rufe ich nach ihr: »Bist du bald fertig?«

Keine Antwort!

Das ist mir nicht geheuer! Kann sie wirklich wieder entkommen sein? Wenn ja, wie?

Sie hätte an mir vorbeilaufen müssen, was sie definitiv nicht getan hat. Durch die Hecke hat sie sich bestimmt nicht gequält, das kann ich mir beim besten Willen nicht vorstellen. Es bleibt mir nichts anderes übrig, ich muss nachsehen und mir Gewissheit verschaffen.

»Ich komme jetzt zu dir!«, rufe ich so laut, dass sie es nicht überhören kann. Vorsichtig betrete ich die kleine, von Laub überdachte Örtlichkeit. Nichts. Sie ist nicht da. Keine Mara. Das ist doch unmöglich! Der dornenfreie Raum ist nur wenige Schritte breit und tief; ich kann mich aber drehen und wenden, wie ich will, sie ist nicht hier!

Verdammt, wo ist dieses Weibsbild nur schon wieder? Vor Zorn explodiere ich fast. Welche Magie hat sie diesmal eingesetzt?

Doch nirgends ist ein Hinweis auf ihren Verbleib zu finden. Keine Stofffetzen oder gar Blut in den Dornen. Als wäre sie geradewegs in den Himmel davongeflogen – nur dass sich dort dichtes Astwerk und Laub wölbt. Trotzdem hebe ich den Blick nach oben und werde unvermittelt und schmerzhaft zu Boden geschleudert.

Verflucht! Nein, sie ist kein Vogel. Sie ist einfach auf einen Baum geklettert und hat mich von dort aus hinterrücks attackiert. Nun kniet sie auf meinem Rücken und versucht, mich am Boden zu fixieren. So leicht werde ich es ihr aber nicht machen. Wenigstens ist keine Magie im Spiel, und ich habe die reelle Aussicht, wieder die Oberhand zu erlangen.

»Was soll das?«, presse ich hervor, während ich versuche, sie von mir runterzubekommen.

»Ich lass mich nicht wieder gefangen nehmen!«, zischt sie wütend und stößt mir das Knie noch fester in den Rücken. Vor Schmerz ächze ich auf.

»Du hättest mich nicht schlagen dürfen. Niemand schlägt mich!« Sie klingt verletzt und unglaublich wütend.

»Das habe ich zu deinem eigenen Schutz getan. Du wolltest doch nicht auf mich hören.«

»So ein Blödsinn! Es geht hier doch nur um *dich*!«

»Nein, Mara. Oder ja, ein bisschen vielleicht auch.«

»Habe ich doch gesagt!«

»Ein *bisschen*, habe ich gesagt. Verflucht! Ich will nicht, dass du in Gefahr gerätst, und ich mag dich ... sehr sogar. Ich ...« Sie lässt mich nicht ausreden.

»Erzähl nicht so einen Unsinn! Du willst mich in dein Lager bringen, um meine Waffen in die Finger zu bekommen.«

»Mara, bitte glaube mir, das ist nicht der eigentliche Grund.«

»Pah, habe ich es mir doch gleich gedacht ... *nicht der eigentliche Grund*.« Der Spott in ihrer Stimme ist nicht zu überhören.

Der Druck auf meinen Rücken schmerzt zusehends. Wie kann ein schmales Persönchen wie sie nur solch eine Kraft besitzen? Als sie das Gewicht verlagert, nutze ich die Gunst des Augenblicks, schleudere sie von meinem Rücken und begrabe sie unter mir. Ihre Arme drücke ich neben ihrem Kopf auf den Boden. Sie strampelt und tritt und versucht nach Kräften, mich von sich herunterzubekommen. Es gelingt ihr aber nicht, und sie wird immer zorniger.

»Verdammt, Mara ... ich begehre dich. Ich will dich und ich weiß, du willst mich auch.« Meine Stimme ist rau, meine Worte aufrichtig. Urplötzlich stellt sie die Gegenwehr ein.

»Was?«

»Du hast mich schon verstanden. Eine Frau wie du ist mir noch nie begegnet. Ich möchte, dass du mit mir kommst und meine Frau wirst.«

Ihre unbändige Wut scheint verflogen. Ungläubig starrt sie mich an. Dann bricht sie kurz in hysterisches Gelächter aus, nur um im nächsten Moment wieder todernst zu schauen. »Das ist doch jetzt nicht dein Ernst, oder?«

Ich lasse ihre Arme los und richte mich auf. Gekränkt antworte ich: »Was ich sage, meine ich auch so!«

Mara nutzt die Gelegenheit, um mich von ihr runterzustoßen, sodass sie wieder über mir ist. Diesmal wehre ich mich nicht. Das scheint sie zu irritieren. Während sie meine Arme festhält, kommt sie mir ganz nah. Als sie spricht, weht mir wieder ihr ureigener Duft in die Nase, und ich schließe die Augen, um ihn zu genießen.

»Marcus, du weißt rein gar nichts über mich. Du kennst mich erst seit wenigen Tagen. Da kannst du mich nicht einfach heiraten wollen. Das ist verrückt!«

Ich höre, was sie sagt, aber es interessiert mich nicht. Sie ist so verdammt schön, und wie sie da auf mir sitzt, beginnt meine Fantasie sich alles Mögliche vorzustellen. Das erregt mich, was ihr nicht verborgen bleibt.

»Also bitte! Das hier ist echt ernst!«

Bilde ich es mir nur ein, oder erscheinen da kleine Grübchen in ihren Wangen? Sie wirkt amüsiert.

Ihre Abwehr beginnt zu bröckeln, sie lockert ihren Griff, sodass ich mich kurz entschlossen befreie, um ihr Gesicht zu mir herunterzuziehen. Sie wehrt sich nicht, was mich ermutigt. Bevor ich sie aber küsse, suche ich den Augenkontakt. Sie soll sehen, dass ich die Wahrheit sage und sie über alle Maßen begehre! Der folgende Kuss ist ein Versprechen. Ein Versprechen auf die Zukunft. Sie muss begreifen, dass wir zusammengehören.

Diesmal bin ich es, der mit der Zunge ihren Mund in Besitz nimmt. Ein kurzes Seufzen entrinnt ihr. Ich bin also auf dem richtigen Weg. Fest umschließe ich ihren weichen Körper. Sie scheint ihre Gegenwehr aufgegeben zu haben und drängt sich eng an mich. Ich spüre meine Erregung. Auch sie spürt es. Es quält mich fast, eine süße Pein, ein lustvoller Schmerz. Ich stöhne vor Sehnsucht, vor Verlangen und Begierde auf.

O Jupiter, was macht diese Frau nur mit mir ...

Zu meiner Überraschung löst sich Mara von mir. Ich möchte nachsetzen, aber sie hält mich sanft zurück.

»Marcus, keine Frage, auch ich will dich.« Sie atmet tief ein und aus, ihre Augen sind halb geschlossen, dann fügt sie hinzu: »Aber wir haben keine Zukunft. Ich kann nicht deine Frau werden.«

Ihre Worte tun weh. Doch ist mir nicht entgangen, dass auch sie verzweifelt dreinblickt.

»Warum denn nicht?«, will ich wissen. »Mara, ich bin davon überzeugt, dass wir füreinander bestimmt sind.«

Ihr Blick ist tränenverschleiert. Ich ziehe sie wieder zu mir und küsse ihr sanft das Nass aus den Augenwinkeln. Dann liebkose ich ihre Wange, arbeite mich zu ihrem Ohrläppchen weiter, den Hals hinunter und zurück zu ihrem verheißungsvollen Mund. Leise raune ich ihr zu: »Gib uns Hoffnung, gib *mir* Hoffnung!«

Ich muss ihre Zweifel beiseite räumen. Sie soll sich nach mir verzehren, vielleicht steigert das meine Erfolgsaussichten. Unter meinen Küssen scheint ihr Leib immer stärker zu beben. Doch abrupt löst sie sich von mir.

»Was ist?«

»Das geht zu weit. Wir müssen aufhören«, wispert sie leise und kraftlos. Doch ihr Körper verrät sie – entlarvt ihre Worte als Lüge.

»Wirklich?« Zart streiche ich über ihr Haar, die Arme und mit dem Daumen über ihren Mund. Ihr Blick verklärt sich, ihr Widerstand schmilzt. Ganz leicht öffnet sie den Mund und ist bereit für mehr. Ich schiebe den Daumen zwischen ihre Lippen und erkunde ihre Mundhöhle. Die andere Hand wandert vorsichtig unter ihr Oberteil. Deutlich spüre ich ihre warme Haut unter den Fingerspitzen. Die Berührung lässt sie erzittern, was meine eigene Lust nur steigert. Aber der Waldboden ist nun doch recht ungünstig für unser Liebesspiel. Widerwillig muss ich es für einen kurzen Augenblick unterbrechen.

Ich schiebe Mara von mir hinunter, stehe auf, ziehe sie mit einem Ruck vom Boden hoch, direkt in und auf meine Arme. Sie lässt es ohne Gegenwehr geschehen. Auf kürzestem Weg trage ich sie zu unserem Nachtlager.

Eng an mich geschmiegt, legt sie ihren Kopf in meine Halsbeuge. Ihre Augen sind halb geschlossen, zärtlich küsst sie meinen Kehlkopf.

Endlich beim Lager angekommen, lege ich Mara vorsichtig auf die zuvor bereits ausgebreitete Decke. Sie strahlt pure Sinnlichkeit aus und wirkt glücklich.

Sie ist mein! Komme, was wolle. Ich werde sie nehmen und mich mit ihr vereinigen. Danach wird sie bei mir bleiben und nie mehr wegwollen. Ganz sicher!

Und auch wenn ich wüsste, dass heute mein letzter Tag auf Erden wäre, würde ich mir nichts anderes wünschen, als mit ihr meine letzten Stunden verbringen zu dürfen.

Unvermittelt umschlingt sie mich mit Armen und Beinen, und zieht mich zu sich hinunter. Ihr Mund sucht den meinen. Der Kuss entfacht ein Feuer in mir, als stünde ich lichterloh in Flammen. In diesem Augenblick bin ich so glücklich wie noch nie. Denn diese Frau begehrt mich ebenso sehr, wie ich sie begehre.

Gemeinsam drehen wir uns, sodass sie oben zu liegen kommt. Mit zittrigen Händen fängt sie an, mich zu entkleiden. Die Begierde steht ihr deutlich ins Gesicht geschrieben. Ein ungeahntes Wohlgefühl breitet sich in mir aus. Denn egal, was vor Kurzem noch passiert ist, sie will die Vereinigung – mit mir – in diesem Augenblick.

Zuerst entfernt sie mir den Gürtel, um mir anschließend eilig die Tunika über den Kopf zu streifen. Als ich nackt vor ihr liege, betrachtet sie mich ausgiebig. Ich genieße ihren bewundernden und unverkennbar erregten Blick. Und ich gebe mich kurz der Hoffnung hin, dass sie mich nach unserer Vereinigung nie wieder missen will.

Mein Unterleib droht zu zerspringen, als sie zärtlich über meine Bauchmuskeln streicht und über die Narben, die ich mir in diversen Kämpfen zugezogen habe. Sie lässt keine Stelle aus. Ihre Hände wandern unaufhörlich weiter, bis sie berührt, was inzwischen fast schmerzhaft hart ist. Liebevoll und sehr behutsam umfasst sie ihn. Die Berührung ist kaum zu ertragen, nur mit Mühe kann ich mich kontrollieren.

Ich muss sie spüren – bald!

Mara hat noch ihre Gewänder an. Auch ich will sie nun endlich nackt erblicken. Nur – wie? Ihre Kleidung liegt eng an, vor allem ihre Beinkleider. Und ich habe keine Ahnung, wie ich sie ihr ausziehen kann, ohne sie dabei zu zerreißen. Die mir bekannten Frauen tragen üblicherweise lange Tuniken, die man im Handumdrehen entfernen kann.

Mara bemerkt mein Zögern. Sie lächelt und beginnt ihr Oberteil selbst zu öffnen. Und das mit einem einzigen Ruck, als wenn sie den Stoff zerreißen würde, aber er reißt nicht, er teilt sich nur. Für einen kurzen Moment bin ich abgelenkt.

Rasch liegt mein Fokus wieder auf ihrem Körper. Ihre Haut ist makellos und samtig weich. Aber was ist das für ein seltsames Kleidungsstück, das ihren Busen verhüllt?

Römische Bürgerfrauen binden häufig schmale Tücher um ihre Brust, doch das Tuch, das Mara trägt, schmiegt sich ganz eng um ihre pralle Weiblichkeit, wie eine zweite Haut.

Mit beiden Händen greift sie nach hinten, und schon öffnet sich auch dieses Stoffteil. Langsam streift sie die schmalen Stoffstreifen, die es halten, über ihre zarten Schultern. Damit ist endlich der Blick frei auf ihre sinnlichen Brüste. Die Knospen sind prall und hart. Sie warten nur darauf, dass ich mich ihnen widme.

Mara mag keine Göttin sein, aber Venus muss vor Neid erblassen angesichts dieser irdischen Schönheit.

Ihr Gesicht glüht vor Verzückung oder steckt da vielleicht auch ein bisschen Scham dahinter? Für mich gibt es jedenfalls kein Halten mehr. Ich lege die Hände um ihre Brüste und beginne sie mit Lippen und Zunge zu erkunden.

Der Geschmack ihrer Haut ist lieblich, ein wenig wie ihr Duft. Nur ihre rosigen Knospen hebe ich mir noch auf.

Stolz und Freude erfüllen mich angesichts der Lust, die sie unter meinen Berührungen und Liebkosungen empfindet. Immer wieder wispert sie Worte in ihrer fremden Sprache, was mich nur noch weiter anspornt und mein Begehren ins kaum mehr Erträgliche steigert.

Als ich in freudiger Erwartung endlich an ihren harten Knospen angelangt bin und sie zärtlich mit den Lippen umschließe, wirft sie voller Lust den Kopf in den Nacken. Ich steigere ihre Ekstase, indem ich zu saugen beginne. Sie stöhnt laut auf und presst meinen Kopf fest an sich.

Ich habe eine solche Leidenschaft mit noch keiner Frau erlebt. Wie mein Körper auf ihre Gegenwart, auf ihre Berührungen reagiert, ist mir völlig neu.

Wildes Verlangen ergreift uns. Nun gibt es nur noch ein einziges Hindernis, um ans süße Ziel zu gelangen – ihre Beinkleider! Sie scheinen im Schritt mit einem schmalen Streifen aus Eisen verschlossen zu sein.

Mara bemerkt meinen fragenden Blick und rollt sich von mir herunter, teilt mit einem raschen Handgriff die eiserne Naht und entledigt sich des Stoffs. Ein winziges *Etwas* kommt zum Vorschein, welche ihre Scham bedeckt. Als sie es ausziehen will, halte ich sie auf. Das möchte ich für sie tun. Sehr langsam ziehe ich es ihr über die Hüften, sie hebt das Becken an, um es mir leichter zu machen. Darunter offenbart sich ihr zarter Venushügel mit weichem, kurzem Flaum. Meine Lenden schmerzen vor Verlangen. Lange halte ich es nicht mehr aus, ich sehne mich nach Erlösung.

Endlich sind wir beide völlig entkleidet, unsere Gier aufeinander können wir nicht mehr bezähmen. Mara drängt ihren Unterleib gegen mich, sie will die Vereinigung ebenso sehr wie ich. Mit einem kraftvollen Stoß dringe ich tief in sie ein. Feucht und warm fühlt es sich an. In grenzenloser Erregung entweichen uns beiden laute Seufzer. Mein ganzer Körper scheint zu brennen, als ich mich rhythmisch in ihr bewege. Was für eine Gefühlsexplosion. Es fällt mir schwer, dem Drang, schnell zum Höhepunkt zu kommen, nicht nachzugeben. Aber ich möchte, dass zuerst Mara ihre Erfüllung findet. Dafür nehme ich mich gern zurück. Sie jauchzt und japst unter meinen Stößen und flüstert leise meinen Namen.

Urplötzlich fasst sie mich bei den Hüften, und wir rollen herum, bis sie rittlings auf mir sitzt. Jetzt ist sie es, die alles bestimmt. Tempo und Intensität.

Ich habe nicht geahnt, dass es Frauen gibt, die so viel Spaß beim Liebesspiel entwickeln. Berauscht bewegt sie sich immer schneller auf und ab. Das blonde Haar fällt ihr ins schweißglänzende Gesicht. Ihre Augen sehe ich kaum, aber ihren Mund. Sie benetzt ihre Lippen mit der Zunge, was mich wahnsinnig macht. Ihre wunderschönen Brüste wippen auf und ab, ich kann kaum die Hände davon lassen. Zärtlich umspiele ich mit einer Fingerkuppe ihre steife Brustwarze, während mein Finger der anderen Hand sanft ihre Vulva liebkost. Bei diesen Berührungen stöhnt sie gequält auf und bewegt sich ekstatisch immer heftiger. Ich will mit ihr gemeinsam kommen. Zurückhalten kann ich mich jetzt nicht mehr. Fest packe ich ihr Becken, um noch kräftiger zustoßen zu können, und ramme ihr mit ganzer Kraft meine *Liebe* in den Leib – Ja! Liebe! Bei Jupiter, ich liebe sie!

Und im Rausch des Moments spreche ich es laut aus.

Im Feuer der Lust explodieren wir beide fast gleichzeitig. Zuerst ist sie es, in deren Gesicht sich die blanke Euphorie widerspiegelt, und gleich darauf komme auch ich, dringe mit den letzten harten Stößen ganz tief in sie ein.

Mara lässt sich erschöpft und schweißgebadet auf meine Brust sinken. Ich bin noch in ihr und wünsche mir, diese Geborgenheit niemals mehr verlassen zu müssen.

Ich bin von ihr berauscht. Nie habe ich gefühlt, was ich bei ihr fühle. Nie habe ich ein weibliches Wesen so sehr begehrt. Der Akt mit ihr hat meine Gefühle nur noch verstärkt. Einer solchen Frau werde ich nicht noch einmal begegnen.

Unerfahren bin ich wahrlich nicht – sie auch nicht. Sie weiß genau, was sie tut und was sie will.

Nun liegt sie mit geschlossenen Augen auf mir, atmet schnell, und sagt nichts. Aber das ist auch nicht nötig.

Als Junge habe ich meine Mutter gefragt, woher man denn wisse, welches Mädchen die Richtige sei.

Sie antwortete stets: *Das wirst du schon merken, wenn es so weit ist. Und wenn ich sie fände, sollte ich sie festhalten und nie mehr loslassen.* Sie hatte recht, mit allem. Ich werde alles tun, damit dieses wunderbare Wesen bei mir bleibt.

Mara ist auf mir eingeschlafen. Es ist ein gutes Gefühl, sie so nackt und unmittelbar zu fühlen. Ich spüre ihren Herzschlag, ruhig und kräftig. Sanft streiche ich ihr über den Rücken, und nehme einen Teil meiner *Paenula*, um uns beide damit zuzudecken.

Erst jetzt bemerke ich, dass es draußen regnet. Das stetige Plätschern und Maras gleichmäßige Atmung wirken beruhigend auf mich, langsam senkt sich auch über mich die Müdigkeit herab. An mögliche Gefahren mag ich in diesem Augenblick nicht denken.

KAPITEL 15 - SEHNSÜCHTE

Als ich erwache, bin ich noch völlig verpennt und gähne vor mich hin. Aber wenigstens habe ich einige Stunden schlafen können.

Marcus liegt neben mir und ist noch im Tiefschlaf. Er wirkt entspannt, und ich glaube, er träumt. Ein zufriedenes Lächeln umspielt seinen Mund. Unser beider Nacktheit fühlt sich immer noch gut an. Ich mag seine leichte Brustbehaarung, die muskulösen Arme und seinen Stoppelbart.

Er hält mich fest umklammert, als hätte er selbst im Schlaf Sorge, dass ich ihm wieder entfliehen könnte. Nun, da liegt er auch gar nicht so falsch, aber jetzt möchte ich daran nicht denken. Notgedrungen muss ich in dieser Zeitlinie noch einige Wochen verbringen, bis sich vielleicht – Betonung auf *vielleicht* –, wieder ein Zeitfenster in meine eigene Epoche öffnet. Warum sollte ich also nicht das Beste daraus machen?

Ich beobachte Marcus bereits eine Zeitlang. Er ist ein wirklich attraktiver und gut gebauter Mann. So manche Frau in meiner Welt würde ihn als Leckerli bezeichnen.

Weshalb wurde er noch nicht vom Markt genommen? Hat er ein Manko? Und was ist mit seiner Familie? Wo sind seine Eltern? Gibt es Geschwister? Und auch die Frage nach Liebhaberinnen kommt mir in den Sinn.

Da schießt mir ein weiterer Gedanke durch den Kopf – ob er schon mal jemanden getötet hat, ohne dass es um sein Leben ging? Und wenn ja, sollte mich das stören? Es ist eben eine andere Zeit.

Ich weiß rein gar nichts über ihn. Vermutlich ist das im Moment auch nicht wichtig. Ich muss überleben, und da brauche ich Verbündete.

Schon seltsam, wie sich das alles entwickelt hat, vor allem in den letzten Stunden. Ich war so verdammt wütend auf ihn! Wütend, dass er den alten Mann niedergeschlagen hat. So unglaublich zornig, dass er es auch bei mir wagte und mich zudem noch fesselte und knebelte. Ich hätte ihn würgen können! Keine Ahnung, wie er es geschafft hat, dass ich ihm so schnell verziehen habe. Er ist ein Römer, der zum Zeitpunkt meiner Geburt bereits seit zweitausend Jahren tot war, vielleicht entschuldigt das einiges. Oder es ist seine Aura. Er ist eben ein *richtiger* Mann, nicht so ein alberner Kerl wie die Typen aus meiner eigenen Zeit.

Allerdings war sein Heiratsantrag schon merkwürdig. Im ersten Moment, dachte ich, dass er mich veräppelt oder verrückt geworden ist. Aber ich glaube, er meinte das wirklich ernst. Nur ist das völlig absurd. Man kennt sich erst seit ein paar Tagen, und dann so was. Wobei *kennen* die Übertreibung des Monats ist.

Okay, ich hatte letzte Nacht unglaublich guten Sex, obwohl wir zum ersten und bisher einzigen Mal miteinander geschlafen haben, und etwas Raffiniertes haben wir dabei gar nicht ausprobiert. Bei dem Gedanken wird mir warm, ich muss schmunzeln, denn da gibt es noch so vieles mehr, was wir miteinander anstellen können.

Ach herrje, eine Erinnerung drängt sich auf. Hat er nicht ganz am Schluss geflüstert, dass er mich liebt?

Liebeserklärung, Heiratsantrag – der Mann ist wirklich von der schnellen Sorte.

Nicht nur, dass ich ein Zweifler bin, was die Liebe auf den ersten Blick angeht, es würde auch alles erheblich verkomplizieren. Am besten gehe ich einfach auf beides nicht weiter ein. Meine Priorität liegt ganz klar darauf, die Zeit bis zum ersten August zu überbrücken. Es spricht meiner Meinung nach aber nichts dagegen, dass ich es mir bis dahin so angenehm wie möglich mache. Das schließt den Sex mit ein. Um ehrlich zu sein, will ich es unbedingt wiederholen und es genießen, solange ich kann.

Verflucht – ich habe überhaupt nicht an Verhütung gedacht. Seit dem Ende der Beziehung mit Gerd verzichte ich auf die tägliche Hormonzufuhr. Ist gesünder so. Jetzt muss ich natürlich aufpassen. Nun gut, noch besteht keine Gefahr, was eine Schwangerschaft angeht. Ich kenne meinen Körper.

Als ich Korber folgte, war mein Eisprung gerade vorbei, das weiß ich, weil er immer punktgenau zwei Wochen nach Periodenende kommt. Das dürfte mir noch etwas Luft verschaffen. Nur – wie soll ich das zukünftig handhaben? Kondome habe ich zwar dabei, aber auf eine Erklärung zu diesem modernen Hilfsmittel möchte ich verzichten.

Eine gemeinsame Zukunft mit Marcus kann es ohnehin nicht geben, zu unterschiedlich sind unsere Epochen, was Gleichbehandlung, Gesundheitswesen, Reisen und Sicherheit betrifft. Zudem müsste ich alles Vertraute für immer zurücklassen – auch meine Familie.

Bevor ich weiter darüber sinnieren kann, was geht und was nicht, meldet sich meine Blase, und außerdem muss ich mich dringend frisch machen.

Vorsichtig befreie ich mich aus Marcus' Umklammerung, was gar nicht so einfach ist. Als ich es endlich geschafft habe, wundere ich mich doch ein wenig über seinen tiefen Schlaf.

Müsste er nicht auf der Hut sein? Immerhin können jederzeit Germanen auftauchen. Aber vielleicht sehe nur ich das so streng.

Schnell und so leise wie möglich ziehe ich mich an und gehe geschwind zur gestrigen Notfall-Toilette. Natürlich immer dabei: mein Rucksack. Gut, dass sich darin noch genügend Taschentücher und Feuchttücher befinden. Mein Wasser geht zwar zur Neige, doch fürs Zähneputzen reicht es allemal. Ich bin fast fertig, als Marcus panisch nach mir ruft.

»Mara? Wo bist du?«

Er denkt sicherlich, dass ich wieder geflohen bin. Schnell trete ich aus dem Dornbusch hervor, mit Zahnpastaschaum vorm Mund und der Zahnbürste in der Hand.

»Ich bin hier«, rufe ich und winke mit meiner Zahnbürste.

Erst schaut er mich glücklich an, dann entgeistert. »Bist du krank?«, fragt er vorsichtig.

Vor Lachen pruste ich die Zahnpasta aus. Dass er völlig nackt vor mir steht, trägt noch zu meiner Belustigung bei. Marcus springt erst einen Satz zurück, um den Spritzern zu entgehen, dann ist er mit wenigen Schritten bei mir. Sein sorgenvoller Blick rührt mich.

»Nein, nein! Es ist alles in Ordnung. Ich habe mir nur die Zähne geputzt«, antworte ich, immer noch sehr amüsiert.

»Zähne geputzt? Also ich mach das immer mit Salz und Essig«, gibt er nachdenklich zur Antwort.

Na Gott sei Dank schmecken seine Küsse nicht danach.

Schnell spüle ich mit Wasser die Zahnpastareste weg und lächele ihn freudestrahlend an.

»Ich dachte schon, ich hätte dich wieder verloren.« Bei dem Gedanken klingt er ganz niedergeschlagen.

»Was verloren geht, kann man auch wiederfinden«, entgegne ich und küsse ihn auf die Nasenspitze. »Vielleicht wäre es besser, wenn du dir etwas anziehst.« Zwinkernd gebe ich ihm auf dem Weg zum Zelt einen Klaps auf den nackten Po.

Er blickt an sich herunter, als wenn ihm erst jetzt bewusst würde, dass er nichts anhat. Dann grinst er über das ganze Gesicht, breitet die Arme aus und neckt mich: »Gefalle ich dir denn so nicht besser?«

Ich drehe mich lächelnd um und muss schlucken. Er ist erregt, und – es gefällt mir. *Verdammter Kerl.*

»Ich glaube nicht, dass wir dafür Zeit haben.« Meine Stimme klingt nicht ganz fest.

Schnell ist er bei mir und nimmt mich in den Arm, gleichzeitig beginnt er gezielt seine Lippen einzusetzen. Kleine Seufzer der Kapitulation entringen sich mir, was er als Aufforderung betrachtet, weiterzumachen. Erneut meldet sich die Vernunft, und ich wende ein: »Marcus, bitte, das können wir jetzt ...«

Er unterbricht mich: »Warum nicht? Ich will dich!«

Ich will es ja auch, aber was ist, wenn plötzlich ungebetene Gäste erscheinen und unser Liebesakt das Letzte ist, was wir tun? Doch mein Widerstand bröckelt, und ich bekomme keinen Ton raus.

Marcus öffnet mit einem Ruck meine Bluse und massiert durch den BH hindurch meine Brustwarzen. Ich spüre bereits seine Härte an meinem Unterleib und gebe ein ersticktes Stöhnen von mir. Ich kapituliere angesichts dieser geballten Begierde, und lege die Arme um seinen Hals. Er ist zufrieden mit sich, denn er hat seinen Willen bekommen.

Er hebt mich nun hoch, während ich mit den Schenkeln seine Hüfte umklammere. In dieser Position trägt er mich zurück zum Zelt, und hört nicht auf, mich mit Küssen zu übersäen. Er drückt dabei mit seinen Lenden fest gegen mein Becken. Zwischendurch entweichen ihm zufriedene Grunzer.

Der verdammte Kerl weiß ganz genau, dass mich das anmacht und ich ihm nicht widerstehen kann.

Als ich mich im Zelt von ihm lösen muss, um mich zu entkleiden, fängt mein Gehirn wieder an zu arbeiten. »Marcus, ist es nicht zu gefährlich? Es ist helllichter Tag. Was ist, wenn die Kelten auftauchen?«

»Dann kämpfe ich eben nackt, wie es die Germanen manchmal tun. Verschwende keine Gedanken daran.«

Seine Worte kommen keuchend. Er ist erregt und blendet die Gefahr einfach aus. Nun zieht er mich zu sich herunter und flüstert mir heiser ins Ohr: »Ich will dich spüren. Bitte!«

Er beginnt erneut, mich zu küssen, und wandert mit seinen Liebkosungen über meinen Hals zu meinen beiden weiblichen Rundungen hinunter, sein Ziel sind meine steifen Knospen. Er zieht mir die BH-Träger über die Schultern, entblößt meine Brüste und spielt mit der Zunge an den Knospen. Als er anfängt, daran zu saugen und zu knabbern, ist auch bei mir jede Vorsicht dahin. Ich will ihn spüren und setze mich ohne Umschweife auf ihn.

Marcus lässt von meinen Brüsten ab und genießt seinen Sieg über die Vernunft. Als wir kurz darauf gemeinsam dem Höhepunkt entgegenfiebern, wispert er immer wieder meinen Namen. Als ich komme, gebe ich einen leisen Aufschrei von mir, auch Marcus bäumt sich unter mir auf. Ermattet und schwer atmend sinke ich auf ihn nieder. Ich genieße seine Gegenwart und die Wärme seines Körpers.

Etwas atemlos necke ich ihn: »Du bringst mich dazu, Dummheiten zu begehen. Ich weiß nicht, ob ich das gut finden soll. Meine Mutter hat mich vor Männern wie dir gewarnt.«

»Deine Mutter ist eine kluge Frau«, gibt er schmunzelnd zurück.

»Hey ...«, und verpasse ihm einen Klaps auf den Arm.

Marcus dreht sich, sodass er über mir ist. Er hält meine Arme fest und blickt mich ernst an. »Du gehörst zu mir, und du bist mein, Mara Schneider! Ich will mein Bett mit dir teilen und Kinder von dir. Nur der Tod kann uns trennen.«

Ich schlucke mehrmals heftig. Zum einen ist das total süß von ihm und schmeichelt mir. Zum anderen ergreift mich schiere Panik. Das hier ist nicht meine Welt. Ich kann hier nicht leben, trotz dieses tollen Mannes. Soll ich ihm von meinem Dilemma berichten? Wie würde er reagieren? Würde er mir überhaupt glauben? Und selbst wenn – wie sollte es weitergehen?

Ehe ich etwas erwidern kann, hören wir Hufgetrappel. Marcus springt sofort auf, wirft sich rasch die Tunika über und nimmt sein Kurzschwert in die Hand, das *Kopis*. Dann befiehlt er mir: »Du bleibst hier! Verstanden?«

»Ich kann dir helfen«, biete ich ihm an.

»Nein! Versprich mir, dass du nicht rauskommst!«

Ich will noch etwas sagen, als er mich ungehalten erneut auffordert: »Verdammt, Mara! Versprich es mir!«

»Schon gut. Ich warte hier.«

Er nickt und will schon das Zelt verlassen, da dreht er sich noch einmal um und gibt mir einen flüchtigen Kuss. Und mit den eindringlichen Worten »Bleib hier!« ist er auch schon weg. Unwillkürlich streiche ich mit den Fingerspitzen über meine Lippen, als könnte ich so seinen Kuss noch einmal spüren.

Ach herrje, ich bin ja noch nackt. Schnell raffe ich meine Sachen zusammen. Marcus hatte es da einfacher – er musste sich nur ein *Kleid* überziehen.

Hastig kleide ich mich an und hoffe nur, dass ich es noch rechtzeitig schaffe, bevor jemand hereinkommt. Und immer wieder lausche ich, ob ich von draußen etwas höre. Aber da ist nichts. Ist das nun gut oder schlecht?

Es dauert eine Weile, dann höre ich Stimmen. Sie scheinen aus weiter Entfernung zu kommen. Ob keltisch-germanisch, römisch, streitend oder nicht, lässt sich nicht sagen. Auch nicht, ob eine davon Marcus gehört. Sollte ich mich bewaffnen? Aber was, wenn Marcus reinkommt und ich ihn versehentlich erwische? Ich nehme doch besser mein Klappmesser und hoffe das Beste.

Und da! Wieder Pferdehufe. Sehr schnell und schon sehr nah. Mein Puls schlägt bis zum Anschlag. Unvermittelt stoppt das Pferd dicht beim Zelt, und es steigt jemand ab.

Ich stehe bereit, um mich im Fall der Fälle zu verteidigen. Ein Schatten ist zu erkennen, plötzlich wird der Zelteingang aufgerissen. Mein Herz pocht, und in den Ohren rauscht mir mein eigenes Blut.

Marcus!

»Verdammt, warum gibst du dich denn nicht zu erkennen? Ich hätte dich verletzen oder töten können!« Ich schlage ihm leicht gegen die Schulter. Der blöde Kerl lächelt nur, und während er seine restliche Kleidung anzieht, frage ich: »Wieso hast du ein Pferd? Wer ist noch da draußen?«

»Mara, alles ist gut. Antonius ist mit ein paar Männern gekommen. Sie wollten sich die Schäden am Lager anschauen.«

»Na, was für ein Zufall«, entgegne ich zynischer als beabsichtigt. Meine Erleichterung ist der Sorge gewichen, nun ins Castrum verbracht zu werden. Marcus schaut mich irritiert an. Er bemerkt meinen emotionalen Rückzug, kann ihn aber nicht einordnen.

»Komm, lass uns gehen!« Er packt mich am Arm, doch ich leiste Widerstand.

»Und wenn ich nicht mit will?«

Jetzt ist Marcus perplex. Er stellt sich dicht vor mich, hebt mein Kinn und sucht den Augenkontakt, den ich versucht habe zu vermeiden. Sein Blick ist liebevoll – ja, liebevoll. Verstehe das, wer will.

»Warum denn nicht?«, fragt er zärtlich.

Argh, dieser Mann. Er strahlt solche Stärke und Männlichkeit aus und jetzt auch noch Verständnis. Das macht mich ganz meschugge. Hätte er nicht einfach wütend reagieren können, damit ich einen Grund habe, ihn nicht so verdammt nett und sexy zu finden? Verdammt!

Womöglich sollte ich beginnen, ihm etwas Vertrauen entgegenzubringen?

»Ich habe dir nicht ...« Ich bin schon im Begriff, ihm zumindest einen Teil der Wahrheit zu erzählen, als draußen jemand nach ihm ruft. Vielleicht ist das auch gut so. Das Schicksal hat vorerst entschieden.

»Gleich!«, antwortet Marcus und wendet sich wieder mir zu. »Mara, wovor hast du denn Angst? Ich bin doch bei dir.«

Er meint es ernst. Nur trage ich schwer an meinem Geheimnis.

Und wieder brüllt es von draußen: »Marcus!«

»Mara, wir müssen jetzt gehen.«

Ich nicke, fühle mich aber innerlich furchtbar leer. Ob ich es wohl schaffen werde, bis zum ersten August hierher zurückzukehren?

Als wir aus dem Zelt hinaustreten, warten etwa zehn berittene Legionäre auf uns – und Antonius. Er blickt mich missbilligend an. Ich kann es mir nicht verkneifen, ihn überfreundlich anzugrinsen. »Hallo Antonius, schön, dich wiederzusehen.«

Er versteht sofort und reagiert nicht minder sarkastisch: »Die Freude ist ganz meinerseits.« Dann wendet er sich Marcus zu. »Wir müssen hier weg. Die Chatti sind noch in der Gegend und wir in der Unterzahl. Ich habe angenommen, dass sie sich nach ihrem Angriff ins Hinterland verzogen haben. Das war wohl ein Irrtum.«

Marcus stimmt mit einer kurzen Kopfbewegung zu. Er ist wieder ganz römischer Tribun. Dann setzt er sich auf sein Pferd und bedeutet mir, bei ihm mit aufzusteigen. Nur widerwillig nehme ich seinen Arm, sodass er mich mit einem Ruck aufs Pferd ziehen kann. Sobald ich vor ihm im Sattel sitze, reiten wir los.

»Keine Sorge, meine Venus«, flüstert er mir ins Ohr. »Ich passe auf dich auf.«

Sein Atem kitzelt mir im Ohr, und als ich die Augen schließe, fühle ich ein Echo des innigen Moments, den wir vor wenigen Augenblicken gemeinsam genossen haben. Als ich sie aber wieder öffne, holt mich die Realität ein, und ich werde unruhig. Es ist so verdammt schwer, ein Geheimnis zu bewahren und sogar zu lügen. Ich weiß nicht, wie lange ich das noch durchhalte. Ich brauche unbedingt jemandem, dem ich mich anvertrauen kann, der mir glaubt und der mir hilft. Ob Marcus derjenige sein kann? Aber selbst wenn er mir glauben sollte: Er will unbedingt, dass ich bei ihm bleibe. Das macht alles nur schwieriger.

Jetzt reiten wir bereits seit mehreren Stunden Richtung Süden, und mir tut der Hintern weh. Ich bin das nicht gewohnt. Ich kann zwar reiten, aber aus Zeitmangel habe ich schon lange nicht mehr auf einem Pferd gesessen.

Marcus hat die ganze Zeit nichts gesagt. Jetzt wispert er mir ins Ohr: »Lass lieber das Gewackel mit deinem Po.«

»Wie bitte?«

»Das rüttelt Erinnerungen wach, und meine Lenden erinnern sich sehr nachdrücklich«, antwortet er amüsiert.

Ich erröte. »Oh, ich verstehe.« Allerdings füge ich kurz darauf gereizt hinzu: »Verdammt, mir tut der Hintern weh. Sind wir bald da?«

Er streckt den Arm aus und deutet auf einen dunklen Fleck, dem wir uns langsam nähern. Je länger ich hinsehe, desto deutlicher erkenne ich Palisaden und Holztürme. Meine Freude hält sich allerdings in Grenzen, denn für mich sind diese Schutzwälle ein Käfig.

Ich muss versuchen, diesen Gedanken abzuschütteln. Es wird sich in den nächsten Wochen schon eine Fluchtmöglichkeit ergeben. So meine Hoffnung.

Von der geografischen Lage her könnte es sich um die künftige Ortschaft Echzell handeln, oder es ist die Hungener Gegend. Eine genauere Bestimmung fällt mir schwer, sieht das Ganze doch in zweitausend Jahren ganz anders aus.

Als wir das Castrum erreicht haben, werde ich von den anwesenden Legionären neugierig und teils feindselig, teils auch lüstern begutachtet. Marcus bemerkt die Blicke ebenfalls und macht sich demonstrativ breit und groß. Dabei hält er mich noch etwas fester im Arm.

»Mach dir keine Sorgen. Niemand wird dich anrühren«, verspricht er mir leise.

Ich sehe mich um. Von einem kürzlichen Überfall ist keine Spur zu entdecken, Antonius scheint gute Arbeit geleistet zu haben. Im Übrigen habe ich mir ein römisches Castrum anders vorgestellt. In Stein eben, so wie die Saalburg. Hier besteht aber fast alles aus Holz und Erdwällen, die Römer scheinen noch nicht lange in diesem Landstrich zu sein. Wenigstens gibt es keine Mannschaftszelte, sondern Holzbaracken, teilweise in Fachwerkbauweise. Die Toranlage mit zwei Wachtürmen wirkt imposant, aber auch sie ist aus Holz. Ein bisschen erinnert mich das Ganze an meinen Zahnstocherturm, den ich damals im Werkunterricht der Grundschule basteln musste.

Jetzt steuern wir direkt auf ein Gebäude in der Mitte des Castrums zu, das einzige in Steinbauweise. Nein, stimmt nicht – bei näherem Hinsehen ist in einiger Entfernung ein weiteres, wesentlich kleineres Gebäude auszumachen, doch bei Weitem nicht so prachtvoll wie das, vor dem Marcus jetzt sein Pferd zum Stehen bringt. Und da erblicke ich auch schon ein bekanntes Gesicht: Lucius!

Ich freue mich wirklich, ihn zu sehen, und es geht ihm offensichtlich gut. Ich befreie mich aus Marcus' Griff, rutsche vom Pferd und gehe lächelnd auf ihn zu. Auch er grinst mich an. Ich kann nicht anders und umarme ihn spontan. »Lucius! Wie geht es dir? Was machen deine Wunden?«

Als ich ihn so drücke, wirkt er etwas verlegen. Das mag auch an Marcus' Blick liegen, Lucius deutet ihn wohl als Missbilligung. Ich wiederum erkenne die Eifersucht in seiner Miene und muss schmunzeln.

Etwas eingeschüchtert antwortet Lucius: »Mir geht es gut. Unser Medikus war von der schnellen Wundheilung sehr überrascht.« *Darauf gehe ich mal besser nicht ein.*

»Hm, wo ist Quintus?« Ich blicke mich um, aber ich kann ihn unter den anderen nicht ausmachen.

»Als wir aus dem Tunnel kamen, haben uns die Celtae bereits erwartet«, antwortet Lucius bedrückt. »Da ich zu langsam war, trennten wir uns. Quintus wollte die Verfolger ablenken. Ich bin seit gestern hier. Er noch nicht.«

Marcus' Miene ist ernst. Ich weiß ihn mittlerweile zu deuten, er lässt nicht gern einen Mann zurück.

»Darüber reden wir später«, vertröstet er Lucius. »Beschaff uns etwas zu essen. Wir haben Hunger.«

Lucius nickt und folgt der Anweisung. Marcus nimmt mich am Arm und führt mich in seine Unterkunft. Jedenfalls nehme ich an, dass es seine ist, denn als wir das Gebäude betreten, laufen wir erst über einen gepflasterten rechteckigen Innenhof, der auf allen vier Seiten von gleichmäßig gestalteten kleineren Räumen umgeben ist, die sich mit Säulenstellungen zum Hof hin öffnen. Dann führt Marcus mich zum hinteren Raum. Er ist recht groß und wirkt erstaunlich gemütlich.

»Mara, ich muss mich mit Antonius unterhalten. Lucius wird dir gleich etwas zu essen bringen. Also mach es dir gemütlich.« Und schon ist er weg.

Habe ich einen Kuss erwartet? Irgendwie schon.

Klar, vor seinen Männern kann er mir keinen geben – andererseits hätte dann jeder seinen Besitzanspruch auf mich registriert.

Es dauert nicht lange, da erscheint Lucius mit etwas Brot, Schinken, Käse, Nüssen und Oliven. Als ich das Essen sehe, meldet sich lautstark mein Magen.

»Vielen Dank, Lucius.«

Er bleibt im Raum, während ich etwas esse, und blickt mich neugierig an.

»Ja?« Ich erwidere seinen Blick. »Du willst mich doch etwas fragen, stimmt's?«

»Also, ich ... ich habe mich gefragt, ob ... ob du vielleicht eine Schwester hast?«

Ich verschlucke mich fast an den Nüssen, die ich gerade im Mund habe, und muss fürchterlich husten. Lucius kommt näher und klopft mir hilfsbereit auf den Rücken. In diesem Moment ist Marcus wieder da. Ich glaube, er interpretiert die Situation wieder einmal falsch. Er ist ein wirklich eifersüchtiger Mann. Mit wenigen Schritten ist er bei uns und zischt mit bösem Blick Lucius an: »Verschwinde! Sofort!«

Der arme Kerl tut mir leid. Fluchtartig verlässt er den Raum. Ich habe noch immer ein Kratzen im Hals, räuspere mich noch einmal und sage dann: »Das war jetzt nicht nett! Er war mir nur behilf...«

Ehe ich noch meinen Satz vervollständigen kann, ist Marcus bei mir, zieht mich in seine Arme und zwingt mir einen extrem harten Kuss auf. Auch wenn ich seine Überreaktion auf Lucius nicht gutheißen kann, bekomme ich weiche Knie. Atemlos haucht er: »Es tut mir leid, aber ich ertrage es nicht, wenn dich ein anderer Mann berührt.«

Dann lässt er plötzlich von mir ab. Mein Körper war gerade richtig in Fahrt, und nun hört Marcus so unvermittelt auf. Das schmerzt fast. Ich benetze meine plötzlich trockenen Lippen mit der Zunge. Marcus ist derweil zum Tisch gegangen und isst ein Stück Brot, dabei lächelt er mich wissend an.

Ob er absichtlich aufgehört hat? Glaubt der Kerl etwa, ich würde mich nach ihm verzehren? Dass er mich mit solchen Methoden hörig machen kann?

Innerlich beginne ich zu kochen.

Für wen oder was hält er sich eigentlich?

Für unwiderstehlich? Für Apoll? – Blöder Hund!

Mit verschränkten Armen schaue ich ihn grimmig an. Er erwidert meinen Blick ganz unschuldig. Ich will gerade etwas sagen, als er mir zuvorkommt. »Ich habe eine Überraschung für dich.« Dabei grinst er mich wie ein kleiner Bub an.

Was soll das denn nun wieder?

Noch das Brot in der Hand murmelt er mit vollem Mund: »Komm mit.« Er nimmt mich an der Hand und zieht mich nach draußen. Mittlerweile dämmert es schon, die meisten Legionäre scheinen in ihren Unterkünften zu sein. Marcus bringt mich zu dem kleinen steinernen Gebäude, das ich bei unserer Ankunft kurz erblickt habe. Ein paar Soldaten stehen dort Wache. Als wir eintreten, kann ich es kaum fassen: Es ist ein kleines Bad. Also jetzt nicht mit einer Wanne oder so, sondern eher wie ein Mini-Pool, und es ist beheizt. Selbst die Wände dampfen.

Spontan falle ich Marcus um den Hals. Das ist endlich mal etwas, das ich an der römischen Kultur schätzen kann. »Marcus, das ist fantastisch! Ich habe ein heißes Bad so dringend nötig.«

Ich warte gar nicht erst lange und ziehe mich aus. Marcus beobachtet mich sehr genau. Ich sehe seinem Blick an, dass er immer erregter wird. Nun bin ich es, die mit ihm spielt. Langsam und sehr bedächtig steige ich ins warme Wasser. Oh, wie gut das tut. Ich schließe kurz die Augen und tauche unter. Dabei genieße ich, wie das warme Nass meinen Körper umspielt und ich mich zu entspannen beginne. Als ich wieder auftauche und meine nassen Haare zurückstreiche, bemerke ich, dass sich Marcus ebenfalls entkleidet hat.

Was für ein Körper. Er ist wirklich sehr begehrenswert, und auch mein eigener Leib reagiert schon wieder auf seinen Anblick. Aber auch er ist wieder *ganz Mann*.

Spitzbübisch lächelnd kommt er zu mir. Ohne Umschweife nimmt er mich in den Arm, meine Brüste reiben über seine Haut. Das erregt mich so, dass die Brustwarzen steif werden und schmerzen. Währenddessen spüre ich seine harte Männlichkeit an meinen Schenkeln. Sofort beginnt er mich zu liebkosen. Heiser will ich wissen: »Was ist, wenn jemand reinkommt?«

»Das habe ich ihnen unter Todesandrohung verboten«, antwortet er mit belegter Stimme.

Na, dann hoffe ich mal, dass man auf ihn hört. Aber die Herren da draußen werden sicher ganz genau wissen, was nun hier abgeht.

Juckt's mich? Nein, nicht wirklich.

»Du bist so schön, Mara. Ich kann mein Glück kaum fassen, dich in diesem tristen Land gefunden zu haben.«

Er wirkt glücklich, und ich bin es auch. Für den Moment jedenfalls. Ich fackele gar nicht lange und setze mich auf seinen Schoß. Dabei nehme ich ihn vollends in mich auf. Anfänglich bewege ich mich langsam auf und ab. Ich will es genießen. Aber Marcus scheint es nicht mehr zurückhalten zu können – oder zu wollen. Er umfasst meinen nassen, warmen Oberkörper und nimmt einen schnelleren Rhythmus auf. Wenige Augenblicke später japsen wir beide unserem Höhepunkt entgegen.

»Es tut mir leid«, flüstert er danach.

»Wieso?«

»Weil ich es nicht länger hinauszögern konnte.«

»Ach Unsinn.« Ich küsse ihn und füge hinzu: »Mit dir ist es unbeschreiblich. Egal, ob kurz oder lang. So etwas habe ich noch nie erlebt.«

Marcus blickt mich leicht entsetzt an. »Wie viele Männer hattest du denn schon?«

Oh, jetzt erst bemerke ich, dass ich vielleicht etwas zu viel gesagt habe. Ich gehe zum Gegenangriff über: »Und wie viele Frauen waren es bei dir?«

»Verdammt, Mara ...«

»Ja, was? Hast du geglaubt, ich wäre unerfahren?«

»Nein, aber ...«

»Nein, aber was?«, unterbreche ich ihn. »Spielt es wirklich eine Rolle, wie viele Männer ich im Bett hatte oder wie viele Frauen es bei dir waren?«

Er weiß, dass ich recht habe, doch er grollt und schmollt. Gibt sogar ein leises Knurren von sich.

Zugegeben, auch ich bin ein wenig eifersüchtig auf seine früheren Bettgespielinnen. Aber ich bin vernünftig genug, um zu wissen, dass alles davor keine Rolle spielt. Weder bei ihm noch bei mir.

Um ihn auf andere Gedanken zu bringen, beginne ich seinen Oberkörper zu liebkosen, bedecke Schultern, Hals und Gesicht mit unzähligen kleinen Zärtlichkeiten. Zwischendurch sauge ich abwechselnd an seinen Ohrläppchen und Lippen. Sein Körper verrät ihn – er ist schon wieder bereit, was auch sein Seufzen bestätigt.

»Du hast mich verhext«, raunt er, während ich seine wieder erstarkte Männlichkeit mit beiden Händen umfasse.

»Diese Zauberei liegt jedem Menschen im Blut. Das ist der natürliche Trieb.«

»Nein, es ist mehr!« Mit diesen Worten zieht er mich fest an sich heran. Seine Liebkosungen sind so voller Hingabe, dass allein das schon einen süßen Schmerz in mir auslöst.

Erneut lieben wir uns, bis wir wieder gemeinsam unsere Erlösung finden.

Heute und gestern – zwei Tage voller Begehren und Sehnsüchten. So viel Sex hatte ich schon lange nicht mehr.

Langsam werde ich zwischen den Welten zerrieben.

Was macht das Universum nur mit mir?

KAPITEL 16 - HIC ET NUNC
(HIER UND JETZT)

Im Augenblick ist Mara bei mir, aber ich spüre instinktiv, dass sie noch immer das Ziel verfolgt, von hier wegzukommen. Warum das so ist, kann ich mir allerdings nicht erklären. Ich setze alles daran, dass sie mir vertraut, und ich versuche es ihr so angenehm wie möglich zu machen, doch ist ihr ihre innere Zerrissenheit deutlich anzumerken. Sie hat ein Geheimnis, dass sie nicht preisgeben möchte.

Nur – was sollte so schwerwiegend sein, dass sie es mir nicht anvertrauen kann?

Das Schlimmste wäre wohl ein Verrat an Rom und damit auch an mir. Doch nichts deutet darauf hin, sie hat überhaupt keine Verbindung zu irgendjemandem hier, auch nicht zu den Germanen. Sie ist im Besitz mächtiger Waffen, aber ganz allein kann sie damit kaum etwas bewirken. Und sie scheint wirklich ohne Mitstreiter gekommen zu sein. Wir sind jedenfalls nicht auf weitere Mitglieder ihres Stammes gestoßen.

Ich weiß nicht, was ich noch tun soll. Ich bin ein Tribun Roms und habe hier einen Auftrag zu erfüllen. Doch jetzt ist diese Frau auch ein Teil der Aufgaben geworden. Für mich persönlich sogar zur Hauptaufgabe.

Antonius sieht mein Verhältnis zu Mara skeptisch. Er glaubt, dass sie etwas im Schilde führt und ich ihr bereits verfallen sei, und nicht mehr objektiv wäre. Ich verstehe seine Bedenken. Aber seit ich sie kenne, kommt mir immer wieder meine Mutter in den Sinn. Sie sprach davon, dass es fast unmöglich sei, einen liebenden Partner zu finden. In Rom geht es vornehmlich um Macht und Geld, Zweckehen sind gang und gäbe. Von klein auf hat meine Mutter mir eingeschärft: *Sollte ich jemals auf eine Frau treffen, die es wert ist, geliebt zu werden, dann hätte ich klare Prioritäten zu setzen.* So wie Vater es getan hat.

Ich hatte eine glückliche Kindheit, und meine Eltern waren auch nach langen Ehejahren immer noch ineinander vernarrt. Nach einer solchen Liebe habe ich immer gestrebt. Wenn Mara in meinen Armen liegt, sehe ich dieses Glück zum Greifen nah vor mir.

Ich bin nicht unerfahren, was die körperliche Liebe angeht, aber Mara hat etwas in mir geweckt, das ich bisher nicht kannte. Sowohl was die sinnlichen Freuden angeht als auch die Liebe an sich. Nun schlummert sie friedlich neben mir, nach einem sehr ausgiebigen und sinnlichen Bad, und es ist mir egal, was die anderen denken.

Mara wacht auf und dreht sich zu mir um. Im Lichtschein der Öllampe blinzelt sie mich an.

»Wieso schläfst du nicht?«, fragt sie mich müde.

»Ich muss nachdenken«, erkläre ich.

»Worüber?«

»Über dich.«

»Mich? Wieso?«

»Ich habe dir meine Liebe gestanden und dir einen Heiratsantrag gemacht. Andere Frauen hätten angenommen. Wieso du nicht? Gibt es einen Mann in deinem Leben?«

Sie stützt sich auf dem Ellbogen ab und schaut mich grinsend an. »Nein, es gibt keinen anderen Mann.«

Das habe ich auch nicht wirklich angenommen. Aber vielleicht ist sie jetzt bereit, mir ein paar Fragen zu beantworten. »Ich weiß nichts über dich«, antworte ich frustriert.

»Was möchtest du denn wissen?« Sie scheint offen für meine Neugier zu sein.

»Wie alt bist du?«, frage ich.

»Dreißig. Und du?« Antwort mit Gegenfrage. Das ist nur fair.

»Einunddreißig ... Hast du Geschwister?«

»Ja, zwei Schwestern, und du?«

»Nein, ich bin das einzige Kind ... Was ist mit deinen Eltern?«

»Mein Vater ist gestorben, meine Mutter lebt noch. Was ist mit deinen?«

Da hat sie einen wunden Punkt erwischt. Ich schlucke trocken, bevor ich ihr antworten kann. »Sie wurden beide getötet.«

Mara schaut mich bestürzt an. »Was ist passiert?«

»Das ist eine längere Geschichte«, weiche ich aus.

»Bitte, Marcus! Erzähle sie mir.« Sie legt mir die Hand auf den Arm und streichelt mich sanft. Ein gequälter Seufzer entringt sich meiner Brust. Nicht vor Erregung. Nein, es ist die Erinnerung, die auf mir lastet.

»Mein Vater war Senator in Rom und ein Anhänger Caesars, aber auch von Marcus Antonius. Er fand, der von Antonius anerkannte Sohn Caesars und Kleopatras sei der legitime Erbe von Caesar. Viele sahen das anders, weil der Knabe nicht die römischen Bürgerrechte besaß. Als Antonius den Krieg gegen Octavian verlor und dieser Caesarion töten ließ, hat mein Vater interveniert. Aber Octavian, der neue Imperator Caesar Divi filius Augustus, strafte ihn. Er wurde gemeinsam mit anderen aus dem Senat ausgeschlossen. Dabei hatte er noch Glück im Unglück, die Angelegenheit hätte ihn auch das Leben kosten können. Jedenfalls verließ mein Vater Rom und ging weit fort, nach Mogontiacum. Unter Drusus, dem Stiefsohn Augustus, hat er einen Teil seiner Ehre zurückerlangt. Die Beziehung zur Tochter des hiesigen Stammesfürsten der keltischen Aresaken bereitete ihm allerdings Ärger, doch das kümmerte meinen Vater nicht. Er liebte meine Mutter, und ich wurde geboren. Ich war etwa zwölf, als meine Eltern ermordet wurden, die Mörder wurden nie gefasst. Man brachte mich zu einer kinderlosen Verwandten nach Rom. Als ich alt genug war, schloss ich mich dem Heer an und kehrte in mein Geburtsland zurück. Und nun bin ich hier.«

Nachdem ich es Mara erzählt habe, ist mir leichter ums Herz. Ich habe nie mit irgendwem über den Tod meiner Eltern geredet. Schon gar nicht mit meiner Tante, die mich nicht mochte. Für sie war ich mehr Barbar als Römer, und eine Last. So schnell ich nur konnte, bin ich ihrem Haushalt entflohen.

»Das ist traurig und mutig und herzergreifend ... einfach alles auf einmal. Kein Wunder, dass du so anders bist.« Mara unterstreicht ihre Worte mit sanften Streicheleinheiten.

Und wieder muss ich mich über mich selbst wundern. Wollte nicht *ich* Informationen von *ihr* einholen?

Sie aber hat geschickt den Spieß umgedreht und stattdessen mir etwas entlockt. Sie ist raffiniert, auf eine schöne Weise.

Kurze Zeit später ist sie eingeschlafen, während ich noch eine ganze Weile wach bin. Nie hätte ich es für möglich gehalten, dass eine solche Anziehungskraft zwischen zwei Menschen existieren kann.

Die Erinnerung an die Liebe meiner Eltern ist nach all den Jahren fern und verschwommen. Aber meine Gedanken kreisen nicht nur um Mara. Antonius hat mir berichtet, dass der

Statthalter seine Pläne geändert hat. Er ist länger im Norden geblieben als erwartet und will nun einen Vertrauten schicken, der sich die Arbeiten am Castrum anschaut, und sich zudem einen Überblick über die Germanenangriffe verschaffen soll. Ihm obliegt die Entscheidung, ob die in Mogontiacum bereitstehenden Legionen einschreiten sollen. Wir erwarten ihn in den nächsten Tagen. Und dann ist da auch noch die Sorge um Quintus. Wenn er bis morgen früh noch nicht wieder aufgetaucht ist, muss ich etwas unternehmen.

Irgendwann muss ich wohl doch eingeschlafen sein. Ich erwache, als Mara mich an der Schulter rüttelt: »Marcus, wach auf! Alles ist gut!« Sie streichelt mich. Im Schein der aufgehenden Sonne wirkt sie wie ein Abbild der Götter. Ihr Haar so wild und schimmernd, ihre Augen so blau wie der Himmel. Ich ziehe sie fest an mich. Ihr Kopf ruht auf meiner Brust, und ich atme tief ein und aus.

»Alles in Ordnung?«, will sie besorgt von mir wissen.

»Ja. Ich habe nur schlecht geträumt.«

Sie schmunzelt. »Der Druide hat behauptet, ich sei eine Seherin. Womöglich kann ich deinen Traum deuten?«

Aha, die Celtae halten sie also für eine Art Magierin. Haben sie deshalb versucht, sie in ihre Gewalt zu bekommen?

»Bist du denn eine Seherin?«, hake ich nach.

Mara lächelt. »Ich bin keine Weissagerin, wenn du das meinst. Aber ich kann schauen, was ...«, sie unterbricht sich und sucht nach den richtigen Worten, »was deine Seele, deine *Anima*, dir sagen will. Damit ist dein tiefes Ich gemeint. Verstehst du, was ich damit meine?« Ich nicke.

»Nun ... ich träumte von einer monströsen Schlacht. Es herrschte blankes Chaos und furchtbares Sterben. Ringsum war es irrsinnig laut. Die Schreie der Lebenden und die der Sterbenden glichen einem Unwetter mit Blitz und Donner. Selbst die vielen Toten schienen noch zu brüllen. Dann sah ich Antonius. Er lief ohne Kopf an mir vorbei. Und Lucius und Quintus hingen an Bäumen. Sie winkten mir zu, und ich weiß nicht, ob es Gruß oder Warnung war. Und ich? Ich stand mittendrin, blutüberströmt, und sah, wie ein kleiner bunter Vogel aus meiner Brustpanzerung hervorkam und auf einem einsamen Sonnenstrahl, der die dunkle Wolkendecke durchbrochen hatte, davonflog.« Ich blinzle und bin neugierig, was sie davon hält. »Und? Was sagst du dazu?«

Mara schluckt und ist leichenblass. Sie wirkt betroffen. Warum redet sie nicht? »Mara?«

Nur sehr zögerlich antwortet sie. »Also ... ich weiß nicht. Die Situation hier im Lager ist sehr gefährlich. Vermutlich wappnest du dich innerlich vor dem nächsten Kampf gegen die Germanen.«

»Und was bedeutet der Vogel?«, hake ich nach.

»Hm, vielleicht ist das dein Ich und das vermittelt dir, dass du eigentlich keinen Kampf willst.«

Das ist doch Unfug. Ich sehe ihr an, dass sie das nicht ernst meint. Was weiß sie? »Mara, jetzt mal ehrlich! Das glaubst du doch selber nicht?«

Und wie so oft, wenn es spannend wird, werden wir unterbrochen: Antonius kommt herein. Mara deckt sich hastig bis zum Hals zu. Gereizt sehe ich ihn an. »Verdammt, warum klopfst du nicht an?«

Er blickt nicht sonderlich schuldbewusst drein, eher missmutig. »Wir wollten doch früh aufbrechen. Deine Worte!«

»Ja, ich komme gleich! Warte draußen«, weise ich ihn grimmig an, dann wende ich mich an Mara. »Wir reden, wenn ich wieder zurück bin.«

Damit ist sie ganz offensichtlich nicht einverstanden und geht auf Konfrontationskurs. »Lass mich mitkommen. Ich will hier nicht allein bleiben. Bitte, Marcus.«

»Du bist nicht allein. Lucius ist bei dir. Es ist sicherer für dich.«

»Verdammt, Marcus. Ich kann auf mich selbst aufpassen!«

»Du bleibst hier! Keine Widerrede!«

Sie lässt sich nicht beeindrucken. Daher packe ich sie an den Schultern und drohe ihr: »Mara, wag es nicht! Wir haben hier auch Zellen, und ich scheue nicht davor zurück, entsprechende Anweisungen zu geben.«

Nun wirkt sie nicht mehr so selbstsicher, eher ängstlich und äußert leise: »Was ist, wenn dir etwas passiert? Ohne dich bin ich hier doch verloren!«

Ich ziehe sie in meine Arme und halte sie ganz fest. »Ich komme wieder. Versprochen! Du bist der schönste Grund dafür.«

Jetzt muss ich aber wirklich gehen. Quintus ist nicht aufgetaucht, also werden wir nach ihm suchen. Natürlich fällt es mir schwer, sie allein zu lassen. Aber sie ist hier besser aufgehoben als da draußen. Ich möchte mir keine Sorgen um sie machen müssen. Bevor ich gehe, gebe ich ihr noch einen Kuss. Sie sagt nichts. Schaut mich nur unendlich verloren an.

Auf dem Weg nach draußen weise ich Lucius an, Mara zu bewachen, ihr ihre Wünsche zu erfüllen, sie aber auch notfalls einzusperren, wenn sie versuchen sollte zu fliehen.

Antonius kommt mit einigen Legionären angeritten und hat bereits mein Pferd dabei. Als ich aufsitze, sehe ich, wie Mara vor das Gebäude tritt. Sie blickt mich an, und ich nicke ihr zu. Ich hoffe, sie versteht, was ich damit ausdrücken möchte: *Ich komme zurück – zu dir. Das ist ein Versprechen.*

Nie habe ich einen Abschied als so schmerzhaft empfunden wie diesen. Nicht einmal, als ich nach dem Tod meiner Eltern meine Heimat verlassen musste. Aber ich darf mich davon nicht ablenken lassen. Die Ausflüge ins Hinterland sind gefährlicher geworden.

Ich wende mich an Antonius. »Hast du neue Informationen über Quintus oder die Germanen?«

»Nein. Wie ich dir gestern schon berichtete, tauchte Lucius im Marschlager auf, als wir gerade im Begriff waren abzurücken. Die dortigen Arbeiten haben leider länger gedauert als geplant. Nun sind sie umsonst gewesen.«

Antonius klingt bitter. Ich weiß, dass er Ineffizienz hasst, und das zerstörte Lager ist ein Paradebeispiel dafür.

Er berichtet weiter: »Lucius hatte Glück, dass er gerade noch rechtzeitig kam, und unseres wohl auch. Er hat uns informiert, dass sich einige Stämme zusammengeschlossen haben und auf dem Weg zu uns sein könnten. Vermutlich sind wir so einem größeren Gefecht entgangen, das uns unvorbereitet erwischt hätte. Daher habe ich auch keine Bewachung zurückgelassen und nicht nach euch gesucht. Aber wir haben Reiter nach Norden und nach Mogontiacum gesendet, um Meldung zu machen. Später erfuhr ich, dass sich die Pläne des Statthalters geändert haben. Und gestern wollten wir dann nachsehen, was mit dem Marschlager geschehen ist und ob jemand da ist, Quintus oder du.«

Ich weiß, Antonius würde am liebsten Vergeltung an den Barbaren üben. Nur haben wir dafür nicht genügend Männer. Das wird sich ändern, wenn die Verstärkung eintrifft.

»Hast du aus dieser Frau etwas herausbekommen?«, fragt Antonius nun geradeheraus.

»Nur, dass sie nicht zu den hiesigen Stämmen gehört und die Celtae Interesse an ihr haben.«

Antonius wirkt erstaunt: »Wieso das?«

»Sie halten sie für eine Seherin«, antworte ich wahrheitsgemäß.

»Ja, und? Haben die denn keine eigenen Seherinnen mehr?« Er zweifelt offenbar an dem, was ich von Mara erfahren habe.

»Keine Ahnung. Sie scheint eine besondere Bedeutung für sie zu haben«, entgegne ich gereizt.

»Dann ist sie *doch* eine von ihnen.« Antonius ist von Maras Feindseligkeit felsenfest überzeugt.

»Genug jetzt! Wie lange kennst du mich schon? Mehr als zehn Jahre? Vertraust du mir oder nicht?«

Ich bin ärgerlich, da er ganz klar persönliche Vorbehalte gegen Mara hegt, und meine Fähigkeiten infrage stellt.

»Ja, ich kenne dich. Und ja, ich vertraue dir. Aber du denkst derzeit mit deinem Unterleib.«

Er wirkt beleidigt, und ich reagiere meinerseits beleidigend: »Du auch!«

Sofort tut mir leid, dass ich das gesagt habe. Seine Gefühle für mich sind mir schon seit Langem bekannt. Er weiß, dass das immer einseitig bleiben wird, trotzdem sind wir gute Freunde. Seine fleischliche Lust befriedigt er mit einigen jungen Legionären. Obwohl das in der römischen Armee verboten ist, habe ich immer weggeschaut. Ich selbst kann mit Männern nichts anfangen, zu süß lockt mich das weibliche Geschlecht. Vor allem diese eine Frau, nach der ich mich bereits jetzt schon wieder sehne.

Lange sagt Antonius nichts mehr, und wir reiten schweigend nebeneinander her. Erst viel später ergreift er wieder das Wort. »Wir haben den Marschlagerplatz fast erreicht. Wie willst du weiter vorgehen, wenn Quintus nicht dort ist?«

»Es gibt im Westen einen Hügel mit einer unterirdischen Anlage. Möglicherweise ist er dorthin zurückgekehrt.«

Tatsächlich finden wir das Lager menschenleer vor, und es gibt auch keine Hinweise darauf, dass Quintus hier gewesen sein könnte. Sollte er nicht von den Chatti oder den Celtae gefangen genommen worden sein, dürfte er sich ein Versteck gesucht haben. Viele Möglichkeiten bleiben ihm da nicht. Mit seiner Rückkehr in den Tunnel würden die Verfolger vermutlich nicht rechnen.

Als wir auf dem Hügel ankommen, macht sich Ernüchterung breit: Auch hier ist er nicht. Antonius lässt vorsorglich zwei Mann in den Tunnel einsteigen. Während wir warten, hören wir plötzlich die keltische *Carnyx*. Wenn diese ertönt, sind mehr als nur ein paar Gegner zu erwarten.

»Ruf die Männer zurück. Wir müssen hier weg!«, befehle ich Antonius. Er nickt und brüllt in die Tunnelanlage. Es dauert einen Moment, bis die beiden endlich rauskommen. Sie haben einen Helm dabei. Es ist der des Gesuchten, ich erkenne die Markierung, die Quintus daran angebracht hat.

»Könnte der noch von eurem ersten Besuch stammen?«, will Antonius wissen.

»Nein«, antworte ich. »Er hatte ihn noch auf, als wir uns trennten.«

»Dann war er tatsächlich später noch einmal hier«, stellt Antonius fest. »Aber wo ist er dann?«

»Da gibt es nicht viele Möglichkeiten. Entweder hat er die Anlage erneut verlassen und ist irgendwo im Wald, oder die Celtae haben ihn doch noch erwischt.«

Die Klänge des Horns sind inzwischen sehr nahe.

»Los jetzt!«, befehle ich.

»Wohin, Tribun?«, will einer der Männer wissen.

Die Laute kommen aus östlicher Richtung. Mein Gefühl sagt mir, dass unsere Gegner zu der Anhöhe wollen, auf der wir uns gerade befinden. Daher weise ich an: »Schnell! Erst einmal runter vom Hügel. Richtung Norden.«

Gerade noch rechtzeitig schaffen wir es hinunter, um uns etwas versprengt, aber noch in gegenseitiger Sichtweite im Unterholz zu verstecken. Da erscheint auch schon eine Gruppe der Barbaren. Unsere Deckung ist nicht die beste, und unsere Pferde sind unruhig. Ich hoffe, dass wir nicht entdeckt werden. Einen Kampf will ich vermeiden, wir sind nur zehn Mann, unsere Gegner geschätzte fünfmal so viel, doch wir wären in jedem Fall bereit.

Antonius gibt mir Zeichen. Er hat etwas gesehen. Es dauert eine Weile, bis ich erkenne, was er mir zeigen will. Die Barbaren haben zwei Gefangene, die sie den Hügel hochzerren. Einer davon ist Quintus.

Antonius schleicht vorsichtig zu mir. »Was wollen wir machen? Es sind zu viele.«

Ich bin mir selbst noch nicht im Klaren, wie wir weiter vorgehen sollen. Unsere Widersacher sind mittlerweile alle auf dem Hügel versammelt. Leider kommen wir nicht nah genug heran, um zu sehen, was genau sie dort veranstalten, jedenfalls nicht, ohne Gefahr zu laufen, entdeckt zu werden.

Ein Ablenkungsmanöver muss her!

»Eine Hälfte der Männer soll die nähere Umgebung nach einem Tunneleingang absuchen«, weise ich Antonius an. »Die andere Hälfte und wir beide müssen uns ein taktisches Ablenkungsmanöver überlegen.«

»Was schwebt dir vor?«

»Feuer«, antworte ich knapp.

Während ein Teil der Legionäre die Gegend nach dem Tunneleingang absucht, sind wir damit beschäftigt, Reisig, Äste und Blätter zusammenzutragen und rings um den Hügel im Abstand von etwa sechzig Fuß zu Haufen aufzuschichten, nah genug bei der Hügelkuppe, aber ohne Aufmerksamkeit zu erregen. Das ist eine Herausforderung, und es nimmt viel Zeit in Anspruch. Ich hoffe nur, dass Quintus diese Zeit noch hat.

Nachdem wir unsere Vorbereitungen erfolgreich abgeschlossen haben, dauert es noch eine Weile, bis endlich einer der ausgesandten Männer zurückkommt. »Tribun, wir haben den Tunneleingang gefunden. Die Stelle ist gut zu erkennen, da ...«

»Führ uns hin!«, unterbreche ich ihn barsch. »Schnell!«

Das ist nicht der Ausgang, den Mara und ich genommen haben. Es muss der von Quintus und Lucius sein.

Unwichtig! Hauptsache, er führt auf die Anhöhe.

»Antonius, du und die Männer verteilt euch so, dass ihr gleichzeitig die Reisighaufen entzünden könnt«, ordne ich an.

»Willst du einen Flächenbrand entfachen?«, fragt er besorgt.

»Nein, ich glaube nicht, dass das klappt. Ich hoffe darauf, dass das nasse Holz und Laub anfängt zu qualmen. Der Wind steht günstig. So können wir den Rauch als Deckung beim Angriff nutzen.«

»Und warum hast du nach dem Tunnel suchen lassen?«

»Wenn es der Richtige ist, müsste er bis ganz nach oben auf den Hügel führen. Im Chaos will ich Quintus befreien.«

»Das kannst du nicht allein machen. Lass mich mit dir gehen.« Antonius macht sich Sorgen. Unsere Meinungsverschiedenheit ist längst vergessen.

»Nein, du bleibst hier und kümmerst dich um die Ablenkung. Die unterirdische Anlage ist recht schmal. Ungeeignet für ein Gefecht.«

»Nun gut, aber zwei Mann bleiben vorsorglich hier am Tunnelausgang. Falls ihr wieder zurückmüsst.«

Ich nicke. Bevor ich hineingehe, stelle ich mir mithilfe eines frischen Kiefernastes, den ich mit Baumharz einschmiere und mit Stoff umwickele, eine Fackel her. Zum Schluss nochmals Harz darauf und anzünden. Fertig! So, jetzt bin ich bereit. Die anderen sind schon auf dem Weg.

Hoffentlich funktioniert mein Plan.

Ich muss eine ganze Weile durch den unterirdischen Gang laufen, bis ich an meinem Ziel ankomme. Mittlerweile dürften die Holzhaufen brennen und ordentlich Qualm entwickeln. Ich hoffe, dass dies vom Rauch meiner Fackel, der vermutlich durch die Öffnung zieht, ablenkt. Ich bin auf das Überraschungsmoment angewiesen. Meine Fackel lösche ich nun, ich brauche sie nicht mehr.

Am Einstiegsloch stinkt es fürchterlich. Der Grund liegt vor meinen Füßen – der von Quintus abgetrennte Kopf des Germanen. Schon seltsam, den Körper haben sie mitgenommen, jedoch nicht den Schädel.

Ich höre Schreie. Es ist aber nicht Quintus. Vorsichtig nähere ich mich dem Ausstieg. Draußen ist es hektisch.

Antonius hat es anscheinend geschafft, für Verwirrung zu sorgen, denn jetzt sind Kampfgeräusche zu vernehmen.

Als ich vorsichtig hinausklettere, sehe ich nicht nur Celtae, sondern auch Chatti. Der Druide ist nicht hier, aber eine Frau, offensichtlich eine Seherin, die Anweisungen brüllt. Sie kommt mir seltsam bekannt vor.

Und da! Quintus! Er und der zweite Gefangene sind an der Eiche über dem Eingang festgebunden. Die Tunnelöffnung liegt am leicht abschüssigen Hang, in der Nähe befindet sich kein Gegner. Durch die Neigung des Hügels habe ich ein wenig Deckung, aber Quintus, der so festgebunden ist, dass er in meine Richtung blickt, entdeckt mich. Als ich einen günstigen Augenblick gekommen sehe, klettere ich zu ihm und löse ihm seine Fesseln.

»Schön, dich zu sehen!« Er ist zutiefst erleichtert.

Inzwischen hat Antonius den Hügel fast eingenommen. Einige der Celtae und Chatti sind bereits geflüchtet, der Rest liefert sich einen erbitterten Kampf mit Antonius, daher kann ich Quintus beinahe unbehelligt befreien.

Allerdings wird es nun noch einmal brenzlig: Der andere Gefangene brüllt wie am Spieß und erregt damit die Aufmerksamkeit einiger unserer Gegner – und der Seherin. Wieder einmal müssen wir uns den Weg in die Freiheit erkämpfen. Doch mischt sich auch deren Anführerin jetzt ein.

Sie hat einen irren Gesichtsausdruck, wirkt absonderlich und furienhaft. Das hilft ihr aber nichts – mit einem einzigen Faustschlag setzt Quintus sie außer Gefecht. Und nachdem wir weitere Gegner ausschalten konnten, ist auch Antonius mit meinen Männern zur Stelle. Er lächelt, nicht nur wegen Quintus. So wie ich ihn kenne, hat er dieses Scharmützel genossen. Sich abzureagieren hatte er dringend nötig.

»Verluste?«, will ich wissen.

»Nur zwei leicht Verletzte«, antwortet er knapp.

»Dann sollten wir jetzt schnellstens verschwinden.«

»Was ist mit Lucius und der Frau?«, wirft Quintus ein.

»Beide sind wohlbehalten im Castrum«, antworte ich.

Antonius deutet auf den immer noch an den Baum gefesselten zweiten Gefangenen. »Was ist mit dem?« Mittlerweile ist der Mann still und schaut uns angsterfüllt an.

»Der sieht merkwürdig aus«, bemerkt Antonius. »Sieh dir seine Kleidung an.«

»Quintus, wer ist das?«

»Keine Ahnung. Er war schon Gefangener, als ich dazukam.«

»Hat er nichts erzählt?«

»Doch, aber ich habe ihn nicht verstanden.«

»Wir sollten ihn hierlassen«, befindet Antonius.

Tatsächlich habe ich keine Zeit, mich mit ihm zu belasten. Wir müssen zurück. Unser Ziel, Quintus zu befreien, ist erreicht. Der Fremde bleibt hier. Denn ich will so schnell wie möglich zurück – zu ihr!

KAPITEL 17 - ERMIN

Ich erlebe gerade die aufregendste, spannendste, verrück-
teste und erotischste Zeit meines Lebens.

Wenn ich morgens erwache, habe ich immer noch für einen kurzen Augenblick Schwierigkeiten, mich zu orientieren.
Mittlerweile arrangiere ich mich aber mit den Gegebenheiten,
ob das nun die Toiletten sind, das Essen oder die Tatsache,
dass ich schon seit Tagen in denselben Klamotten rumlaufe.
Was mir allerdings schwerfällt, ist das untätige Herumsitzen.

Ich war wenig begeistert, als Marcus mich hier zurückgelassen hat. Was soll ich denn nur tun, wenn ihm etwas zustößt?

Antonius ist sein Stellvertreter, und er kann mich nicht
leiden. So wie er Marcus anschaut, glaube ich, dass er in ihn
verliebt ist. Dann wäre ich natürlich seine Rivalin.

Ob Marcus schon Sex mit Männern hatte? Das kann ich
mir zwar nicht vorstellen, aber möglich ist alles.

Ich weiß nicht genau, wie ich mir Römer in dieser Zeit
vorgestellt habe oder überhaupt das Leben vor zweitausend
Jahren, doch was Marcus angeht, bin ich überrascht.

Er wurde gut erzogen, hatte aufgeschlossene Eltern. Wie
traurig, dass er sie so früh und so brutal verloren hat. Dazu
noch Einzelkind, mit einer lieblosen Tante. Trotzdem scheint
er nicht korrumpiert worden zu sein.

Dennoch, er ist und bleibt ein Mensch aus einer völlig anderen Epoche und Kultur. Das Töten gehört zu dieser Zeit, genauso wie Dekadenz, Korruption und Sittenverfall.

Meiner Meinung nach alles erste Anzeichen für den Untergang großer Reiche. Denn nicht selten verliert die Upperclass die Verbindung zur Basis, auch durch ungerechte Kapitalverteilung. Und wenn dann noch äußere Einflüsse hinzukommen, wie beispielsweise Kriegsereignisse, Naturkatastrophen oder Ähnliches, beginnen sich Imperien von innen heraus zu zerstören. Ein zeitloses Problem.

Ich weiß nicht genau, in welcher Zeit ich hier bin, aber Marcus hat *Caesar*, *Antonius* und *Kleopatra* erwähnt.

Wahrscheinlich bin ich um das erste Jahr unserer heutigen Zeitrechnung herum gelandet. Ist natürlich nur eine Vermutung. Aber so kann ich es wenigstens etwas eingrenzen.

Ein wichtiges Ereignis wird neun Jahre nach Christus die Varusschlacht werden, die hatten wir unter anderem im Lateinunterricht. Ich hoffe, dass Marcus und seine Männer darin nicht involviert sind. Als er aber letzte Nacht von seinem Albtraum berichtete, war ich schockiert. Das könnten Vorahnungen sein: *große Schlacht – Blitz und Donner – viele tote Römer*.

Ich weiß nicht, wie viele römische Kämpfe gegen die Germanen es gegeben hat, aber wenn wir in der Zeit von *Varus* und *Arminius* leben, wäre es denkbar, dass diese geschichtsträchtige Schlacht bald stattfindet.

Ich habe Abbildungen von der Varusschlacht gesehen, während der ein gewaltiger Orkan getobt haben soll, und mich lässt die Ähnlichkeit zwischen diesen Abbildungen und Marcus' Beschreibung seines Traums nicht los.

Soll ich an so etwas glauben? Warum nicht? Allein meine Zeitreise, ausgerechnet in diese Welt, ist unglaublich. Warum bin ich nicht in der Steinzeit gelandet oder im dritten Jahrtausend nach Christus? Warum ausgerechnet hier? Und wie ist so etwas physikalisch überhaupt möglich?

Nach Albert Einstein geht das. Raum und Zeit müssen nur ausreichend gekrümmt werden, dann läuft die Zeit rückwärts. Wie? Keine Ahnung!

Was auch immer in dem Tunnel geschehen ist - es kann sicherlich niemand auf der Erde erklären.

Ach, und da war noch der bunte Vogel in Marcus' Traum, der unbeschadet gen Himmel fliegt.

O Gott, damit hab ich mich persönlich identifiziert.

Steht das Wegfliegen dieses Vogels für die Trennung von Marcus und mir? Bedeutet es, dass ich vielleicht zurück nach Hause komme? Oder – dass ich hier sterbe? Was auch immer. Es scheint jedenfalls auf eine Trennung hinzudeuten. Er bleibt, und ich gehe.

Das alles habe ich Marcus nicht sagen können. Doch er hat gemerkt, dass meine stockenden Erklärungen Unsinn sind und ich ihm etwas verschweige. Nur – was hätte ich ihm erzählen sollen?

Es wird schon fast dunkel, und er ist immer noch nicht zurück. Ich habe Angst. Er ist der Einzige, in dessen Nähe ich mich zumindest ein wenig sicher fühle.

Ein paarmal im Laufe des Tages habe ich versucht, Fluchtmöglichkeiten auszuloten. Aber Lucius klebte wie ein Schatten an mir. Selbst wenn ich auf Toilette war, hat er ringsum Wachen aufstellen lassen.

Ich muss schon sagen, die Jungs haben sich alle benommen. Keiner hat mich angerührt oder angesprochen. Klar, da gab es schon welche, deren Blicke nichts Gutes verhießen. Aber es kam mir keiner zu nahe.

Das mag auch daran liegen, dass ich neben Lucius noch andere Aufpasser habe, und zudem die Erinnerung an das Fustuarium ihnen allen noch gegenwärtig sein dürfte.

Jetzt, wo ich wieder in Marcus' Räumlichkeiten bin, allein mit meinen Gedanken, kommt Wehmut auf. Wie gern würde ich bei Kaffee und Kuchen auf meiner Terrasse sitzen und den Ausblick auf den Feldberg genießen, am besten mit ein paar Freunden. Schön wäre es auch, mal wieder ins Kino zu gehen, da war ich schon länger nicht mehr. Oder wenigstens Musik aus dem Radio zu hören, das tu ich im Auto häufig.

Oh, mein geliebtes Auto ...

Und ich vermisse meine Familie!

Ach Mama ...

Sie wird sich bestimmt große Sorgen machen, weil sie nicht weiß, wo ich bin.

Da fällt mir ein: Ich habe ja ein paar Bilder und Videos auf dem Handy. Verdammt, wo ist es nur? Es muss im Rucksack sein. Ah, ich hab's gefunden, und es funktioniert auch noch, der Akku ist noch nicht ganz leer.

Während ich mir die Bilder anschaue, bekomme ich Sehnsucht. Furchtbare Sehnsucht. Leise schluchze ich vor mich hin. Ob ich mir ein paar meiner abgespeicherten Lieder anhören kann? Warum eigentlich nicht. Ist mir doch egal, was der Lauscher an der Wand zu hören glaubt.

Welches zuerst? Oder einfach Zufallsmodus? Ach, egal.

Ich beginne mit dem Lied: *»You are my sunshine«*. Ruhig und sanft, gut zum Mitsingen geeignet. Beim Refrain steige ich leise mit ein. Tatsächlich fühle ich mich etwas besser und werde mutiger. Ich singe und summe die gesamten Textpassagen von *Rednex – »Wish you were here«*. Dafür habe ich mich in eine Ecke des Zimmers verkrochen. Lucius soll mich nicht durch das Fenster beobachten können.

Urplötzlich wird die Tür aufgerissen. Erschrocken zucke ich zusammen. Es ist Marcus. Er ist staubig und verschwitzt, ansonsten aber unverletzt. Sein Blick ist zornig. Vermutlich wirke ich schuldbewusst, als wäre ich bei etwas Verbotenem ertappt worden. Das Handy versuche ich jedenfalls schnell auszumachen und wegzupacken. Marcus entdeckt mich nicht sofort. Sein Blick wandert suchend durch den Raum. Als er mich in der Ecke sitzend vorfindet, ist er überrascht.

Meine Freude über seine Rückkehr ist groß. Ich springe auf und falle ihm um den Hals. Er umfasst mich und küsst mich hart, aber dann löst er sich unvermittelt von mir, schaut mir in die Augen und will wissen: »Wo sind sie?«

»Wer?«

»Lucius hat mir erzählt, dass jemand bei dir sei, er wollte gerade nachsehen.«

»Schau dich doch um! Hier ist niemand, und hier war auch niemand. Außer meiner Wenigkeit«, antworte ich ihm wahrheitsgemäß.

»Ich habe dich doch auch gehört. Du hast mit jemandem gesprochen.«

Angesichts der eindeutigen Tatsache, dass niemand hier ist, zweifelt er offenbar an seinem eigenen Gehör.

Schmunzelnd erwidere ich: »Ich bin allein. Ich habe lediglich etwas gesungen.«

Marcus ist verwirrt. »Gesungen? Warum?«

»Warum nicht? Es tut mir gut! Ich singe, wenn ich fröhlich bin. Ich singe, wenn ich wütend bin. Ich singe, wenn ich traurig bin.«

»Dann sing für mich!«, fordert er mich auf.

Glaubt er mir etwa nicht?

Na gut. Anfänglich noch zögerlich, von Lied zu Lied aber mutiger, wiederhole ich die Songs.

Marcus blickt mich verklärt an. Offenbar gefällt ihm meine Singstimme. Auch wenn er die Sprache nicht versteht, ahnt er womöglich, dass es um Sehnsucht und die Liebe geht.

Mit der letzten Songzeile habe ich mir seine Lippen zurückerobert. Da fällt mir plötzlich Quintus ein. In meiner Erregung kann ich mich kaum von meinem Liebsten lösen, doch schaffe ich es und erkundige mich atemlos nach ihm: »Habt ihr Quintus gefunden?«

»Ja«, raunt er. Lange Erklärungen möchte er ganz offensichtlich nicht abgeben. Das ist in Ordnung. Sie haben ihn. Das ist alles, was zählt.

Marcus hat jetzt nur noch das eine im Sinn, und ich auch. In Windeseile ziehen wir uns aus. Und wieder muss ich unumwunden feststellen: Er ist ein Bild von einem Mann. Ich bin jedes Mal aufs Neue von ihm berauscht.

Sanft berührt er meine Wangen. Dann wandern seine Fingerspitzen über meinen Hals, hinunter zu meinen Brüsten, und umspielen zart die bereits hart gewordenen Knospen. Der süße Schmerz lässt mich aufstöhnen. Sofort beginnt er die wohlige Qual wegzusaugen, umspielt mit seiner Zunge meine erregten Brustwarzen, saugt und leckt, dass mir schwindelig vor Erregung wird. Er genießt es sichtlich, wie auch ich. Anschließend trägt er mich wortlos auf seinen Armen zum Bett. Vorsichtig legt er mich nieder und tut, wonach wir beide uns verzehren.

Verdammt, ich darf nicht so laut sein, kommt mir kurz in den Sinn. Denn ich vermute, dass zumindest Lucius an der Tür steht und aufmerksam lauscht. Nun – das lässt sich nicht verhindern. Ich bin zu sehr trunken von unserem erotischen Spiel, als dass ich weitere Gedanken daran verschwende.

Jetzt aber möchte ich Marcus verwöhnen. Dafür drehe ich mich mit ihm um, sodass er unten liegt und ich auf ihm sitze. Ich beginne jeden Zentimeter seines Gesichts zu liebkosen. Er will mich näher an sich heranziehen, was ich ihm aber verwehre, indem ich seine Arme nach unten drücke.

Dann erst fahre ich fort und arbeite mich langsam an seinem Körper entlang. Nun bin ich es, die an seinen Brustwarzen saugt und knabbert, und er ist derjenige, der vor Wollust aufstöhnt. Ich folge meinen Weg unbeirrt und gelange über seine Bauchmuskeln und seinen Bauchnabel direkt zu meinem Ziel.

Marcus wirkt überrascht, als ich beginne, *ihn* sanft zu liebkosen. Erst mit den Händen, dann mit meinen Lippen. Er stöhnt laut auf. Ich glaube nicht, dass das schon jemals jemand bei ihm gemacht hat. Der Gedanke, die Erste zu sein, gefällt mir. Als ich seine Eichel mit meiner Zunge umspiele und ihn dann vollständig in meinen Mund aufnehme, wird sein Leidensdruck immer größer.

Er seufzt gequält auf. Nur mit viel Mühe kann er sich beherrschen, gebietet mir dann aber Einhalt: »Bitte Mara ... hör auf! Ich kann mich nicht länger zurückhalten.« Mit diesen Worten zieht er mich zu sich hoch und dringt mit einem kraftvollen Stoß tief in mich ein.

Was für ein Gefühl, was für eine Vollendung. Immer wieder stößt er hart zu. Ich bin zwar auf ihm, dennoch ist er es, der das Tempo vorgibt. Ich lasse es mit mir geschehen und gebe mich ganz meiner Lust hin. Unser beider Erlösung ist die reinste Ekstase. Erschöpft und schweißgebadet liegen wir danach aufeinander.

Marcus streicht mir einige Haarsträhnen aus dem Gesicht und äußert, nach einer Pause des Durchatmens, berührt: »Dass du in mein Leben getreten bist, ist das Beste, was mir je passiert ist. Du gibst mir wieder einen Grund für das Dasein!« Er küsst und umarmt mich, als habe er Angst, ich könnte mich einfach in Luft auflösen. »Ich muss ständig an dich denken. Es ängstigt mich beinahe, dass du so viel Raum in meinem Herzen einnimmst. Manchmal habe ich Sorge, dass alles nur ein Traum ist und ich daraus erwache und du dann nicht mehr da bist.« Sein Griff wird noch ein bisschen fester. »Du hast mich in deinen Bann gezogen, meine Venus.«

Ich weiß nicht, was ich ihm antworten soll. Er ist ja zu Recht beunruhigt. Mein Herz wird schwer bei dem Gedanken, ihn verlassen zu müssen, um nach Hause zurückzukehren. Ich muss versuchen, ihn abzulenken. Leise beginne ich erneut zu singen. Mein Gesang verfehlt seine Wirkung nicht, Marcus entspannt sich und wird ruhiger. Er hält mich noch immer fest im Arm, während ich leise vor mich hinsinge. Ein paar Minuten später ist er eingeschlafen, und auch ich habe bleischwere Augenlider.

Jäh schrecke ich hoch, als die Tür aufgerissen wird – *mal wieder*. Ein hünenhafter Fremder steht vor uns. Gott sei Dank bin ich diesmal zugedeckt, da ich in der Nacht ziemlich gefroren habe. Peinlich bleiben solche Momente dennoch. Daher ziehe ich das Laken noch etwas höher, halb über mein Gesicht. Diesen Mann, der sich breitbeinig und grimmig vor uns aufbaut, kenne ich nicht. Ein riesiger Kerl in römischer Rüstung, aber blond und blauäugig. Mit lauter Stimme, die gut zu seiner Erscheinung passt, donnert er fragend: »Tribun Marcus Caelius Aurelius?«

Mein Römer lässt sich nicht beeindrucken und gähnt gelangweilt. »Wer will das wissen?«

»Ermin, Gesandter des Statthalters«, gibt der Riese knapp zur Antwort.

»Warum steht Ihr in meinem Schlafraum? Ihr hättet einfach nach mir rufen lassen können«, hakt Marcus gereizt nach.

»Es ist eilig. Außerdem war ich neugierig. Man hat mir von Eurer germanischen Schönheit berichtet. Wobei ich im Moment nur eine hübsche Nasenspitze sehe.«

Marcus steigt nackt aus dem Bett und positioniert sich direkt vor dem Fremden. Er hat keine Scheu oder Scham, sich so zu zeigen. Der Hüne blickt langsam an ihm hinunter und grinst. »Man sieht Euch Euer germanisches Blut an, Tribun.« Damit dreht er sich um und verlässt den Raum mit den Worten: »Wir sehen uns beim Essen. Ich habe einen Bärenhunger. Bringt Eure Amazone doch mit.«

Als wir wieder allein sind, komme ich aus meiner Deckung hervor. »Wer war *das* denn?«

»Viel weiß ich nicht über ihn. Er gehört zu einem ortsansässigen Stamm, ist aber in Rom zum Soldaten ausgebildet worden.«

Das kommt mir bekannt vor. War damals gar nicht so selten.

Als ich mich anziehen will, zieht mich Marcus in seine Arme. »Du bleibst besser hier. Ich weiß nicht, was er vorhat. Er soll nicht bemerken, dass du ... anders bist.« Er gibt mir einen Kuss.

»Blödsinn! Du willst nicht, dass er Gefallen an mir findet«, maule ich beleidigt.

Marcus lässt sich nicht beirren und zieht sich fertig an. Bevor er geht, wendet er sich mir noch einmal zu. »Bleib hier! Lucius wird dir etwas zu essen bringen.« Und schon ist er weg. Diesmal gedenke ich ihm nicht zu gehorchen. Das Zimmer hier ist ein Käfig. Nichts für mich!

Ob er Wachen aufgestellt hat? Egal!

Ich mache mich jetzt frisch und hübsche mich etwas auf. Deo, Parfum und Schminke sind noch im Rucksack. Zum Abschluss binde ich mir schnell einen Pferdeschwanz. Plötzlich klopft es an der Tür.

»Ja?«

»Ich bringe Brot, etwas Käse und Wasser«, höre ich Lucius draußen sagen.

»Komm rein!« Als er die Tür öffnet, fällt ihm fast das Essen zu Boden.

»Was ist?«, frage ich. »Bin ich so hässlich?« Lachend nehme ich ihm das Tablett ab.

»Nein, nein. Du bist wunderschön. Pulchra Auguratricis.« *Schöne Zauberin*? Ich muss schmunzeln. Er ist schon ein süßer Kerl.

»Wo ist eigentlich Marcus?«, will ich mit Unschuldsmiene wissen. Lucius ist abgelenkt und antwortet, ohne nachzudenken: »Im *Triclinium,* mit den Offizieren.«

Im Speisesaal also. »Wo ist das?«

Jetzt wird ihm bewusst, dass ich ihn ausfrage, und er starrt mich erzürnt an. »Du kannst da nicht hin! Der Tribun hat mir Order gegeben, dass du hierbleiben sollst.«

»Aber Lucius, ich wollte doch nur wissen, wo das ist.« Gewinnend lächle ich ihn an. Es verfehlt seine Wirkung nicht. »Rechts vom großen Tor«, gibt er nun zur Auskunft.

»Ah ...«

Irgendwie muss ich an ihm vorbei. Nur ungern möchte ich ihn ausschalten, aber ich muss hier unbedingt raus. Ich lasse mich nicht einsperren! Auch nicht Marcus zuliebe. Ich setze auf die Wirkung, die ich augenscheinlich auf ihn habe, nähere mich ihm mit wiegenden Hüften und flüstere ihm ins Ohr: »Du wolltest doch etwas von mir wissen. Weißt du noch?«

Er schließt die Augen, offenbar betört von meinem Parfum, seine Nasenflügel beben. »Ja?«, raunt er.

»Und was war das?«

»Ich wollte wissen, ob du ... eine Schwester hast«, antwortet er heiser.

»Ja, habe ich. Sogar zwei.«

Mit diesen Worten gebe ich ihm einen kleinen Kuss auf die Wange. Er erstarrt. Seine Augen hält er noch immer geschlossen. Wer weiß, was für ein Film bei ihm im Kopfkino nun gerade abläuft? Während er seinen Tagtraum genießt, verschwinde ich. Erst langsam und leise, dann laufe ich schneller. Lucius wird sicher schon bald den Braten riechen.

Ich habe den Speisesaal fast erreicht, als er laut rufend angestürmt kommt. »Halt! Warte! Nicht weiter!«

Zu spät! Er kann mich nicht mehr aufhalten!

Ich öffne die Tür zum Saal und blicke in die Augen von bestimmt einem Dutzend Römern. Antonius und Quintus sind auch darunter. Ein ganz bestimmtes Augenpaar schaut mich zornig an. Der fremde Hüne aber wirkt belustigt und auch anerkennend. Die anderen schwanken zwischen Erstaunen und – Gier.

Derweil hat mich Lucius erreicht und sucht Blickkontakt zu seinem Tribun. »Es tut mir leid. Sie hat mich ausgetrickst.«

Der finsteren Miene von Marcus nach würde er uns beiden nur zu gern den Hals umdrehen. Ich lächele ihn betont unschuldig an. »Er kann nichts dafür«, versuche ich ihn zu beschwichtigen.

Aber nicht Marcus, sondern der Fremde steht auf und kommt grinsend auf mich zu. »Also, ich freue mich über weibliche Gesellschaft. Und dazu noch eine solche Schönheit.« Bei mir angelangt, umrundet er mich und mustert mich anerkennend. »Ihr seid seltsam gekleidet und Ihr riecht gut. Welchem Stamm gehört Ihr an?«

Er kommt mir sehr nah. Aus den Augenwinkeln heraus sehe ich, dass das Marcus nicht gefällt – und mir ehrlich gesagt auch nicht. Zudem weiß ich nicht, was ich antworten soll.

Marcus steht auf und drängt sich zwischen uns. Der andere schmunzelt. »Keine Sorge, Tribun. Ich weiß, dass sie Euer Bett wärmt. Obwohl ... eine Barbarin passt doch eher zu mir als zu Euch?« Er und ein paar der anwesenden Männer lachen dreckig. *Was für Ekelpakete!*

Marcus beachtet ihn nicht und wendet sich stattdessen an mich. »Mara, geh bitte zurück. Sofort!«

Wieder mischt sich der Fremde ein. »Aber nein. Lasst sie hierbleiben, das könnte amüsant werden.« Er sieht in die Runde. Sein Tonfall hat sich geändert. Er wirkt anzüglich.

Auch Marcus bemerkt die Veränderung, seine Stimme wird leise und drohend. »Mara, geh! Jetzt!« Dann wendet er sich an Lucius. »Los, nimm sie mit und lass sie nicht noch einmal entkommen!«

Der warnende Unterton in seiner Stimme ist nicht zu überhören. Lucius packt mich fest am Arm und zieht mich weg. Ich kann gar nichts mehr sagen oder tun. Mir fehlen die Worte. Hinter mir höre ich Gejohle. Lucius ist sichtlich wütend.

»Es tut mir leid«, versuche ich mich zu entschuldigen.

»Zu spät!«, brummt er.

»Ach, Lucius. Eingesperrt zu sein ist furchtbar«, jammere ich.

»Aber da bist du wenigstens sicher.«

»Was soll mir denn passieren?«, will ich neugierig wissen.

»Du hast keine Ahnung, wozu einige von uns fähig sind. Marcus ist ein guter Tribun. Er duldet keine Gewalt gegen Frauen. Verstehst du?«

»Ja, schon. Dann ist doch alles gut.«

»Nichts ist gut! Du bist keine Römerin. Du hast keine Rechte. Bei solchen Gelagen wurden schon oft Dirnen zum Zeitvertreib dazugeholt. So mancher der Offiziere sieht dich als eine solche an.«

»Oh ...« Ich werde rot.

Lucius ist nun in Fahrt. »Marcus ist der Einzige, der zwischen dir und den Offizieren steht. Hast du nicht bemerkt, wie dich einige anblicken? Vor allem die neu Hinzugekommenen sind an dir interessiert.«

Ich antworte mit betretenem Schweigen. Ich bin Polizistin mit Nahkampfausbildung, aber natürlich nicht unverwundbar. Das Sicherheitsgefühl, das sich in den letzten Tagen bei mir eingestellt hat, beginnt zu wanken. Lucius bemerkt meine niedergedrückte Stimmung und wird freundlicher: »Mach dir keine Sorgen! Du hast mir das Leben gerettet. Ich stehe in deiner Schuld, und ich bleibe vor deiner Tür.«

Mir wird wieder bewusst, dass Frauen hier nicht viel wert sind. Es mag Ausnahmen geben, aber die Regel sieht anders aus. Ich muss auf der Hut sein. Marcus kann mich nicht überall beschützen, und Lucius auch nicht.

Nachdem mich Lucius wieder zurück in mein *Gefängnis* gebracht hat, langweile ich mich. Wir haben noch nicht einmal Mittag, und ich sitze einfach nur dumm rum. Mein Handy kann ich auch nicht stundenlang benutzen. Ich habe zwar noch eine aufgeladene Powerbank als Reserve, doch allzu lange hält das auch nicht.

Zweimal kommt Lucius und bringt mir etwas zu essen. Die einzigen Gelegenheiten, zu denen ich das Zimmer verlassen darf, sind die Latrinengänge. Dann höre ich auch das Gelächter der Männer im *Triclinium*. Und Marcus kommt nicht ein einziges Mal bei mir vorbei. Ich beginne zu schmollen.

Es dunkelt bereits, und ich bin immer noch allein. Einsamkeit und Langeweile machen mich müde. Auf Marcus zu warten scheint sich nicht zu lohnen, denn es wird immer später. Irgendwann schlafe ich ein. Ich habe mich nicht einmal ausgezogen, das will ich erst tun, wenn er da ist.

Mein Schlaf ist unruhig. Ich träume von Gewalt, Atemnot und Bewegungsunfähigkeit.

Komisch, es fühlt sich real an, so physisch.

Verdammt! Es ist real!

In meinem Zimmer sind zwei Männer. Einer von ihnen hält mir den Mund zu und liegt bleischwer auf mir, während der andere meine Arme festhält.

Verflucht, wo ist Lucius? Und verdammt und zugenäht noch mal: Wo ist Marcus?

Ich kann mich nicht befreien! Ich versuche mich aufzubäumen – mich zu drehen, zu treten. Aber nichts hilft. Ich bekomme sie einfach nicht von mir runter. Sie halten mich mit einer Kraft fest, der ich nichts entgegensetzen kann. Mir schmerzt bereits jeder Knochen, jede Faser meines Körpers. Und sie stinken ganz fürchterlich. Nach Schweiß, Alkohol und nach anderen widerlichen Dingen, an die ich gar nicht näher denken mag. Ich muss würgen und bekomme Angst zu ersticken.

Leichtes Spiel haben sie mit mir dennoch nicht. Das liegt zum einen daran, dass ich meine Hose noch anhabe, die bekommen diese Gehirnakrobaten nicht so einfach auf, und zum anderen wehre ich mich natürlich nach Leibeskräften.

Warum bin ich hier überhaupt allein?

Wo sind denn nur alle?

Bitte, lieber Gott, hilf du mir wenigstens!

Langsam lassen meine Kräfte nach. Diese Dreckskerle zerren und reißen an mir, als wäre ich eine Gummipuppe, und dabei beschimpfen sie mich – als *Schlampe* und *Nutte* und noch einiges mehr. Ich höre es wie aus weiter Ferne.

Der eine, der quasi auf mir sitzt, mir den Mund zuhält und meine Bluse aufgerissen hat, zerrt vergeblich an meiner Hose. Kurz ist er unaufmerksam und lockert den Griff, mit dem er mir den Mund zuhält. Ich nutze die Gelegenheit und beiße ihm in die Hand, so kräftig ich nur kann. Er brüllt auf, und auch ich lasse einen Schrei los. Allerdings kommt er kümmerlicher heraus als gewünscht. Meine Gegenwehr bringt mir einige kräftige Schläge gegen den Kopf ein, und ich spüre, wie mir das Bewusstsein zu entgleiten droht.

Schiere Panik erfasst mich. Mein Herz rast. Es schnürt mir die Kehle zu. Ich schwitze, zittere, mir ist schwindelig und übel, ich bekomme kaum noch Luft. Meine Brust schmerzt, ich fürchte zu ersticken. Das Blut rauscht nur so durch meine Adern, ich höre den Rhythmus meines eigenen rasenden Pulsschlags. Es ist so unwirklich. Auch als der eine ein Messer zückt – ich glaube, ich werde ohnmächtig.

Nur noch verschwommen registriere ich, dass jemand hereinstürmt und die Kerle von mir runterzieht, oder sagen wir besser – runterschlägt. Oder ist das nur ein Traum?

Und dann umgibt mich Dunkelheit, ich bekomme nichts mehr mit.

Keine Ahnung, wie lange ich bewusstlos gewesen bin.

Als ich erwache, erinnere ich mich an alles. Und da ich mich in einer Gefahrensituation wähne, wehre ich mich aufs Heftigste, als mich jemand an der Schulter berührt.

Eine Stimme dringt zu mir durch: »Mara, es ist alles gut. Ich bin da! Beruhige dich!«

Ist das Marcus?

Ich wehre mich noch immer, aber nicht mehr so heftig.

»Mara, ich bin es! Marcus! Alles wird gut!«

Ich spüre, wie mir eine Hand sanft über Kopf, Wange und Schultern streicht.

Ist es wirklich vorbei? Sind die Kerle weg?

O Gott, bin ich vergewaltigt worden?

Vorsichtig öffne ich die Augen und blicke in Marcus' besorgtes Gesicht. Weinend und schluchzend umarme ich ihn, während er beruhigend auf mich einredet. »Es ist alles gut. Sie können dir nichts mehr anhaben.«

Als ich mich endlich etwas beruhigt habe, schaue ich mich um. Ich sehe Lucius und Quintus in der Tür stehen. Lucius macht einen angeschlagenen Eindruck. Nicht nur mental, auch körperlich. Ganz offensichtlich haben meine Angreifer ihn verprügelt.

Hose, denke ich plötzlich.

Unvermittelt löse ich mich von Marcus und blicke an mir hinunter. Gott sei Dank, ich habe sie noch an. Sie ist nicht kaputt. Dann haben diese Dreckskerle keinen Erfolg gehabt. Puh! Trotzdem: ich spüre sie noch auf mir, ich rieche sie, es stinkt. Ich stinke!

Marcus gibt sich alle Mühe, mich aus meiner Schockstarre herauszuholen. Er spricht unablässig mit mir und schüttelt mich leicht. Tatsächlich hilft mir das langsam ins Hier und Jetzt zurück. »Wo sind sie?«, will ich wissen und erschrecke über meinen teilnahmslosen Tonfall.

»Wer? Die beiden Übeltäter?«

»Ja!«

»Sie sind vor dem Gebäude am Pranger festgekettet. Morgen will Ermin die Strafe verkünden.«

Ich sehe Marcus direkt an. »Ich will dabei sein!«

»Mara, ist es nicht besser, wenn ...«

Ich unterbreche ihn scharf: »Marcus, ich *will* dabei sein! Um jeden Preis! Ein Nein akzeptiere ich nicht!«

Er versteht, hofft aber vermutlich auf spätere Einsicht. Da kann er lange warten.

»Sind das deine Männer gewesen?«, will ich noch von ihm wissen.

»Einer davon. Der andere kam mit Ermin.«

Marcus blickt unglaublich schuldbewusst und mitfühlend. Aber das hilft mir jetzt auch nicht mehr. Als ich aufstehen will, tut mir alles weh. Das gibt bestimmt böse blaue Flecke, Blutergüsse und Muskelschmerzen. Und wie wird wohl erst mein Gesicht aussehen?

Marcus will verhindern, dass ich aufstehe. Ich wehre seine Hand ab und gehe unter Schmerzen zu meinem Rucksack. Die Schmerztabletten darin werden mir wenigstens etwas Linderung verschaffen. Mir ist völlig egal, wer mir gerade zuschaut. Und Marcus? Er blickt mich nachdenklich an. Erst jetzt fällt mir auf, dass die Tür wieder geschlossen ist. Wir sind allein.

»Mara, es tut mir unendlich leid, dass ich nicht da war, um es zu verhindern.«

Ich muss das reinste Bild des Jammers abgeben. Sein Blick ist voller Anteilnahme. Das rührt mich. Doch mehr noch fühle ich mich unfassbar beschmutzt.

Mir wird plötzlich übel, richtig übel. Ich muss mich übergeben. Marcus ist zur Stelle und reicht mir Tücher und Wasser.

»Marcus, ich habe eine Bitte.«

»Welche? Ich tue alles für dich!«

»Ich brauche dringend ein Bad, und meine Kleidung muss gewaschen werden. Aber bis morgen früh muss sie getrocknet sein.« Er nickt und ruft nach seinen *Centuriones*. »Und bitte lass mich nicht allein!«, ergänze ich unsicher.

Während des Badens kommen mir allerlei Gedanken, auch an Vinus und seine Bestrafung. Als Mensch und Polizistin verabscheue ich die Todesstrafe. Nun aber muss ich erkennen, dass man seine Prinzipien erst in einer Notfallsituation überprüfen kann, denn die Frage ist, ob sie dann immer noch Bestand haben. Zwar haben es die Täter nicht geschafft, mich zu vergewaltigen, aber sie wandten körperliche Gewalt an und berührten Stellen, die sie nie hätten anfassen dürfen!

Ich spüre noch immer, wie sie meine Brüste antatschen, wie sie mir in die Hose greifen, und ich fühle ihre Schläge. Dazu dieser verfluchte Gestank. Er hat sich in meine Haut, in mein Gedächtnis gebrannt.

Jedenfalls verstehe ich nun, wie man sich in solchen Situationen fühlt. Um wie viel schlimmer muss es erst sein, wenn der Koitus vollzogen wurde? Mit einem Mal kann ich die blutigen Rachefantasien Betroffener nachvollziehen, denn auch ich habe jetzt welche, male mir die schlimmsten Strafen aus.

Ich sehe die Sorge in Marcus Gesicht. Ich werde das Ganze schon überstehen, aber ich muss unbedingt an der Bestrafung mitwirken – muss ein Exempel statuieren. Mit Marcus kann ich darüber nicht reden, er würde es mit aller Macht zu verhindern versuchen.

Als ich das Bad verlasse, bin ich faktisch sauber, aber ich fühle mich noch immer befleckt. Da meine Kleidung gerade gereinigt wird, habe ich von Marcus eine seiner Tuniken bekommen. Als Notlösung ganz passabel.

Zurück in seinen Räumlichkeiten begleitet er mich vorsichtig zum Bett. Ich sehe ihm an, dass er unschlüssig ist, ob er sich zu mir legen soll oder lieber nicht, und ziehe ihn zu mir heran. Ich brauche ihn - möchte nicht allein sein.

Wir liegen in Löffelchenstellung, eng beieinander. Er hält mich im Arm und liebkost zart mein Haar, und ich schaffe es tatsächlich, einzuschlafen.

Unruhige Visionen plagen mich. Wie aus weiter Ferne redet eine sanfte Stimme beruhigend auf mich ein. Als ich erwache, ist Marcus nicht da. Ich reagiere panisch und rufe laut nach ihm. Anstatt seiner erscheint Lucius.

»Er ist gleich wieder zurück. Ich habe für dich das Frühstück vorbereitet.« Erschrocken mustert er mein Gesicht.

Ich begreife sofort: Meine Veilchen müssen sich nun zu voller Blüte entfaltet haben. Na super.

Lucius hat auch einiges abbekommen. Grüne und blaue Flecken zieren Arme und Gesicht, an der Stirn hat er eine riesige Beule. Mitfühlend und sehr geknickt sieht er mich an. »Es tut mir leid. Sie haben mich überrumpelt.«

»Schon gut«, wehre ich ab. »Wo ist meine Kleidung?«

»Marcus bringt sie dir gleich. Willst du wirklich nichts essen?«

»Nein! Lässt du mich bitte allein?«

Lucius nickt und geht. Ich habe keinen Appetit. Außerdem möchte mich erst einmal im Spiegel betrachten. *Allein.*

Als ich aufzustehen versuche, spüre ich sämtliche Knochen und Muskeln in meinem Leib. Ich schiebe die Tunika beiseite. Darunter kommen zahlreiche Blutergüsse zum Vorschein, besonders an Oberschenkeln, Handgelenken und Oberkörper. Im Spiegel erkenne ich mich zwar noch, aber ich habe starke Einblutungen im rechten Auge. Wenigstens kann ich noch vernünftig sehen. Auch meine rechte Wange hat etwas abbekommen, sie ist bunt verfärbt und geschwollen.

Es hätte auch schlimmer kommen können, rede ich mir beruhigend zu.

Marcus kommt herein, er hat meine Sachen dabei. Als er mich sieht, wirkt er sorgenvoll.

»O Mara ...« Er wirft meine Kleidung aufs Bett und nimmt mich in den Arm. Dann umfasst er mein Gesicht und küsst bedächtig die schmerzenden Stellen.

»Das wird schon wieder«, kann ich nur flüstern. Seine zarten Berührungen sind Balsam für meine Seele.

»Ich bin so verflucht wütend! Ich hätte diesen Abschaum bereits gestern Nacht töten können, doch das wäre zu milde für die beiden. Wäre ich doch nur rechtzeitig bei dir gewesen! Ermin hat mich länger als geplant aufgehalten. Und als ich dann endlich zu dir kam, sah ich Lucius am Boden liegen. Mir war sofort klar, dass du in Gefahr schwebst.«

Er bedeckt mich mit Küssen. Dabei hält er mich etwas zu innig fest, was mir kleine Schmerzlaute entlockt. Er lässt sofort von mir ab und entschuldigt sich mehrfach.

»Nicht so schlimm. Ich nehme jetzt ein Schmerzmittel, und in ein paar Tagen ist alles wieder gut.«

Das klingt mehr nach Wunschdenken als nach der Wahrheit.

Auch Marcus wirkt nicht überzeugt. Ich lenke ab, indem ich frage: »Wann ist die Verhandlung, und wer leitet sie?«

Marcus schaut mich lange an. »Ermin als Vertreter des Statthalters spricht Recht. Sie haben sich bereits versammelt.«

»Oh, dann lass uns schnell ...«

Er unterbricht mich. »Mara, ich halte das für keine gute Idee!«

Ist mir egal, ob er das missbilligt. Ich habe etwas vor, und das muss ich durchziehen. »Marcus, du kannst mich nicht davon abhalten. Ich will und ich werde dabei sein!« Mein Ton duldet keinen Widerspruch. Er erkennt schnell, dass er meine Meinung nicht ändern wird.

Während ich mich anziehe und ein paar Tabletten einwerfe, sehe ich, wie er mich grübelnd anblickt. Ohne dass er es bemerkt, nehme ich mein Klappmesser an mich. Für den Fall der Fälle. Auf meine Pistole verzichte ich, sie bringt mir in dieser Situation keinen Vorteil.

Ich brauche Mut für das, was ich vorhabe. Mir ist es wirklich wichtig! Egal, wie es ausgeht. Marcus ahnt, dass ich etwas im Schilde führe, lässt mich aber trotzdem gewähren.

Er hat auch gar keine andere Wahl.

Kurz bevor wir das Zimmer verlassen, wagt er noch einen letzten Versuch. »Mara, was hast du vor? Ich merke doch, dass du etwas Dummes planst.«

Ich gebe ihm einen Kuss und erwidere lediglich: »Vertrau mir!«

Die sogenannte Verhandlung findet auf dem freien Platz vor dem Praetorium statt und ist bereits im vollen Gange. Ermin steht auf einer Art Holzpodest, einige Centuriones an seiner Seite, und will offenbar gerade das Urteil gegen die beiden verkünden, als ich mich einmische.

»Ermin, Legatus Augusti pro praetore! Diese beiden Männer stehen meinetwegen vor Euch. Darf ich daher eine Bitte äußern?«

Er blickt überrascht, aber auch interessiert, und winkt mich zu sich. Marcus begleitet mich durch die Reihen von mehreren hundert Legionären. Ich schreite hocherhobenen Hauptes an ihnen vorbei. Jeder soll sehen, was die beiden mir angetan haben. Und jeder soll erkennen, mit welcher Stärke ich dem Ganzen begegne. Auch wenn ich innerlich schlottere wie Wackelpudding, lasse ich mir nichts anmerken.

Als ich Ermin erreiche, ist sein Blick mitfühlend. Das habe ich nicht erwartet. Er kommt auf mich zu und flüstert mir Worte zu, die nur für mich bestimmt sind: »Ich bedauere zutiefst, was geschehen ist. Gewalt gegen Frauen dulde ich nicht! Schon gar nicht gegen meinesgleichen. Ich werde ein Exempel statuieren.«

Das riecht nach einer Kollektivstrafe. Genau das will ich aber nicht. Weder können die anderen Legionäre etwas dafür, noch wäre es eine kluge Idee, zu diesem Zeitpunkt die eigenen Reihen zu dezimieren. Ich blicke ihm geradewegs in die Augen. »Würdet Ihr mir einen Wunsch erfüllen?«

Ohne groß nachzudenken, bejaht er. Ich hake aber noch einmal nach: »Egal, um was ich Euch bitte ... Ihr gewährt es mir?«

»Mein Ehrenwort darauf! Was ist denn nun Euer Wunsch?«, will er schmunzelnd wissen.

Vermutlich denkt er, dass ich einen besonders qualvollen Tod für die beiden fordere oder ihnen persönliche Folter angedeihen lassen möchte, oder was auch immer. Aber so ist es nicht, und ich muss mich wappnen, denn Marcus wird mein Ansinnen überhaupt nicht gefallen. Er blickt ohnehin schon recht missmutig drein – vielleicht missfällt ihm auch, wie dicht ich vor Ermin stehe. Rasch antworte ich: »Ich möchte die Strafe wählen.«

Ermin und Marcus sehen mich an – damit scheinen sie gerechnet zu haben. Nicht aber mit dem nun Folgenden.

Ermin stimmt nickend zu: »Ihr wählt. Und was?«

»Ich möchte gegen die beiden kämpfen ... allein.«

Jetzt fällt beiden gleichzeitig die Kinnlade herunter. Marcus kann für einen Moment überhaupt nicht sprechen.

Ermin ist nicht minder fassungslos und presst lediglich hervor: »Ihr?«

»Ja, ich!«, entgegne ich stolz.

»Warum?«, hakt er nach.

»Weil das nur mich und die beiden etwas angeht!«

Außerdem möchte ich nicht, dass Dritte für das Fehlverhalten ihrer Kameraden bestraft werden. Und ich muss allen Anwesenden klarmachen, dass mit mir nicht gut Kirschen essen ist. Daher werde ich mich auch im Kampf nicht zurückhalten. Ich bin gut ausgebildet und diesen Schildkröten-Vollpfosten im Nahkampf vermutlich weit überlegen - *hoffe ich doch zumindest.*

In Ermins Miene spiegeln sich alle Facetten der Bewunderung wider, aber auch Zweifel. »Habt Ihr Euch das auch wirklich gut überlegt?«

Bevor ich antworten kann, mischt sich Marcus ein. »Nein!«, protestiert er ungehalten.

»Doch!«, widerspreche ich ihm.

Marcus nimmt mich grob beiseite.

»Autsch!«

Ohne sich zu entschuldigen, donnert er mich an: »Bist du verrückt? Ich weiß, dass du kämpfen kannst. Aber du bist verletzt, und die beiden sind gut ausgebildete Kämpfer!«

»Das bin ich auch!«, gebe ich stur zur Antwort.

»Verflucht, Mara, du bist nicht in der Verfassung ...«

Mal wieder muss ich ihn barsch unterbrechen, außerdem werde ich ungeduldig. »Marcus, das ist nicht deine Entscheidung!« Ich blicke Ermin an, der mir anerkennend zunickt. Es fehlt nicht viel, und mein Liebster wäre vor Zorn geplatzt. Auch die Soldaten werden immer unruhiger, je länger die Unterbrechung dauert. Und die beiden Delinquenten blicken ebenso fragend in die Runde. Bisher haben die meisten von ihnen nur mitbekommen, dass ich etwas will, aber nicht, was genau.

Noch ein letztes Mal wagt Marcus einen Vorstoß, diesmal Richtung Ermin: »Das könnt Ihr nicht zulassen. Sie ist nur eine Frau und außerdem verletzt.«

Ermin sieht das anders. »Es ist ihr Wunsch, und ich habe ihn ihr gewährt! Außerdem können germanische Frauen sehr wohl auch gute Krieger sein.« In seiner Stimme schwingt Stolz mit, als wenn ich schon allein aufgrund meiner Kampfbereitschaft in seiner Achtung gestiegen wäre.

Marcus will erneut widersprechen, aber Ermin kommt ihm zuvor: »So soll es nun sein!« Er wendet sich an mich: »Wie möchtet Ihr den Kampf bestreiten?«

Marcus blickt gequält drein. Ich würde ihn gern umarmen und küssen. Und ihm sagen, dass alles gut wird, dass er Vertrauen haben soll und ich ihm für seine Unterstützung unendlich dankbar bin. Doch das kann ich nicht vor all diesen Männern tun, daher wende ich mich von ihm ab und sehe Ermin an. »Alle beide auf den Platz. Ohne Rüstung. Sie dürfen nur ihren *Vitis* benutzen.« Ein Schlag mit dem Rebstock ist zwar schmerzhaft, aber nicht so tödlich wie ein Messerstich oder gar ein Schwerthieb.

Dann gehe ich direkt auf Lucius zu. Er hat einen Teil des Gesprächs mitbekommen und blickt mich ängstlich an.

»Lucius, gib mir bitte deinen *Vitis*.«

Während er ihn mir überreicht, fragt er zögerlich: »Willst du wirklich kämpfen? Auch noch gegen beide gleichzeitig?«

»Ja!« Aufmunternd lächele ich ihn an. Das bringt ihn aus der Fassung, und er hält mich am Arm fest. »Mara, du bist verrückt!«

»Vielleicht ...«

Ich ziehe meine Jacke aus und gebe sie ihm. Dann flechte ich meine Haare zu einem Zopf, damit ich beim Kampf freie Sicht habe.

Ich würde lügen, wenn ich behauptete, keine Angst zu haben. Mir schlottern die Knie, und mein Puls rast. Immerhin ist das hier real. Kein Übungskampf, bei dem man sich nur ein paar blaue Flecke holt. Die beiden werden um ihr Leben kämpfen, und dasselbe habe ich vor!

Aus dem Augenwinkel sehe ich, wie Marcus auf mich zukommt. Ehe er mich erreicht, gehe ich auf den freigeräumten Kampfplatz, ohne mich nach ihm umzublicken, er läuft ins Leere. Ich kann mich nicht auf eine Diskussion einlassen. Ich muss mein Vorhaben durchziehen.

Meine Gegner warten schon. Als ich vor den beiden stehe, richtet Ermin noch einmal das Wort an alle: »Ihr habt Glück.

Ihr seid einer Kollektivstrafe entgangen, denn sie möchte die Bestrafung selbst in die Hand nehmen. So sei es!«

Die umstehenden Legionäre blicken sich erleichtert an, und meine Gegner grinsen überheblich. Sie glauben wohl, leichtes Spiel mit mir zu haben.

Egal, wie das hier nun ausgeht: Ich werde mein Bestes geben. Ich bin unendlich wütend auf diese Möchtegernvergewaltiger. Die gestern erlebte Hilflosigkeit und Schutzlosigkeit haben mir stark zugesetzt. Es war unglaublich demütigend, wie sie meinen Körper begrapscht haben. Ich spüre immer noch ihren stinkenden Atem auf meiner Haut.

Während mir diese schmierigen Kerle siegessicher gegenüberstehen, drängt die Erinnerung wieder an die Oberfläche. Das Echo des Ohnmachtsgefühls lässt mein Herz rasen, und meine Atmung setzt kurz aus.

Ich muss mich dringend in den Griff bekommen! Mich auf meine Stärken besinnen! Kurz schließe ich die Augen und konzentriere mich auf Atmung, Puls und meine wohltrainierten Reflexe.

Der anstehende Kampf stellt eine Erlösung für mich dar. So kann ich mir die Kontrolle wieder zurückholen. Und ich bin sicherlich nicht das erste Opfer der beiden gewesen. Daher werde ich sie zur Rechenschaft ziehen, für all die namenlosen Frauen, denen sie bereits dasselbe und Schlimmeres angetan haben. Mit all meinem Können und meiner Kraft.

Es gibt keinen Gong oder irgendein Startsignal. Offenbar hat der Kampf bereits begonnen. Während ich ruhig in der Mitte des Platzes verharre, fangen meine Gegner an, mich zu umrunden. Ich beobachte sie sehr genau, nicht nur aus den Augenwinkeln heraus, sondern auch mit meinem Gehör. Immer auf der Suche nach ihren Schwachstellen. Versuche zu erspüren, wer zuerst losschlagen könnte und wann.

Der Kleinere von beiden beginnt. Warum der andere sich vorerst zurückhält, verstehe ich zwar nicht, es interessiert mich aber auch nicht. Vielleicht will er vor seinen Kumpels nicht als feige gelten, weil ich nur eine Frau bin und dazu noch allein kämpfe.

Jedenfalls beginnt der Kleine seinen Angriff und geht mit seinem *Vitis* direkt auf mich los. Er kann seinen Schlag aber nicht platzieren, da ich ihm ausweiche und ihn mit meinem Stock hart auf seinen Waffenarm treffe. Sein Griff um den Stab lockert sich. Ich setze mit einer Dreierschlagkette hinterher, gegen Kopf, Schulter und Schritt. Auf die Weichteile konzentriere ich meine ganze Schlagkraft, was selbst den Anwesenden ein Raunen entlockt und mir große Genugtuung bereitet. Augenblicklich lässt er seinen *Vitis* fallen, geht in die Knie und hält sich mit beiden Händen den schmerzenden Unterleib, dann rollt er sich auf dem Boden in Embryonalstellung zusammen, wimmernd vor Schmerzen und nach Luft japsend.

Der andere ist mir kurzzeitig aus dem Blick geraten, und unversehens attackiert er mich von hinten. Ein gezielter Stockschlag trifft mich in den Rücken. Es fühlt sich wie ein Peitschenhieb an. Aber meine unbändige Wut schwächt den Schmerz ab. Bevor ich mich allerdings zu meinem Gegner umdrehen kann, packt und umklammert er mich. Ich bin wie in einem Schraubstock gefangen. Mein *Vitis* fällt mir aus der Hand. Nun hebt er mich hoch, wohl in der Absicht, mich auf den Boden zu schleudern, wie es beim Ringen üblich ist. Ich aber stoße mich geistesgegenwärtig vom Boden ab, sodass er derjenige ist, der ins Wanken gerät und rücklings zu Boden zu stürzen droht. Das Ganze wiederholt sich ein paar Mal, wie ein absurder Tanz.

Es dauert eine gefühlte Ewigkeit, bis ich die Kontrolle zurückerlange und wieder einen festen Stand habe. Mit all meiner Kraft ramme ich die Ferse auf seinen ungeschützten rechten Mittelfußknochen. Gleichzeitig verpasse ich ihm mit meinem Hinterkopf eine üble Kopfnuss. Vor Schmerz schreit er auf und lässt mich reflexartig los.

In einer schnellen Drehung stehe ich ihm nun gegenüber – von Angesicht zu Angesicht. Sein anfängliches derbes Grinsen ist wie weggewischt. Schadenfreude steigt warm in mir auf. Mit gezielt aufeinander folgenden Faustschlägen gegen Brustbein und Rippen füge ich ihm gehörige Schmerzen zu. Ich höre sogar einige seiner Rippen brechen.

Als ich den vorletzten Schlag ausführe, unterhalb des Brustbeins, in den Solarplexus, taumelt er. Ein ordentlicher Treffer wie dieser überreizt das Nervengeflecht, das an dieser Stelle besonders dicht ist, und kann kurz den Blutfluss zum Gehirn unterbrechen, sogar zur Ohnmacht führen.

Es fällt ihm sichtlich schwer, sich auf den Beinen zu halten, und zur Wehr setzen kann er sich erst recht nicht mehr. Mit einem festen Tritt in seine Weichteile gebe ich ihm den Rest, sodass er wie ein gefällter Baum zu Boden stürzt. Bewusstlos bleibt er liegen.

Ich habe gelernt, dass schnelle und gezielte Schläge am effektivsten sind. Wenn man als Frau kräftemäßig unterlegen ist, muss man sich mit Technik behelfen. Ob ich nun zufrieden bin, kann ich gar nicht sagen. Eher nein. Aber ich bin erleichtert.

Ich sehe mich nach Marcus um, doch zuerst fällt mein Blick auf Ermin. Er ist sichtlich beeindruckt. Dann endlich finde ich meinen Römer. Sein Blick ist schwerer zu deuten. Ich hoffe doch, dass es Erleichterung ist.

Leider habe ich mich zu früh gefreut, denn der Kleinere hat sich wieder aufgerappelt und fühlt sich seinem Blick nach zu urteilen in seinem Stolz gekränkt. Nur hat er jetzt nicht mehr seinen *Vitis* in der Hand, sondern ein Messer.

Aus dem Augenwinkel heraus bemerke ich, wie Marcus einschreiten will. Ich bedeute ihm mit einer schroffen Geste, es nicht zu tun.

Mein Gegner fühlt sich offenkundig richtig mächtig mit seiner Klinge von bestimmt zwanzig Zentimetern Länge. Die Waffe ist deutlich größer als mein Klappmesser, das ich deshalb gar nicht erst zu zücken versuche.

Mit einem doofen Grinsen in seiner hässlichen Fratze kommt er auf mich zu und fuchtelt wild mit der Waffe vor mir herum. Ich bleibe ruhig und beobachte ihn genau. An Körperhaltung und Gestik kann man recht gut erkennen, wann der Gegner angreift.

Während ich mir sein Affengebaren anschaue, entscheide ich mich spontan für eine Taktikänderung. Ich hebe die Hände, blicke ängstlich drein und vermittle ihm, dass er der Überlegene sei. Dazu bewege ich mich etwas unstet, in einer beschwichtigenden Haltung. Ich will ihn verwirren, damit er nah genug an mich herankommt.

Hoffentlich bewahrt Marcus Ruhe und deutet die Situation nicht falsch.

An sich bin ich eine schlechte Schauspielerin. Ich würde mir diesen Sinneswandel jedenfalls nicht abkaufen. Aber dieser Prolet ist zu einfältig, um zu bemerken, dass es sich um eine List handelt. Vielleicht wähnt er sich mit seinem Messerchen auch zu sehr in Sicherheit.

Als er in seiner grenzenlosen Selbstüberschätzung bis auf Armlängenhöhe an mich herantänzelt, schlage ich zu und drücke mit dem Unterarm seine Waffenhand von mir weg. Dadurch kommt er mit dem Messer nicht an mich ran. Gleichzeitig wirble ich zu ihm herum, umfasse rasch sein Handgelenk und drehe es mitsamt Messer nach außen.

Und während ich ihm ordentlich auf die Zehen steige, verpasse ich ihm mit meinem rechten Ellenbogen mehrere Schläge gegen Kopf, Hals und Nase – bis Blut spritzt.

Er brüllt und schreit wie am Spieß, gerät ins Wanken. Die Hand mit der Waffe öffnet sich, und ich kann ihm das Messer glücklicherweise entreißen. Dabei verletze ich mich leicht, aber es ist nur eine Schramme und hält mich nicht auf.

Er strauchelt und stöhnt vor Schmerzen, steht allerdings immer noch. All mein Hass und Rachegefühle brechen sich Bahn. Mit einem gezielten Tritt in den Rücken bringe ich ihn gänzlich zu Fall. Und um die Angelegenheit so schmerzhaft wie möglich zu machen und den Zuschauern ein mahnendes Beispiel zu liefern, verdrehe ich ihm den Arm, bis er bricht. Mit einem letzten Aufschrei wird er bewusstlos.

Fühle ich mich nun besser? Wieder nur – etwas!

Marcus kommt mit schnellen Schritten auf mich zu. Er kann mich leider nicht vor allen Anwesenden in den Arm nehmen, aber ich sehe ihm an, dass er es gern täte. Er wirkt ungeheuer erleichtert. Auch liegt Stolz in seinem Blick.

Als er bemerkt, dass ich verletzt bin, ruft er nach Lucius: »Bring mir schnell ein sauberes Tuch!« Leiser sagt er zu mir: »Verdammt, Mara, das hätte böse ausgehen können!« Jetzt überwiegt wieder seine Sorge.

»Ich musste es tun. Ich bin kein Opfer, und das soll jeder sehen!«

Mitten in unserem Gespräch kommt Ermin auf mich zu. Bewundernd sagt er: »Ein ungleicher Kampf, den Ihr dennoch für Euch entscheiden konntet ... und das als Frau. Ich bin beeindruckt.«

Das Ganze hat mich viel Kraft gekostet. Anspannung und Adrenalin lassen nach, und meine Schmerzen holen mich ein. Für ein Gespräch mit ihm habe ich keine Energien mehr. Er sieht wohl, dass ich erschöpft bin, und lässt mich mit Marcus gehen. Als wir gerade dem Platz den Rücken kehren, hören wir Gebrüll. Es ist Quintus. »Vorsicht!«

Der größere meiner beiden Gegner hat das Bewusstsein wiedererlangt und sich trotz seiner offensichtlichen Verletzungen und Schmerzen mit einem Schwert bewaffnet. Er ist bereits nah bei uns, als Antonius dazwischengeht und ihm die Schwertklinge in den Leib rammt. Als der Mann zu seinen Füßen zusammenbricht, hebt Antonius den Kopf und sieht mich an. Es liegt eine gewisse Anerkennung in seinem Blick. Ich glaube nicht, dass wir je Freunde werden, aber ich scheine mir einen Achtungserfolg bei ihm errungen zu haben.

Im Zimmer angekommen, will ich nur noch schlafen. Es ist zwar noch früher Mittag, aber ich bin erledigt.

Marcus ist sehr fürsorglich und deckt mich zu, spricht jedoch kein Wort. Das ist auch besser so. Ich bin nicht bereit für Diskussionen über mein Handeln.

Kaum befinde ich mich in der Waagerechten, bin ich auch schon weggetreten. Ich registriere um mich herum nichts mehr. Mein Schlaf ist tief – sehr tief.

KAPITEL 18 - PRUDENTIA POTENTIA EST (*WISSEN IST MACHT*)

Diese Frau bringt mich noch um den Verstand!

Als sie auf den Kampf bestand, glaubte ich durchzudrehen. Die Mistkerle hatten sie erst Stunden zuvor schwer misshandelt und fast geschändet. Sie hat schlimme Prügel eingesteckt. Es schmerzt, zu wissen und zu sehen, wie dieser wundervolle Körper gequält wurde. Ich mag gar nicht darüber nachdenken, was alles hätte geschehen können, wenn ich nicht aufgetaucht wäre. Ich gebe mir noch immer die Schuld daran, dass es überhaupt so weit kommen konnte.

Ermin hielt mich länger auf, als ich erwartet hatte. Ich habe den Verdacht, dass es Absicht war; jedenfalls wollte er nichts Dringendes mit mir besprechen, trotz der Befürchtungen bezüglich eines größeren Germanenaufstandes, die wir ihm vorgetragen hatten. Es beunruhigte ihn noch nicht einmal sonderlich.

Ich weiß nicht, ob er etwas mit der feigen Attacke auf Mara zu tun hatte, aber sein ausschweifendes Trinkgelage hat daran ganz sicher seinen Anteil gehabt. Die beiden Centuriones waren schwer betrunken, was natürlich keine Entschuldigung ist!

Die römischen Centuriones sind das Rückgrat der römischen Armee. Sie werden gut besoldet und üben sogar Disziplinarmaßnahmen aus. Die beiden wussten daher sehr genau, was ihnen für eine solche Tat blüht. Sie konnten nicht wirklich annehmen, ungeschoren davonzukommen.

Als Mara unvermittelt im *Triclinium* auftauchte, starrten einige der Männer sie begehrlich an, darunter die beiden Übeltäter. Da hätte ich das kommende Unheil bereits ahnen können. Aber zu meinem Leidwesen wähnte ich sie in meinen Räumen, mit Lucius an ihrer Seite, in Sicherheit.

Sie ist derzeit die einzige Frau im Lager. Üblicherweise siedeln sich im Laufe der Zeit Händler, Handwerker, Bauern und auch Dirnen rings um ein Castrum an. Im Moment sind wir aber noch mit dem Aufbau beschäftigt, sodass in vielen Bereichen Mangel herrscht, vor allem, was das weibliche Geschlecht betrifft.

Mara ist erst seit Kurzem Teil meines Lebens, doch missen möchte ich sie schon jetzt nicht mehr. Umso schmerzlicher ist mir bewusst geworden, dass ich sie nicht zu jeder Zeit schützen kann. Sie glaubt, stark zu sein, aber ich sehe auch ihre schwache Seite.

Mir ist klar, dass Maras irrwitziger Plan, gegen die beiden zu kämpfen, nicht ausschließlich die persönliche Bestrafung der beiden Übeltäter vorsah. Nein, sie wollte vor allem den restlichen Männern eine Botschaft senden – eine Warnung. Das hat sie eindrucksvoll geschafft. Alle werden es sich nun zweimal überlegen, ob sie wirklich Ärger mit ihr suchen wollen.

Trotzdem – es hat mich schier verrückt gemacht, ihre eigenmächtigen Aktionen mit ansehen zu müssen, ohne etwas tun zu dürfen, und war fast panisch vor Sorge, als sie sich ganz allein diesen feigen Bastarden stellte. Jeden Schlag, der sie traf, habe auch ich gespürt. Ohne Antonius, der mich teils mit Gewalt zurückhielt, hätte ich mehrmals eingegriffen, besonders in dem Moment, als Mara mit dem Messer bedroht wurde. Antonius hat schnell erkannt, dass sie dem Centurio eine Falle stellt. Ich hingegen hatte nur Angst. Angst, sie zu verlieren. Dass Ermin ihr gestattete, den Kampf auszutragen, nehme ich ihm übel. Er hätte ihr Einhalt gebieten müssen. Wie konnte er es nur verantworten, eine Frau gegen zwei kampferprobte Centuriones antreten zu lassen?

Zugegeben, einige ihrer Nahkampftricks könnten wir für die Ausbildung unserer Legionäre gut gebrauchen. Diese sind zwar im Verband stark, aber im Nahkampf Mann gegen Mann ist noch mehr rauszuholen.

Unsere Gegner, die Germanen, sind größer als die meisten römischen Soldaten, sie kämpfen vorwiegend ohne größere Taktik und Formation, sind aber im direkten Zweikampf mindestens so gut wie wir, vielleicht sogar besser. In jedem Fall wirken sie auf jüngere Legionäre furchteinflößend, was ihnen einen gewissen Kampfvorteil verschafft.

Mein Blick fällt wieder auf die schlafende Mara. Sie wirkt ruhiger als letzte Nacht. Ihre Verletzungen scheinen nicht bedrohlich zu sein, dennoch, sie hat ganz schön was abbekommen, vor allem im Gesicht. Ich sehne mich nach ihr. Doch muss ich mich für den Augenblick zurücknehmen.

In unserer letzten gemeinsam verbrachten Nacht tat sie Dinge, die unerwartet und grausam erregend waren. Jupiter weiß, dass sie nicht zu den käuflichen Frauen gehört, doch womöglich könnte sie selbst denen noch etwas beibringen.

Sie ist wirklich anders! Woher kommt sie nur? Und was hat sie nur immer mit ihrem Beutel? Soll ich einen Blick hineinwerfen? Ich habe sie beobachtet, als sie ihn öffnete, und weiß daher, wie es geht. Wieder betrachte ich sie. Sie schläft tief und fest. Ich riskiere es. Es dauert einen Augenblick, bis ich das mit dem Öffnen hinbekomme. Wenn man aber erst einmal weiß, wie es geht, ist es ganz leicht.

Im Beutel befinden sich ihr Donner-Eisenstab, Pergamente und viele andere seltsame Gegenstände, die ich noch nie gesehen habe. Ah, da ist auch ein kleiner, seltsam flacher Lederbeutel, den man nicht zubindet, sondern aufklappt.

Als ich ihn öffne, erschrecke ich. Es befinden sich Pergamente mit gezeichneten Menschen darin, so lebensecht wie ich es nie zuvor gesehen habe.

Auf einem ist ganz eindeutig Mara in ganz jungen Jahren zu sehen. Wunderhübsch! Mit zwei weiteren jungen Frauen steht sie Seite an Seite am Meer. Sie haben sich einander die Arme um die Schultern gelegt und lachen ausgelassen. Im Gegensatz zu Mara sind die beiden anderen dunkelhaarig, dennoch erkennt man ihre Verwandtschaft in ihren Gesichtern. Alle drei sind seltsam gewandet. Das eine Mädchen trägt eine sehr kurze Tunika, die andere ein knappes Oberteil und Mara eine Art bunte Tunika, schulterfrei und eng anliegend.

Es befinden sich noch weitere Bilder im Lederbeutel, in unterschiedlichen Größen. Auf einem ist sie mit zwei kleinen Kindern zu sehen, was mich zum Träumen anregt, denn vor meinem geistigen Auge taucht eine Vision von Mara und mir und einem kleinen blonden Jungen auf, mit braunen Augen – *unser Kind.* Eine schöne Vorstellung, aber so weit sind wir noch nicht. Ich muss mich kurz schütteln.

Da ist noch ein weiteres Pergament, es zeigt ein älteres Paar. Der Mann ist groß und dunkel, die Frau klein und blond. Vermutlich Maras Eltern. Bei dem Anblick übermannt mich Wehmut, denn nun drängt sich die Erinnerung an meine eigenen Eltern in meine Gedanken. Ich kann mich nur noch vage und sehr verschwommen an sie erinnern. Aber ich weiß noch viel von dem, was sie mir erzählt haben und was sie mich lehrten. Was würde ich darum geben, auch solche Andenken zu besitzen, wie Mara sie hat.

Ich drehe, wende und befühle Maras Pergamentbilder, kenne aber nichts Vergleichbares. Wie so oft muss ich feststellen, dass Maras Stamm über Techniken und Material verfügt, wie ich es bei noch keinem anderen Volk gesehen habe. Bisher habe ich mein Wissen über Mara mit niemandem geteilt, mein Instinkt hat mich davor gewarnt. Vielleicht sollte es auch weiterhin unser Geheimnis bleiben. Nur muss sie endlich beginnen, mir mehr über sich zu erzählen. Mir zu vertrauen.

Wieder schaue ich zu ihr rüber. Sie ist erwacht, und beobachtet mich dabei, wie ich ihre Sachen durchwühle. Erbost wirkt sie nicht. Ruhig und direkt schaut sie mich an.

»Wir müssen reden«, äußere ich ernst.

Sie nickt und setzt sich auf. »Gibst du mir das bitte?«

»Meinst du den Lederbeutel?«

»Ja.«

Ich setze mich zu ihr aufs Bett. In ihren Augen spiegeln sich Traurigkeit und Angst. Aber weshalb? »Was ist mit dir? Du siehst besorgt aus.«

»Ich weiß, dass das Gespräch mit dir längst überfällig ist. Aber ich denke nicht, dass du mir glauben wirst.« Ihre Stimme zittert leicht.

»Hab doch endlich Vertrauen, Mara!«

Sie atmet hörbar aus, und entnimmt dem kleinen Beutel die bunten Pergamente. Dann beginnt sie zu erzählen: »Das sind meine beiden Schwestern Jenny und Tasha. Wir waren damals im Urlaub ... auf Kreta. Das ist jetzt bestimmt zehn Jahre her.«

Sie spricht erneut nicht ausschließlich Latein. Nun gut, das ist im Moment auch nicht so wichtig. Ich will sie nicht unterbrechen. Das Meiste verstehe ich ja und den Rest reime ich mir zusammen.

Sie fährt fort: »Und hier bin ich mit meinen beiden Nichten zu sehen. Das sind die Kinder von Jenny. Und das hier sind meine Eltern ...« Sie stockt und betrachtet nachdenklich die Pergamente.

All das habe ich mir bereits selbst zusammengereimt, doch es beantwortet mir keine meiner Fragen: Wer sie ist, woher sie kommt und was sie hier will. Dann zieht sie abrupt noch etwas anderes hervor. Ein sehr hartes, glattes Pergament, auf dem sich ein eigenartig schimmerndes Abbild ihres Gesichts befindet. Sie gibt es mir.

»Was ist das?«, frage ich irritiert.

»Das ist mein Personalausweis«, antwortet sie nachdenklich. Ich bin verwirrt. »Was ist ein *Personalausweis*?«

»Bei uns hat jeder ein solches Pergament. Es sagt dir, woher du kommst, welchem Volk du angehörst, wann du geboren bist.«

Interessant, aber ... »Mara, ich kann es nicht lesen. Ich verstehe die Sprache nicht.«

Sie blickt mich überrascht an. »Du hast recht! Also gut, dann direkt ...«

Was heißt hier *direkt?* Sie ist schon wieder verstummt. »Mara?«

Verunsichert sieht sie mich an, dann spricht sie weiter. »Schon gut. Also, ich erzähle dir eine Geschichte, und dann sagst du mir, was du davon hältst. Ja?« Ich nicke gespannt.

»Stell dir einmal vor, wie die Zukunft in zweitausend Jahren sein könnte. Vielleicht fliegen Menschen zum Mond, oder es gibt Kutschen ohne Pferde, die an einem einzigen Tag von hier nach Rom fahren. Und um nach Ägypten zu gelangen, bräuchte man sich nur in ein Fluggerät zu setzen, und vier Stunden später wäre man dort. Was würdest du dazu sagen?« Sie hält inne und blickt mich gespannt an.

Ich weiß nicht, was ich dazu sagen soll. Ihre Erzählung ist zwar interessant, aber worauf will sie hinaus? Ich möchte etwas über sie erfahren und mir keine Geschichten anhören.

Sie hakt ungeduldig nach: »Und? Sag doch mal! Wie würdest du das finden?«

»Also, das sind abenteuerliche und faszinierende Annahmen ...«, beginne ich zögerlich, »aber so etwas kann ich mir auch in tausend Jahren nicht vorstellen.«

»Wenn ich dir aber sage, dass das stimmt? Dass *ich* aus einer solchen Welt stamme?«

Was hat sie gerade gesagt? Sie behauptet, dass das alles wahr sei? Sie ist verrückt! Nur – wie kommt ein Mensch auf solche Verrücktheiten? Sie hat mir bisher nicht den Eindruck vermittelt, einfältig zu sein. Ich bin verwirrt.

»Marcus, schau hier.« Sie deutet auf irgendwelche Zeichen auf dem Pergament. »Da steht mein Geburtstag: dritter Mai Neunzehnhund...«

Ich unterbreche sie: »Was heißt das denn?«

»Na, dass ich erst in zweitausend Jahren geboren werde. Man kann auch sagen, dass du bereits seit zweitausend Jahren tot bist ...«

Was? Ich verstehe gar nichts mehr!

Während ich zu begreifen versuche, was sie damit meint, verfällt sie wieder in ihren eigenen Dialekt. Genug jetzt! Ich packe und schüttele sie. »Verflucht, Mara, was soll das? Halt mich nicht zum Narren!«

Sie erschrickt und blickt mich mit großen Augen an. Doch dann, ganz plötzlich, ist sie völlig gefasst. Nun ist sie es, die mich an den Schultern packt. Ganz ruhig erklärt sie mir: »Marcus, glaub es mir oder glaub es nicht: Ich stamme aus einer fernen Zukunft. Wie ich hier hergekommen bin, weiß ich nicht. Die Tunnel müssen damit zu tun haben. Na, jedenfalls hast du doch selbst schon gemerkt, dass ich anders bin. Ich besitze Gegenstände, die niemand sonst auf der Welt hat ... jedenfalls nicht in dieser Zeit.« Gequält und unsicher blickt sie mich jetzt an.

Aber was zum Jupiter soll ich dazu sagen?

Ihrem eindringlichen Blick kann ich nicht länger standhalten und stehe auf. Unruhig durchquere ich den Raum, und meide den Augenkontakt. Ich muss darüber nachdenken, was ich von dem Ganzen halten soll.

Gesetzt den Fall, ich glaubte ihr diese fantastische Geschichte, dann würde es einiges erklären. Aber anderseits ist es doch zu verrückt – oder?

Ich grübele und grübele, als auf einmal Maras Stimme zu mir durchdringt: »Marcus? Hey Marcus! Hörst du mich?«

Als ich mich zu ihr umdrehe, erblicke ich eine wunderschöne Frau, die heute ihr Leben im Kampf gegen zwei gut ausgebildete Krieger verteidigt hat, Wunden und Schmerzen tapfer erträgt, mitfühlend und klug, leidenschaftlich und unendlich erotisch ist, und – der ich vertraue und die ich liebe!

Sie ist aufgestanden und steht nun direkt vor mir. »Bitte, Marcus, halte mich nicht für irre. Das ertrage ich nicht. Nicht von dir! Du hast keine Ahnung, wie furchtbar es hier für mich ist. Und bisher konnte ich mich niemandem anvertrauen.« Sie hat Tränen in den Augen und blickt mich flehentlich und verletzlich an.

Und ich – was mache ich? Was sollte ich denn tun?

Ich nehme sie in den Arm, denn ich liebe dieses verrückte Wesen, egal, was sie mir da offenbart.

»Dir ist schon klar, dass sich das alles mehr als abwegig anhört?«, antworte ich leise und vorsichtig.

Sie presst sich dicht an mich und haucht lediglich ein kurzes »Ja!« Doch dann fragt sie mich: »Was kann ich tun, um deine Zweifel zu beseitigen?«

Ich überlege recht lange. Tatsächlich ist es schwer, objektive Beweise für ihre Behauptung zu finden.

Jäh reißt sie sich von mir los und hastet zu ihrem großen Beutel. Sie wühlt darin und holt etwas hervor. Freudestrahlend zeigt sie mir einen kleinen, glatten, rechteckigen Gegenstand und erklärt mir: »Das ist ein Handy. Damit kann man vieles tun. Fotos machen und auch Videos aufzeichnen.«

Was ist ein Handy? Was sind Fotos und Videos?

Ich frage gar nicht erst, sondern warte geduldig ab.

Sie öffnet den Gegenstand. Es folgt ein kurzer Ton, dann zeigt sie mir ein Bildnis von uns beiden, so wie wir gerade dastehen. Ich zucke heftig zusammen.

Bei Jupiter, diese Magie ist nicht von dieser Welt!

Doch den größten Schreck bekomme ich bei den sogenannten *Videos*. Darin sind kleine Menschen zu sehen, die sich bewegen, sogar sprechen. Und obwohl sie gefangen sind, wirken sie fröhlich.

Das kann nur Zauberei der Götter sein!

Mara sieht die Furcht in meinen Augen und lächelt mir aufmunternd zu, zieht mich näher zu sich heran. »Keine Angst, dir geschieht nichts. Das sind einfach nur bewegte Bilder ... ähm, Pergamente. Kennst du das Prinzip des, ... des Daumenkinos?«

Ich verstehe kein Wort und schüttle den Kopf. Sprachlos und verwirrt, schaue und höre ich ihr nur noch zu.

Mara kramt erneut in ihrem großen Beutel und zieht kleine Pergamente hervor. Sie beginnt zu zeichnen. Eine kleine Gestalt aus wenigen Strichen, die eine Kugel in der Hand hält. Auf jedem weiteren Pergament ändert sich die Position der Arme und der Kugel ein wenig.

Nachdem sie in Windeseile gut zwei Dutzend dieser winzigen Bilder angefertigt hat, stapelt sie sie aufeinander und lässt sie zwischen ihren Finger flattern. Die kleine Gestalt aus Strichen beginnt sich zu bewegen, wirft die Kugel in die Luft. *Und wieder wendet Mara rätselhafte Magie an.*

»Keine Zauberei«, sagt sie, als könnte sie meine Gedanken lesen. »Das ist eine simple optische Täuschung. Es sind doch nur ... Pergamente. So in etwa ist das auch mit den *Videos*. Verstehst du es ein wenig?«

Ich nicke bedächtig. Wobei das eher ein Reflex ist, als dass ich das alles bis ins Detail begreifen könnte.

Sie zeigt mir weitere Videos: »Schau hier! Da fahren Autos, ähm ... Kutschen ohne Pferde. Siehst du das?«

Sie erwartet gar nicht, dass ich darauf antworte, und redet ohne Pause weiter. Das ist mir auch recht so, denn ich bin neugierig geworden, will mehr sehen, auch wie das Leben in der Zukunft so ist.

Schon seltsam, dass ich das alles zu glauben beginne. Doch ist es die Vehemenz und Ausstrahlung von Mara, die dies neben ihren magischen Geräten möglich macht.

Nun folgt ein Video nach dem anderen. Mit wachsender Begeisterung erklärt sie mir jedes Detail. Je mehr ich von ihrer Welt sehe, umso mehr erkenne ich, wie sehr sich Maras Leben von dem meinen unterscheidet. Es bleibt schwer zu begreifen, dass sie wirklich von der Zukunft spricht. Fakt ist aber auch, dass das, was sie mir da zeigt, in unserer Welt nicht möglich ist.

Stundenlang sehen uns nun diese Videos an. Draußen ist es bereits dunkel geworden, als jäh ein schriller Ton aus dem Apparat ertönt. Mara flucht.

»Was ist?«, will ich wissen.

»Der Akku ist fast leer. Verdammt!«

»*Akku*?«

»In meiner Welt benötigen wir viel Energie, um unsere Techniken am Laufen zu halten. Leider gibt es die Quellen für diese Energie bei euch noch nicht, sodass meine Apparate bald nicht mehr funktionieren werden.« Sie wirkt erschöpft.

»Kann ich dir diese Energie beschaffen?«

»Wohl kaum. Selbst ich weiß nicht genau, wie das geht. Wir haben für alles Experten. Wie ihr auch«, erklärt sie deprimiert. Wir schrecken hoch, als es an der Tür klopft.

»Ja?«

Quintus tritt ein und blickt uns neugierig an. Die abrupte Unterbrechung passt mir nicht.

»Was ist?«, frage ich gereizt.

»Ermin wünscht euch zu sehen!«

»Uns beide?«, hake ich nach.

»Ja.«

»Sag ihm, dass wir kommen.«

Als Quintus den Raum verlässt, wendet Mara sich wieder mir zu. »Was will er denn?«

»Keine Ahnung. Er war von dir beeindruckt. Du hast einen ungewöhnlichen Kampfstil. Vielleicht will er wissen, wo du das gelernt hast und ob du es unseren Legionären beibringen kannst. Das wollte ich dich selbst bereits fragen, aber nun ...« Da kommt mir ein ganz anderer, schrecklicher Gedanke in den Sinn.

»Aber nun was?«, will Mara wissen.

Ich sehe ihr in die Augen. Fast habe ich Angst, zu fragen. »Mara, deine Fluchtversuche ... ging es darum, dass du zurück nach Hause wolltest?«

Sie weicht meinem eindringlichen Blick aus und zögert. Ich habe also recht. Sie versucht mit allen Mitteln, in ihre Zeit zurückzukehren. Weg von mir!

»Marcus, bitte versteh das doch! Ich gehöre nicht hierher. Diese Zeit ist so brutal, so frauenfeindlich. Außerdem bin ich einsam. Mir fehlt meine Familie.«

Fast flehentlich ersucht sie von mir Verständnis für ihre Situation. Ich hingegen spüre nur Schmerz. Fühle mich verletzt und hintergangen. Ohne weiter auf sie einzugehen, sage ich kühl: »Wir müssen gehen.«

Ich sehe, wie sie leidet, aber ich leide ebenfalls. Still und ohne einander anzuschauen, laufen wir zum *Triclinium*.

Als Ermin Mara erblickt, hellt sich seine Miene auf. »Da ist ja die germanische Amazone. Kommt und nehmt neben mir Platz.« *Mistkerl! Ich bin nicht blind.*

Er empfindet mehr als nur Achtung für sie. Aber was soll's. Auch er wird sie nicht halten können, denn sie will nur eines – schnellstens weg von hier.

Mein Missmut ist mir wohl anzusehen, allerdings interpretiert Ermin meine Miene falsch. »Schau nicht so finster drein, Marcus. Ich bin nur dann dein Rivale, wenn sie es wünscht.« Dabei lacht er laut auf. Indessen wirkt Mara abwesend und hat unser Geplänkel gar nicht registriert. Auch das bleibt meinem Konkurrenten nicht verborgen.

»Mara, was ist mit Euch? Habt Ihr Ärger mit ihm?« Er deutet auf mich.

Als er sie so direkt anspricht, wirkt sie, als würde sie aus einem Traum erwachen. »Wie ... was? Entschuldigt, ich habe nicht zugehört.«

Wieder erschallt sein derbes Lachen. »Marcus hat vermutlich nach dem Kampf ein ernstes Wort mit Euch geredet? Er war wenig begeistert von Eurem Tun. Hört nicht auf das, was er sagt. Er ist Römer, für ihn sind Frauen nur dazu da, den Haushalt zu führen und dem Mann das Bett zu wärmen.«

Zorn steigt in mir auf. Zu gern würde ich ihm das dämliche Grinsen aus dem dummen Gesicht prügeln. Auch das scheint er mir anzusehen, er kommt auf mich zu und breitet beschwichtigend die Hände aus. »Ich ergebe mich! Ist doch alles nur Spaß. Kommt zu mir, ich habe für Euch die besten Speisen auftragen lassen.«

Mara setzt sich zu seiner Linken, ich nehme rechts von ihm Platz. Als er behutsam ihr Gesicht berührt, um nach ihren Verletzungen zu sehen, hätte ich vor Eifersucht durchdrehen können. Antonius, der neben mir Platz genommen hat, wirft mir einen warnenden Blick zu.

»Für das, was sie Euch angetan haben, wart Ihr noch gnädig mit ihnen. Meine Bestrafung wäre grausamer gewesen.« Ermins Stimme ist ernst und gefällig zugleich.

Während des Essens sind Maras Kampfkünste sein Lieblingsthema. Er lobt ihren schnellen, sauberen und effizienten Stil. Seinen Fragen begegnet Mara mit ausweichenden Antworten, so wie auch ich es von ihr kenne.

Ich beobachte sie, wann immer es mir unauffällig möglich ist. Wenn sich unsere Blicke zufällig einmal treffen, sieht sie rasch weg. Das schmerzt. Vor wenigen Stunden erst hat sie mir anvertraut, dass sie aus der Zukunft stammt.

Mein Herz glaubt ihr, aber mein Verstand hat immer noch Zweifel. Wenn es stimmt, dann könnte sie mir wertvolle Informationen liefern. Allerdings will sie nicht bleiben.

Wir sind heute keine guten Tischnachbarn. Ich bin mürrisch und Mara meist stumm. Die Stille wird unterbrochen, als ein Bote den Raum betritt.

»Ich bin Kurier des Legatus Augusti pro praetore und habe eine vertrauliche Nachricht für Gaius Iulius Arminius.«

»Ich bin Arminius! Was ist denn so eilig?«

Bevor der Bote antworten kann, verliert Mara plötzlich das Bewusstsein. Ermin, der neben ihr sitzt, packt zu, ehe sie vom Stuhl fallen kann. Dann steht er auf und hebt sie hoch. Eifersüchtig springe ich ebenfalls auf und bedeute ihm, sie mir zu übergeben.

»Ich bin nur in Sorge, Marcus, sonst nichts«, beschwichtigt er mich und legt sie in meine Arme. »Sie ist etwas Besonderes. Passt auf sie auf! Ich habe einen guten Medikus in meinen Reihen. Wenn Ihr ihn braucht, sagt Bescheid. Ich muss jetzt meinen Geschäften nachgehen, wir sehen uns später.«

Während ich mit Mara auf dem Arm zurück in meinen Schlafraum gehe, erwacht sie langsam. Noch benommen will sie wissen, was passiert ist.

»Du bist ohnmächtig geworden. Die letzten Tage waren ein bisschen viel für dich. Du musst dich ausruhen.« Kaum, dass ich sie abgesetzt habe, wird sie unruhig. »Was ist denn mit dir?«

»Wieso hat Ermin vor dem Kurier behauptet, Arminius zu sein?«, will sie wissen.

»Weil er eben Arminius ist«, antworte ich kurz und knapp.

»Verdammt, Marcus, das verstehe ich nicht!«

Sie wirkt ärgerlich. Überrascht mustere ich sie.

»Da gibt es nicht viel zu verstehen. Er ist der Sohn des Cheruskerfürsten Segimer. Als Jüngling kam er nach Rom. Dort erhielt er statt seines germanischen Namens Ermin einen ähnlich klingenden römischen Namen ... Arminius.«

Sie wirkt zu Tode erschrocken. Nicht einmal unmittelbar vor ihrem Kampf war sie so bleich und fahrig wie jetzt.

Ich bin wirklich besorgt. »Was ist mit dir? Wieso interessiert dich das überhaupt?«

Maras Blick geht in Ferne. Sie zittert.

»Mara, rede doch mit mir! Wirst du krank?«

Sie ist beunruhigt. Nein, das ist ein viel zu schwacher Ausdruck für ihren Zustand. Sie wirkt zu Tode verängstigt.

KAPITEL 19 - BEFREIER GERMANIENS

Arminius! Was für ein Schock!

Ich bin auf eine leibhaftige historische Gestalt getroffen, aus Fleisch und Blut. Nicht zu fassen!

In was bin ich da nur hineingeraten? Das gibt meiner Anwesenheit im Hier eine dramatische Entwicklung.

Zuvor waren meine größten Probleme, wie ich nach Hause zurückkehren kann und wie ich Marcus davon überzeuge, dass ich aus der Zukunft stamme.

Mein Personalausweis mit dem modernen System von arabischen Zahlen half mir dabei nicht, das Handy aber schon. Marcus hat diese Offenbarung erstaunlich gut aufgenommen. Leider erkannte er aber auch, dass all meine Fluchtversuche aus meiner Sehnsucht geboren waren, heimzukehren, das hat ihn verletzt.

Als ich begreifen musste, dass Ermin *Arminius* ist, wurde mir schwarz vor Augen und übel, denn ich verstand sofort, dass Marcus, als Römer, dieser Schlacht nicht entkommen wird. Und bliebe ich hier, wäre ich ebenso verloren, was nur ein weiterer guter Grund ist, nach Hause zurückzukehren. Nur meine wachsende Zuneigung zu ihm lässt mich zweifeln.

Marcus' Befürchtungen, dass es einen Germanenaufstand geben wird, sind nur allzu berechtigt, so viel weiß ich über diese Zeit – oder zumindest über die berüchtigte Varusschlacht.

Nicht nur im Schulunterricht wurde dieses Ereignis besprochen, mit einem Vater, der die Heimatkunde liebte, und einer Schwester, die Archäologie studiert, kommt man um solches Wissen nicht herum. Wann immer es zu diesem Thema eine Fernseh-Dokumentation gab, wurde sie bei uns zu Hause eingeschaltet, gefolgt von langen Gesprächen darüber.

Daher weiß ich auch, dass Arminius nur wenige Jahre vor der Schlacht in seine Heimat zurückgekehrt ist, und im Herbst des Jahres 9 n. Chr. kam es dann zur berühmt gewordenen römischen Niederlage. Drei Legionen und Hilfstruppen, insgesamt annähernd zwanzigtausend Mann, fallen dem Gemetzel zum Opfer – und das nur unter den Römern. Nur wenige überleben und können berichten. Wie viele Germanen dabei sterben, ist nicht überliefert. Auch die Zeit danach bleibt unruhig: Nur wenige Jahre nach Varus übte ein anderer römischer Feldherr grausame Vergeltung. Ganze Stämme wurden von ihm ausgelöscht. Und selbst untereinander sind sich die Germanen nicht grün.

Arminius überlebt den Höhepunkt seines Lebens nur um knappe zehn Jahre. Wenn ich mich recht erinnere, wird er von seinen eigenen Verwandten getötet. Alles in allem eine wenig verlockende Zeit.

Doch wie bald wird es passieren? Haben wir noch ein paar Jahre Zeit, oder steht das Ereignis kurz bevor?

Wenn ich raten müsste, dann würde ich sagen, es geschieht schon bald. Die Aufstände mehren sich, Arminius ist hier, und ich halte es für gut möglich, dass es sich bei dem Statthalter, von dem ich Marcus habe reden hören, um Varus handelt. Das Ganze entwickelt sich zu einem fürchterlichen

Desaster. Marcus' Albtraum fällt mir ein. War es denn ein Albtraum – oder eher eine Vorahnung?

Ich habe Angst, vor allem um ihn! Das Wissen um die Historie belastet mich. Ich bete zu Gott, dass wir noch Zeit haben, und er nicht darin verwickelt wird. Preisgeben darf ich dieses Wissen nicht – *oder vielleicht doch?*

Plötzlich packt mich jemand an der Schulter, schüttelt mich, schreit mich an. »Mara, was ist nur mit dir los? Kannst du mich hören?«

Offenbar war ich so tief in Gedanken versunken, dass ich meine Umgebung vollkommen ausgeblendet habe.

Das passiert mir ab und zu, vornehmlich wenn ich über schwerwiegende Aspekte meines Lebens nachzudenken habe. Eine Art Trance, vielleicht auch ein Schutzmechanismus. Das letzte Mal war es beim Tod meines Vaters.

»Mara, verdammt, jetzt sprich endlich mit mir!«

Er wirkt sehr beunruhigt. Ich muss ihm einen gehörigen Schrecken eingejagt haben. Das tut mir leid. Abrupt, und ohne Erklärung, ziehe ich ihn zu mir heran, und gebe ihm einen zärtlichen Kuss. Reden möchte ich nicht. Ich bin einfach nur dankbar, dass er bei mir ist.

Augenblicklich entspannt er sich. Flüsternd bitte ich ihn um etwas Zeit. Denn jetzt möchte ich nur, in den Armen dieses Mannes sicher und behütet einschlafen.

Es ist noch Nacht, als ich erwache, ich fröstele. Die Decke ist auf den Boden gerutscht, daher die Kälte. Marcus, schläft tief und fest. Ich decke mich und auch ihn wieder zu, und nutze die Gelegenheit, um diesen Mann lange und intensiv anzuschauen.

Er ist kein Jüngling mehr. Alles an ihm ist männlich. Seine Haare wirken fast schwarz, die schön geschwungenen dunklen Augenbrauen betonen das tiefe Braun seiner Augen. Er hat schmale Lippen und eine gerade Nase. Seine markante Kinnpartie gefällt mir besonders, ebenso wie die Grübchen in seinen Wangen, wenn er lächelt. Sein Hals ist lang und kräftig.

Lass dich nie mit einer Schildkröte ein, warnte mich immer meine Mutter vor Typen mit geduckter Haltung.

Bei der Erinnerung muss ich schmunzeln. Eine solche ist Marcus wahrlich nicht. Er ist fit und muskulös. Lange, sehnige Muskeln, nicht die dicken Wülste eines Bodybuilders. Ein echter Leckerbissen. Und dieses Bild von einem Mann soll ich wirklich seinem Schicksal überlassen?

Warum nur lebt er nicht in *meiner* Zeit? Warum konnte ich nicht zu Hause jemanden wie ihn finden? Wieso bin ausgerechnet *ich* in dieser Epoche gelandet? Was soll ich hier? Gibt es einen Grund für meine unfreiwillige Zeitreise? Soll ich Marcus warnen? Die Geschichte verändern? Wenn so etwas überhaupt möglich ist? Ob mir der Druide helfen kann?

Die ergebnislose Grübelei macht mich wieder müde, und ich schlafe erneut ein.

Als Marcus mich weckt, ist es noch früh am Morgen. Meine Extremitäten tun mir immer noch weh – vergleichbar mit einem richtig üblen Muskelkater. Während ich mich zu ihm drehe und dabei vor Schmerz eine Grimasse ziehe, sieht er mich fürsorglich an.

»Geht es dir gut?« Ich nicke. Da ist aber noch etwas anderes in seinem Blick. Er wirkt auf einmal sehr nachdenklich. »Sag, Mara, wie ist das Leben in der Zukunft?«

»Du hast in den Videos bereits einen ersten Eindruck erhalten. Was genau möchtest du denn wissen?«

Einige sekundenlang überlegt er: »Beschreibe mir einfach einen Tag in deinem Leben.«

Er stützt sich auf dem Ellbogen hoch und sieht mich neugierig an. Beim Anblick seines nackten Oberkörpers fällt es mir schwer, mich zu konzentrieren, deshalb schließe ich für einen Moment die Augen und atme tief durch.

»Also, wenn ich nicht arbeiten muss, schlafe ich erst einmal aus. Nach dem Aufstehen gehe ich meist einkaufen, dann besuche ich meine Mutter und meine Nichten. Später am Nachmittag ist Sport angesagt, und abends treffe ich mich mit meinen besten Freunden. Das klappt aber leider nicht immer.«

Beim Erzählen sage ich Wörter, die ich nicht übersetzen kann, einfach auf Deutsch. Soll er doch nachfragen, wenn er es genauer wissen möchte. Er fragt aber nicht nach und will nun wissen: »Was ist mit Männern?«

»Meinst du, ob ich mit einem Mann zusammenlebe?« Er nickt. »Nein, derzeit gibt es niemanden. Ich hatte eine längere Beziehung, aber das hat nicht sein sollen.«

»Was ist passiert?«

»Ich habe ihm wohl nicht genügt. Ich war ihm nicht Frau genug.« Die Erinnerung an Gerd schmerzt noch etwas, vor allem seine letzten Worte.

Marcus wirkt verblüfft. »Wie kannst du einem Mann nicht Frau genug sein? Du bist wunderschön, klug und unglaublich sinnlich. Die Männer in deiner Welt müssen dumm sein!«

Ich schmunzle. »Da liegst du gar nicht mal so falsch.« Nach kurzem Überlegen fahre ich fort: »Es ging auch nicht so sehr um das Aussehen oder den Sex, ähm ... den Beischlaf. Gerd störte sich eher daran, dass ich ihm zu selbstständig war, und ich glaube, er fühlte sich von mir nicht gebraucht. Wenn ich so darüber nachdenke, wollte er wohl lieber ein Frauchen am Herd.«

»Und das wolltest du nicht sein?«

»Nein ... doch ... vielleicht. Ach, ich weiß nicht.«

Ich bin verwirrt.

»Der Beischlaf mit Gerd war ... gut?«, will er unvermittelt wissen.

Was soll denn das nun? Aufkeimende Eifersucht?

»Es war in Ordnung, aber ...«, ich rolle mich auf ihn, »das mit dir ist anders ... besser, schöner, viel intensiver. Alles ist so pur, so echt.« Mit diesen Worten fordere ich ihn heraus, denn ich will ihn. Jetzt! Mein Heimkehrwunsch, die Gewalttat und dass ich in Arminius' Zeit gelandet bin, ist in diesem Augenblick nicht wichtig.

Natürlich ist Marcus überrascht. Aber sein Aufstöhnen zeigt mir, dass er mich ebenso sehr begehrt wie ich ihn. Als er mich ein wenig zu hart anpackt, wimmere ich leise. Meine Blutergüsse sind noch sehr empfindlich, und der Schmerz bringt mir kurz die Erinnerung an die Verursacher zurück. Marcus will bereits aufhören, doch das verbiete ich ihm. Ich zeige ihm deutlich, dass ich *es* will, dass ich *ihn* will.

Anfänglich zögert er noch, aber dann beginnt er mich behutsam zu streicheln und zu liebkosen. Es dauert nicht lange, und unser beider Leidenschaft ist wieder vollends entfacht – erweckt durch seine sanften Berührungen und vorsichtigen Küsse.

Ich muss ihn jetzt spüren. Marcus ist das einzige Licht in dieser dunklen Zeit. Ich verdränge die vergangenen Stunden, will mich nur noch diesem Mann hingeben.

Ohne Umschweife setze ich mich auf ihn und nehme *ihn* gänzlich in mich auf. Marcus' Arme halte ich fest. So kann er mir nicht versehentlich wehtun oder mich ablenken. Es bereitet mir Freude zu sehen, wie schnell er auf mich reagiert.

Während ich Rhythmus und Schnelligkeit bestimme, genieße ich jedes Auf und Ab.

Auch in Marcus' Miene spiegelt sich unverhohlene Lust wider, zugleich ist er bemüht, sich zurückzunehmen.

Als ich ihn kurz loslasse, umfasst er sanft mein Gesicht, zieht mich zu sich heran und küsst mich mit zarter Leidenschaft. Dann drehen wir uns gemeinsam, sodass ich unter ihm liege.

Als ich mich mit meinen offenen Schenkeln gegen ihn drücke, um ihn erneut aufzunehmen, verweigert er sich mir und drückt mein Becken nach unten. Er hat offenbar etwas anderes im Sinn, beginnt damit, langsam meine Rundungen zu erkunden, liebkost jeden Quadratzentimeter Haut auf dem Weg zu seinem Ziel – eine fast unerträgliche Qual.

Als er endlich dort angelangt ist, entlockt mir die Berührung nur schwer unterdrückbare Schreie, so intensiv, so erregend und kaum auszuhalten sind seine Zärtlichkeiten.

Mit dem sanften Saugen an meiner empfindsamsten Stelle ist das Maß an Erträglichkeit erreicht, ich kralle mich in die Decke und biege meinen halb entblößten Körper durch, dann zucken unendlich viele winzige Explosionen durch meinen Unterleib. Einen solch intensiven Orgasmus habe ich noch nie erlebt. Es schmerzt, aber auf eine angenehme Weise.

Woher weiß er so genau, wie er mich berühren muss?

Ich hatte nicht den Eindruck, dass er sexuell besonders erfahren ist.

Die körperliche Vereinigung mit ihm ist absolut einzigartig und macht süchtig nach mehr. Er ist ein einfühlsamer, zärtlicher Mann und Beobachter. Das hätte ich von Männern dieser Epoche nicht erwartet.

Will er mich von sich abhängig machen?

Jedenfalls möchte ich in diesem Augenblick nichts anderes vom Leben, als genau hier zu sein. Ich liebe diesen Mann ...

Moment mal – *Liebe?* Habe ich das etwa laut geäußert? Nein, habe ich nicht. Doch bin ich nun zu erschöpft, um mich mit dieser Einsicht, und allem anderen, auseinanderzusetzen.

Während meiner Ekstase hatte ich die Augen geschlossen. Als ich sie wieder öffne, trifft mich fast der Schlag.

Ermin steht in der Tür!

Er lehnt mit verschränkten Armen am Türrahmen, ein unglaublich schlüpfriges Grinsen im Gesicht. Vor Schreck schreie ich laut auf und ziehe mir die Decke bis zur Nasenspitze hoch.

Marcus wirbelt herum und sieht unseren ungebetenen Zuschauer ebenfalls – und er bebt vor Zorn! Nackt, wie Gott ihn schuf, springt er auf Ermin zu und brüllt ihn ohne Wahrung jedweder Förmlichkeit an: »Wer gibt dir das Recht, ständig ungefragt einzutreten?«

Mir selbst schießen die übelsten Beschimpfungen durch den Kopf, aber im Gegensatz zu Marcus bringe ich nicht den kleinsten Laut heraus.

Ermin grinst immer noch über beide Ohren und lässt sich von meinem Römer nicht beeindrucken. »Jetzt bleib ruhig, Marcus! Es ist ja nicht so, als würde ich das Spiel zwischen Mann und Frau nicht kennen. Wobei ich sagen muss ... von euch beiden kann ich vielleicht noch was lernen.«

Diese Antwort und das darauffolgende Gelächter sind zu viel für meinen Römer. Marcus verpasst ihm einen Kinnhaken. Ermin taumelt, verteidigt sich jedoch nicht und ächzt zu meiner Überraschung nur: »Das habe ich wohl verdient!«

Marcus belässt es bei dem einen Schlag, und während sich Ermin das Kinn reibt, zischt mein Römer ihn mit eisiger Stimme an: »Raus hier. Sofort!«

Ermin sieht mich an. »Wir sehen uns später, *Freya* der Germanen!« Dann ist er endlich fort, aber ich bin noch immer zu geschockt, um mich zu rühren. Marcus steht noch an der Tür. Vielleicht will er sichergehen, dass er wirklich weg ist.

O Gott, wie peinlich! Unglaublich peinlich!

Unwillkürlich ziehe ich das Laken ganz über meinen Kopf. Mir ist das alles sogar vor Marcus unangenehm. Ich höre, wie er auf mich zukommt, dann zieht er die Decke von meinem Gesicht. Er lächelt wieder: »Du, meine Venus, musst dich für nichts und vor niemandem schämen!«

»Verdammt, Marcus, er hat uns zugeschaut! Verstehst du?« Ich bin noch immer bestürzt und leuchte jetzt bestimmt wie ein Feuermelder.

»Das hat er wohl.«

»Ich werde ihm nie mehr unter die Augen treten können.« Ich packe das Laken und verstecke mich erneut darunter.

Und auch diesmal befreit er mich davon. Schmunzelnd schaut er mich an, streicht mir einige Haarsträhnen aus dem Gesicht. »Oh, meine Venus. Du bist so süß und erfrischend.«

Was? Will er mich etwa veralbern?

»Marcus, verdammt ...«

Bevor ich mich ernsthaft aufregen kann, zieht er meinen Kopf näher und küsst mich. Ich wehre mich nur halbherzig, will noch etwas sagen, was er aber mit weiteren Küssen geschickt zu verhindern weiß. Ich gebe auf, er ist zu verlockend, und schlinge die Arme um ihn. Tatsächlich besänftigt mich das ein wenig, dennoch schaue ich immer wieder unruhig zur Tür, was ihm nicht verborgen bleibt.

Mit einem Seufzer löst er sich von mir. Etwas zu abrupt für meinen Geschmack. »Ich muss leider gehen. Ich habe noch etwas zu erledigen. Lucius wird dir Frühstück bringen. Kann ich dich denn allein lassen?«

Ich fühle mich zwar ohne ihn nicht ganz wohl, aber er kann nicht ständig wie ein Schatten an mir kleben, also nicke ich. Er zieht sich an und ist schon im Begriff, den Raum zu verlassen, da frage ich noch rasch: »Marcus, warte kurz! Darf ich mich denn frei bewegen?«

Er überlegt: »Ja, aber Lucius bleibt bei dir!« Dann lächelt er mich noch einmal aufmunternd an und ist fort.

Nun bin ich allein und fühle mich etwas hilflos. Kann man diese verdammten Türen denn nicht abschließen? Okay, beim nächsten Mal rücke ich den Tisch davor. Das hält zwar nicht wirklich jemanden auf, aber es verschafft einem wenigstens etwas Zeit.

Als Lucius das Essen hereinbringt, muss ich an den peinlichen Augenblick mit Ermin denken. Ob Lucius davon weiß? Er schaut mich zwar aufmerksam an, aber das kann auch bedeuten, dass er an den gestrigen Kampf denkt.

Oder weiß er vielleicht doch mehr? Verdammt! Ich muss versuchen, dieses Bild aus meinem Kopf zu verdrängen. Da ich kaum Appetit habe, ziehe ich mich schnell an. Ich muss raus hier, brauche frische Luft. Als ich das Gebäude verlasse, nickt Lucius mir zu und folgt mir als mein stiller Begleiter. Langeweile überkommt mich. Hier gibt es keine Frau außer mir, nur Männer. Schwer schuftende Legionäre, die mir dumm hinterherschauen.

Beim Badehaus treffe ich zufällig auf Quintus. Mit ihm habe ich seit seiner Rückkehr noch kein Wort gewechselt.

»Hallo Quintus!«

»Salve, Mara!«, begrüßt er mich freundlich.

»Ich bin froh, dass du wohlbehalten zurückgekehrt bist«, entgegne ich aufrichtig. Immerhin haben die Kelten ihn überhaupt erst meinetwegen fangen können.

»Und ich bin froh, dass du deinen Kampf überlebt hast.« In seinem Blick liegt Anerkennung. Als er mich näher anschaut und mein malträtiertes Gesicht sieht, fährt er fort: »Es tut mir leid, dass dir das angetan wurde. Es war mutig von dir, die beiden selbst zu bestrafen. Du hast dir damit viele Bewunderer geschaffen.« Ich winke ab. Um Bewunderung ging es mir dabei nicht, und das ist jetzt auch nicht wichtig.

Ich will lieber darüber reden, wie es ihm bei den Kelten ergangen ist.

»Lass uns über etwas anderes sprechen. Ich hatte schon schlimmste Befürchtungen, dass du nicht mehr wiederkommst.«

Quintus scheint mein schuldbewusster Unterton nicht zu entgehen. »Unkraut vergeht nicht«, bemerkt er aufmunternd. Jetzt muss ich lachen. Der Spruch ist wohl allzeit gültig. Er stimmt in mein Lachen ein. »Nun ja, etwas merkwürdig war das Ganze schon, dort bei den Celtae auf dem Hügel. Du weißt, welchen Ort ich meine?« Ich nicke, und er fährt fort: »Ich dachte bereits, ich hätte es geschafft, doch da tauchten diese Barbaren plötzlich auf und nahmen mich gefangen. Sie brachten uns zur Anhöhe, diesmal hatten sie eine Seherin dabei. Sie schien auf etwas oder jemanden zu warten.«

»Haben sie nichts zu dir gesagt oder dich etwas gefragt?«

»Wenn sie mit uns redeten, verstand ich kaum etwas. Ich spreche die germanischen Dialekte nicht so gut wie Marcus.«

Moment – *uns?*

»Quintus! Wer war noch bei dir?«, will ich wissen.

»Ein Fremder«, gibt er knapp zur Antwort.

Das macht mich neugierig: »Wer war er? Warum war er dort? Was hat er gesagt?«

Wieso müssen Männer immer so einsilbig sein?

»Keine Ahnung! Keine Ahnung! Keine Ahnung!« Auf meinen ratlosen Blick hin erklärt er: »Das sind die Antworten auf deine Fragen.«

Ich überhöre mal geflissentlich seinen leicht spöttischen Unterton. »Warum habt ihr ihn nicht mitgebracht?«

»Marcus wollte sich nicht unnötig belasten. Und es war eine gefährliche Situation. Nur mit einem Trick hat er mich überhaupt befreien können.« Ich frage nicht weiter. Marcus hatte sicherlich seine Gründe, den Fremden zurückzulassen.

Quintus will sich gerade verabschieden, als ihm noch etwas einfällt. »Mara?«

»Ja?«

»Der Fremde hat mich ein bisschen an dich erinnert.«

»An mich? Wieso?«

»Er sprach ähnlich seltsam wie du, und war ebenfalls fremdartig gekleidet.« – *Oha* – »Aber im Gegensatz zu dir ist er ein Feigling. Während sie uns verschleppt haben, hat er fortwährend gejammert, geheult, geschrien und sich eingenässt.« Kaum hat er mir das berichtet, wird auch schon nach ihm gerufen. »Tut mir leid, ich muss jetzt gehen. Wir sehen uns.« Ich blicke ihm grübelnd nach.

Und während ich Quintus Worte Revue passieren lasse, kommt mir ein Gedanke – könnte es sich bei dem Fremden um Korber handeln? Na, das wäre ein Ding! Er ist ein Verbrecher, Mörder, aber vermutlich auch weit und breit der einzige Mensch aus meiner Zeit – wenn er es denn wirklich ist. Nur, was wollten die Kelten von ihm und Quintus?

Ich bin so vertieft in meine Gedanken, dass ich nicht bemerke, wie sich Ermin nähert. Als er mich unvermittelt berührt und damit aus meinen Gedanken reißt, zucke ich erschrocken zusammen, nur um bei seinem Anblick zur Krönung noch zu erröten, über meine eigenen Füße zu stolpern und von ihm aufgefangen zu werden. Lauthals lacht er drauflos.

»Ihr seid schon ein seltsames Wesen«, stellt er fest und grinst auf mich herunter, ohne mich loszulassen. »Wieso seid Ihr hier ... unter Römern?«, will er nun wissen.

»Wieso seid Ihr es denn?«, kontere ich mit einer Gegenfrage und versuche, mich aus seinen Tentakeln zu befreien, es gelingt mir jedoch nicht.

Er wirkt überrascht, lässt mich aber immer noch nicht los. Antworten will er offenbar auch nicht, dafür interessiert ihn etwas anderes. »Was wollt Ihr nur mit diesem Römer? Wäre ein Germane nicht mehr nach Eurem Geschmack?« Seine Frage wirkt ernst gemeint.

»Über Geschmack lässt sich nicht streiten«, halte ich dagegen.

Er lächelt wieder, doch seine Stimme ist ernst. »Ihr seid eine kluge Frau. Klug genug, um zu wissen, wann es gefährlich wird?«

»Klug genug, um zu erkennen, wenn jemand falsch spielt!« Ups, verdammt! Ich habe gar nicht weiter nachgedacht, sondern nur reagiert. Hätte ich nur den Mund gehalten!

Ermin lässt mich abrupt los und blickt mich nachdenklich an. »Wie ich schon sagte, Ihr seid eine seltsame Frau.«

Für einen Augenblick dachte ich schon, mich verraten zu haben. Aber nach einer kurzen Schrecksekunde betrachtet er mich wieder äußerst vergnügt.

»Ich sehe, Ihr seid auch außerhalb des Kampfs für eine Auseinandersetzung zu haben. Leider muss ich Euch für ein paar Tage verlassen. Vielleicht können wir nach meiner Rückkehr unser Gespräch fortsetzen.« Er zwinkert mir zum Abschied fröhlich zu und schlendert davon. Gedankenversunken blicke ich ihm hinterher.

Ermin, alias Arminius, der Befreier Germaniens, ist blond und hochgewachsen, etwas größer als Marcus, aber nicht ganz so muskulös. Meine Schwester Tasha würde ihn mit seinen stechend blauen Augen vermutlich für gutaussehend befinden. Sie steht auf den großen, blonden, eher hageren Typ. Ich mochte schon immer eher die südländische Variante, auch wenn Gerd das Gegenteil davon war.

Zum Glück hat Ermin mich nicht auf die peinliche Situation angesprochen. Meine Wangen glühen noch immer. Unwillkürlich streiche ich darüber, in der Hoffnung, die Röte vertreiben zu können. Aber viel wichtiger: Ich muss besser aufpassen, sonst verplappere ich mich noch, verdammt!

Lucius kommt auf mich zu. »Alles gut bei dir?«

»Ja, wieso?«

»Du wirktest ... nervös? Hätte ich einschreiten sollen?«

»Nein, nein. Alles gut! Sag mal, wo ist eigentlich Marcus?«

Er zuckt mit den Schultern. »Er ist mit Antonius weggeritten. Ich weiß nichts Näheres.«

Die Stunden vergehen, und nichts tut sich. Kein Marcus in Sicht, und auch Arminius wird erst in einigen Tagen wiederkommen. Lucius gibt sich alle Mühe, mich zu unterhalten, und versucht mir sogar ein Würfelspiel beizubringen. Interessant ist daran lediglich, dass sich Würfel in zweitausend Jahren nicht großartig verändert haben. Allerdings bin ich nicht bei der Sache. Ich mache mir Sorgen um meinen Römer.

Natürlich dauert hier alles länger. Zu Fuß oder zu Pferd braucht man einige Zeit, um von A nach B zu gelangen. Wer weiß, wo die beiden jetzt gerade sind? Mich in Geduld zu üben, war allerdings noch nie meine Stärke.

Ich vermisse mein Auto, und ich vermisse Strom und fließend Wasser und das Telefonnetz und Kaffee und mehr.

Lucius bemerkt mein sorgenvolles Gesicht und deutet es als körperliches Unwohlsein. »Hast du Schmerzen?«

Ich reagiere harsch: »Nein!« Meine Nöte kann ich nicht mit ihm teilen, und erst recht nicht, werde ich mein Herz vor ihm ausschütten. Es wird wohl besser sein, heute früher zu Bett zu gehen. Vielleicht bringt der Schlaf mir ein bisschen inneren Frieden. Zumindest vergeht die Zeit schneller, und morgen ist Marcus hoffentlich wieder bei mir. Das wird seit Tagen die erste Nacht ohne ihn.

Leider träume und schlafe ich schlecht. Wälze mich unruhig hin und her. Mitten in der Nacht kommen dann auch noch Kopfschmerzen hinzu. Mir ist warm, dann wieder kalt. Nur sporadisch döse ich immer mal wieder ein.

In einer dieser wenigen Schlafphasen nehme ich tief in meinem Unterbewusstsein eine Stimme wahr, die meinen Namen sagt. Es dauert eine Weile, bis ich registriere, dass Marcus zurück ist. Gott sei Dank! Und es geht ihm offensichtlich gut. Ich umarme ihn, dabei bemerke ich seinen besorgten Blick. »Was ist? Warum schaust du so komisch?«

Er fasst mir an die Stirn. »Du bist ganz heiß.«

Ich setze mich auf und überprüfe es selbst. Er hat recht. Ist die Schnittwunde an meiner linken Hand der Grund dafür? Eine Sepsis könnte ich gar nicht gebrauchen, das ist selbst zu meiner Zeit lebensbedrohlich. Aber ich hatte den Schnitt gut gesäubert, sogar mit meinem Wundspray behandelt und regelmäßig den Verband gewechselt. Die Wunde heilt gut. Als Ursache also eher unwahrscheinlich. Vielleicht werde ich auch einfach nur *normal* krank? Seit Tagen stehe ich physisch wie psychisch unter enormem Druck. Womöglich war alles zu anstrengend für Körper und Geist, und mein Immunsystem erteilt mir nun die Quittung.

»Mach dir keine Gedanken, vermutlich bekomme ich nur eine Erkältung. Ein paar Tage Ruhe, dann wird das schon«, versuche ich Marcus, *und mich*, zu beruhigen.

Er runzelt die Stirn, wirkt wenig überzeugt. »Hast du in deinem Beutel nicht irgendeinen Zauber für diesen Fall?«

»Nein. Die Medizin habe ich Lucius gegeben. Aber es sind noch fiebersenkende und schmerzstillende Mittel da, die werde ich nehmen.«

Er nimmt mich in den Arm und schaut mich liebevoll an. »Du hast schon so viel durchgemacht. Ich wünschte, ich könnte es dir abnehmen.«

Es tut so gut, in seinen Armen zu liegen. Wenn er bei mir ist, fühle ich mich geborgen und sicher. Da fällt mir ein: »Wo warst du überhaupt?«

»Bei einem verbündeten Stamm. Der Anführer wollte uns Informationen liefern, welche Stämme in einen möglichen Widerstand gegen Rom verwickelt sein könnten.«

»Und? Wisst ihr nun mehr?«

»Nein. Er hat uns nichts Neues berichten können. Doch sag einmal, was weißt du denn alles über diese Zeit?«

Oh, verdammt. Jetzt hat er mich kalt erwischt, obwohl ich im Stillen solche Fragen schon längst erwartet habe.

»Das hier ist für mich zweitausend Jahre her. Wir haben zwar Forscher, die sich mit solchen Sachen beschäftigen, aber ich verstehe nicht viel davon. Überleg selbst ... was wissen denn eure Gelehrten von eurer Vergangenheit?« Ach herrje, vager kann man es wohl nicht formulieren.

»Aber irgendetwas musst du doch wissen.«

Er zweifelt zu Recht. Doch ich weiß wirklich nicht allzu viel über diese Epoche, von der Sache mit Arminius und Varus mal abgesehen. Was also kann ich ihm erzählen, ohne zu viel preiszugeben? »Nun, da gab es irgendwann eine schlimme Schlacht zwischen euch Römern und Germanen. Viele starben ...«

Ich zögere, und Marcus hakt sogleich nach: »Und? Wann war das, wer hat gewonnen?«

»Es wird dir nicht gefallen«, antworte ich ausweichend.

»Etwa die Germanen? Nein! Das kann nicht sein!« Marcus ist erschüttert. »Wann geschieht es?« Ich zucke mit den Schultern, er fragt aber einfach weiter: »Und was wird aus dem Römischen Reich?«

»Das ist gar nicht so einfach zu beantworten ... Rom, wie du es kennst, geht im Laufe der Jahrhunderte jedenfalls unter. In meiner Zeit ist das ehemalige Römische Reich zu einem stiefelförmigen Landstrich zusammengeschrumpft. Man nennt dieses Land Italien, und Rom ist die Hauptstadt. Ich glaube, dein Rom scheiterte vor allem an seiner Größe und wird auch später geteilt. Rom hat seine Grenzen immer schwerer kontrollieren können. Auch die Verteidigung gegen feindliche Volksstämme wurde schwieriger. Daher zog Rom seine Truppen nach und nach aus den meisten Provinzen zurück. Es kam zu Völkerwanderungen. Im Laufe der Jahrhunderte verlor das Römische Reich dann an Bedeutung. Andere Länder gewannen an Größe und Stärke und gingen teils auch wieder unter ... So ist eben der Lauf der Zeit.«

Marcus hört mir aufmerksam zu. Er wirkt fast geistesabwesend. Es dauert eine Weile, bis er wieder das Wort ergreift. »Du weißt mehr, als du mir verraten willst. Warum, Mara?« Ich habe plötzlich einen Frosch im Hals und muss schlucken. Er ist ein wirklich aufmerksamer Beobachter, und er starrt mich sehr eindringlich an. Schnell wende ich den Blick ab. »Verheimlichst du mir etwas?«, bohrt er nach.

»Unsinn! Wie kommst du auf so was?«, versuche ich ihn abzulenken.

»Du weichst meinem Blick aus.«

Wie zum Beweis, dass er falsch liegt, schaue ich ihn nun direkt an. »Du interpretierst das falsch. Ich fühle mich einfach nicht ... nicht wohl. Ich bin krank. Und so, wie ich derzeit aussehe, gefalle ich dir bestimmt nicht ... das ist mir unangenehm.« Ein Fünkchen Wahrheit liegt zwar darin, aber eigentlich ist es ein typisch weibliches Ablenkungsmanöver.

Marcus springt sofort darauf an, sein Verhörblick wandelt sich zu dem eines fürsorglichen Liebenden. »Oh, meine Venus, du bist und bleibst zu jeder Zeit und in allen Lagen die schönste Frau der Welt. Es tut mir leid, wenn ich dich zu sehr angestrengt habe.« Er nimmt mich fest in den Arm und küsst mich auf die Stirn. Mit dem Daumen streicht er sanft über mein Handgelenk, was bei mir einen wohligen Schauer auslöst und sehr entspannend wirkt. Dabei flüstert er mir zärtliche Worte ins Ohr. So behütet schlafe ich in seinen Armen rasch wieder ein.

Als ich erwache, ist Marcus bereits fort. Auf dem Tisch steht etwas zu essen. Wie süß, er hat mir kleine Blüten dazugelegt. Ich wusste gar nicht, dass Männer vor zweitausend Jahren so romantisch sein konnten – aber ich habe vieles nicht gewusst. Der Gedanke lässt mich lächeln.

Zu meinem Leidwesen, werde ich von den schönen Erinnerungen abgelenkt, rasende Kopfschmerzen machen sich jäh bemerkbar. Rasch nehme ich eine Tablette und wechsle den Wundverband. Die Verletzung heilt wirklich gut, davon kann das Fieber nicht stammen. Da mir ein wenig schwindelig ist und ich keinen Hunger habe, lege ich mich wieder ins Bett.

In den nächsten Tagen schlafe ich viel und verlasse kaum das Zimmer. Was auch immer mich erwischt hat, es ist keine Erkältung. Marcus ist sehr fürsorglich. So oft er kann, ist er bei mir, auch nachts. Ich merke, dass er sich nach mir sehnt, aber er ist sehr verständnisvoll und lässt mir Zeit, mich auszukurieren. Wenn er nicht bei mir ist, leistet Lucius mir Gesellschaft. Er ist ein richtig lieber Kerl. Ich verstehe nicht, weshalb er zur Legion gegangen ist, eigentlich passt das gar nicht zu ihm.

Die Tage verstreichen, und mein Gefühl sagt mir, dass der erste August naht. Ich muss eine Entscheidung treffen.

KAPITEL 20 - CHATTI (HESSEN)

Endlich geht es Mara wieder besser. Ihr Appetit ist zurückgekehrt, und sie lächelt wieder. Es hat mir große Sorgen bereitet, sie so angeschlagen und matt zu sehen. Ihr war schon bei Arminius' Gelage nicht wohl. Sie wurde sogar ohnmächtig und war später kaum ansprechbar. Richtig bange ist mir geworden, als sie fieberte. Dem Jupiter sei Dank ist das vorbei. Daher habe ich auch nicht weitergebohrt, was ihr Wissen um meine Zeit angeht. Es ist eindeutig, dass sie wichtige Kenntnisse besitzt, die sie mir aber nicht mitteilen will. Warum nur? Sie sprach von einer fatalen römischen Niederlage. Steht diese vielleicht kurz bevor? Wenn ja, würde sie mich doch warnen? Ich muss herausfinden, was sie weiß.

Anderseits will ich sie nicht verschrecken, denn ich möchte von ganzem Herzen, dass sie bei mir bleibt. Nie hätte ich es für möglich gehalten, solche Gefühle für einen anderen Menschen zu entwickeln. Es macht mich traurig, dass meine Eltern das nicht mehr miterleben können.

Mara ist sehr empfänglich für meine Aufmerksamkeiten und wird zunehmend Wachs in meinen Händen. Vor allem seit unserer letzten Liebesnacht, in der ich sie verwöhnt habe wie noch keine Frau zuvor.

Unwillkürlich denke ich daran, wie Arminius so plötzlich in unser Liebesspiel geplatzt ist. Ich hätte ihn ungespitzt in den Boden rammen können. Dieser Barbar hat keinerlei Manieren.

Mara war so geschockt und er so lüstern. Ich weiß, was er will – *wen* er will. Aber sie gehört zu mir! Gut, dass er vor einigen Tagen weggeritten ist. So kann er keinen Einfluss auf sie nehmen und mich nicht ständig traktieren.

Im Augenblick sucht er verschiedene Germanenstämme auf und hat wohl das Gleiche vor wie ich: Er sammelt Informationen. Vielleicht ist ihm als Einheimischem das Glück holder als mir.

Doch genug von Arminius – jetzt werde ich meine Aufmerksamkeit meiner Venus widmen. Ich habe auch schon eine Idee, wie ich ihr eine Freude bereiten kann.

Als ich sie spätabends aufsuche, finde ich sie mit Lucius beim Würfelspiel vor. Sie grinst mich an, und er schaut bedröppelt drein. »Ich verstehe das Spiel immer besser, und das Glück ist mir zugetaner als unserem jungen Lucius hier«, sagt sie grinsend.

Es ist schön, sie wieder so fröhlich zu sehen. Ihre Blutergüsse und blauen Flecken sind kaum mehr zu sehen.

»Ich habe etwas für dich vorbereitet«, entgegne ich, »kommst du bitte mit? Und du auch, Lucius. Ich brauche dich als Aufpasser.« Sie lächelt mich an, und mein Herz macht einen Satz. Lucius blickt mich eher entgeistert an. Es mag daran liegen, dass ich ihr gegenüber so anders bin als bei meinen Männern, diesen Marcus kennt er nicht.

»Was ist es denn?« will sie neugierig wissen und hakt sich bei mir ein.

»Lass dich einfach überraschen.«

Als wir am Bad ankommen, strahlt sie übers ganze Gesicht und errät anscheinend sofort, dass es heute ganz uns gehört. Sie umarmt und küsst mich. Es ist ihr egal, wer es sieht – und mir auch. Leise flüstert sie mir ins Ohr: »Du weißt, wie man ein Mädchen glücklich macht.« In ihrer Vorfreude lacht sie auf. Sie ist wirklich außergewöhnlich fröhlich gestimmt. Das gefällt mir, und ich hoffe, dass mir ihre gute Stimmung dabei hilft, sie bei mir zu halten.

Im Bad entkleidet sich Mara in Windeseile. Kein Wunder. Seit einigen Tagen trägt sie nicht mehr ihre eigenen Stoffe, sondern eine Tunika.

Und nun blickt sie mich erregt und herausfordernd an, ohne ein Wort zu sagen, und das ist auch nicht nötig.

Ich tue es ihr gleich, und entledige mich rasch meiner Gewänder. Viel zu lange habe ich sie nicht mehr gespürt. Unverhohlene Lust übermannt mich, bei ihrem entblößten Anblick.

Mara fährt sich mit ihrer Zunge über ihre Lippen. Ein sehr sinnliches Signal, mein Leib reagiert sichtbar willig.

Es tut gut, ihren Körper wieder zu fühlen, so nackt und warm. Ich werde nicht müde, von ihr zu kosten.

Es ist schon eine seltsame Fügung des Schicksals, dass eine Frau, die erst in vielen Jahrhunderten geboren wird, ausgerechnet in meine Zeit gelangt, in diese Gegend, zu mir. Das muss etwas zu bedeuten haben!

Nach dem Bad und unserer erotischen Zweisamkeit sind wir direkt in meine Räume zurückgekehrt. Mara ist recht schnell neben mir eingeschlafen. Ich kann kaum glauben, dass sie mich gewählt hat. Sie hätte jeden haben können. Selbst Arminius ist ihr zugetan. Lucius berichtete mir von dem Zusammentreffen der beiden in der Zeit, als ich fort war. Arminius' Absichten sind eindeutig. Aber sie hat sich für mich entschieden, was mich mit Stolz erfüllt.

Unverständlich bleibt mir, dass die Männer in ihrer Welt sie nicht zu schätzen wissen. Auf ihren letzten Liebhaber bin ich allerdings eifersüchtig. Er hatte sie nicht verdient. Dass er sie nicht als Frau wahrnahm, kann nicht an ihr gelegen haben. Sie ist weiblicher als jede andere Frau, die ich kenne, und ich spüre, dass sie sich nach einer Familie sehnt. Nicht nur nach ihrer Heimat, nein, nach einer eigenen Familie. Ich könnte sie ihr geben. Sie vertraut mir immer mehr. Ich hoffe, ihre Restzweifel fallen bald, sodass sie mir alles erzählen wird, und vor allem bei mir bleiben wird.

Als sie mir berichtete, dass in ihrer Zeit das römische Imperium nicht mehr existiert, war ich nicht sonderlich überrascht. Ich selbst halte nicht viel vom momentanen Expansionswahn. Es wird immer schwieriger, ausreichend Legionäre zu rekrutieren, die sich auf Jahre hinaus verpflichten, fern ihrer Heimat in den Kampf zu ziehen. Daher nutzen wir verstärkt Auxiliartruppen, deren Männer aus verbündeten Völkern oder freien Bewohnern der Grenzprovinzen bestehen. Nur weiß man nie, wie treu sie wirklich sind. Einer von ihren Anführern ist Arminius.

Er hat mir bei unserem letzten Gespräch berichtet, dass der Statthalter doch nicht mehr ins Castrum kommen wird. Er ist im Norden mit dringenderen Aufgaben beschäftigt und hat drei seiner Elite-Legionen sowie drei Reitergeschwader und sechs Kohorten Fußtruppen bei sich. Das sind gut zwanzigtausend Mann.

Mein Instinkt sagt mir, dass etwas im Gange ist. Und mein Instinkt sagt mir außerdem, dass Mara etwas darüber weiß. In der nächsten Zeit werde ich ihr wohl ein paar Fragen stellen müssen.

Leider muss ich morgen noch einmal ins nördliche Hinterland. Einige unserer Späher sind wieder auf Chatti gestoßen.

Das ist schon ein besonderer Stamm. Ein starkes und gesundes Volk, gut angepasst an Kälte wie auch an Hitze. Die meisten sind blond, aber es gibt auch Rothaarige unter ihnen.

Und die Männer sind groß, mit besonders kraftvollen Körpern, festen Gliedmaßen und furchterregenden Blicken. Eigentlich sind sie keine Draufgänger, dennoch haben sie uns in den letzten Monaten mit ihrer Zerstörungswut und zahlreichen Raubzügen auf Trab gehalten. Dafür muss es einen Grund geben. Und auch dafür, dass sie sich offenbar mit den Celtae zusammengetan haben.

Mara erinnert mich ein wenig an diese Chatti. Vielleicht stammt sie von ihnen ab? Schon verrückt, wenn man so darüber nachdenkt. Einer dieser Germanen könnte ihr Urahn sein.

Sollte ich auf den Druiden treffen, wird er mir ein paar Antworten liefern müssen, auch was Mara angeht. Ich bin mir sicher, dass er etwas weiß.

Mara erneut alleinzulassen behagt mir gar nicht, aber ich bin römischer Tribun, und neben dem Bau des Castrums gehört auch die Sicherung der Umgebung zu meinen Aufgaben. Und sollte bald ein Aufstand drohen, sind wir alle in Gefahr. Auch Mara.

Der Morgen beginnt wie jeder andere, nur mit dem kleinen Unterschied, dass Mara und ich uns vor Tagesbeginn intensiv Zeit füreinander nehmen. In jeglicher Hinsicht.

Nachdem wir uns geliebt haben, küsse ich sie noch einmal.

»Ich weiß gar nicht mehr, wie es ohne dich wäre«, flüstere ich ihr zu. »Du hast dich in mein Leben geschlichen und es bunt gemacht.«

Sie lächelt. »Und du hast mein Leben sehr viel aufregender gemacht.« Sie betrachtet mich mit schiefgelegtem Kopf. »Wenn ihr nicht arbeitet, also wenn ihr freie Zeit für euch habt, was macht ihr dann so?«

Ich muss lachen: »Schöne Frauen wie dich verführen.«

Schmunzelnd schubst sie mich. »Ja, klar. Hier gibt es ja so viele weibliche Geschöpfe, und alle sind sie von meiner speziellen Sorte.«

Also gut, sie will also eine ernsthafte Antwort. »Nun, in den Provinzen ist es erheblich öder als in den großen Städten wie Rom, Pompeji ...«

»Oh, Pompeji?«, unterbricht sie mich. »Das wird untergehen.«

Ich runzle die Stirn. »Was meinst du damit?«

»Die Stadt wird durch eine Naturkatastrophe vernichtet. Ich habe es leider nicht so mit Jahreszahlen, aber irgendwann in naher Zukunft wird Pompeji gemeinsam mit Herculaneum durch einen Ausbruch des Vesuvs vernichtet.«

Ich bin entsetzt. Dort leben Tausende von Menschen. »Was weißt du noch?«, will ich wissen.

Mara denkt nach und wirkt auf einmal sehr offen und bereit, mir ihr Wissen zu enthüllen. »Es wird einen verheerenden Brand in Rom geben. Den größten aller Stadtbrände. Soweit ich mich erinnere, wird dabei weit mehr als die Hälfte Roms vernichtet. Ach, und ihr habt einige Kaiser, die aufgrund ihrer Grausamkeit in die Geschichte eingehen werden. Einer der schlimmsten wird ein Sohn des Germanicus sein.«

Das sind alles dramatische Nachrichten. Ich muss wohl sehr entsetzt dreinblicken, denn Mara versucht rasch, mich zu beruhigen. »Marcus! Das sind alles Ereignisse, die sich nicht in den nächsten Wochen abspielen werden. In den nächsten zweitausend Jahren passiert noch so viel mehr. Ein Jude namens Jesus wird die Welt verändern, neue Kontinente werden entdeckt, viele wissenschaftliche Erfindungen erleichtern das Leben, beispielsweise fliegen täglich Tausende Menschen mit Flugapparaten über die ganze Erde. Und es wird noch unzählige Kriege auf dieser Welt geben. Selbst in meiner Zeit. Es passiert so viel, und ich weiß bei Weitem nicht alles.«

Ich bin verwirrt und überfordert ...

Der Vesuv bricht aus ...

Rom brennt ...

Der Sohn des Germanicus ein Wahnsinniger ...

Ein mächtiger Jude ...

Flugapparate ...

Neue Welten ...

Mir schwirrt der Kopf.

Mara entgeht meine Benommenheit nicht. Sie umfasst mein Gesicht und dreht es zu sich. »Marcus, ich weiß, das alles muss dich sehr verstören. Deshalb habe ich dir bisher nicht so viel von der Zukunft erzählt, zumal ich eine Menge Wissenslücken habe, auch was die zeitliche Abfolge angeht. Und es ist sowieso gar nicht so gut, alles vorher zu wissen.«

Sie wirkt nun selbst sehr geknickt. Langsam beginne ich zu verstehen, was sie mir damit sagen will. »Mach dir keine Gedanken«, erwidere ich nach kurzem Schweigen. »Ich verstehe dich. Die Welt war niemals friedlich und wird es auch nie sein. Und Veränderungen gehören dazu, gute wie schlechte. Aber natürlich sind einige der von dir beschriebenen Ereignisse furchtbar und tragisch, und ich muss das erst noch verarbeiten.«

Unser Gespräch wird unterbrochen, als Quintus klopft und ruft, dass es Zeit wird.

»Wofür wird es Zeit? Wo willst du hin?«, fragt mich Mara enttäuscht.

»Ich muss noch einmal auf Erkundungstour gehen.«

»Nimm mich doch mit«, bittet sie mit flehenden Augen.

Als ich bereits zu einem Nein ansetzen will, versucht sie es erneut: »Bitte! Du weißt, dass ich auf mich aufpassen kann.«

Natürlich hätte ich sie gern bei mir, zumal Arminius bald zurückerwartet wird – ich lasse Mara nur äußerst ungern mit ihm allein. Aber wenn wir das Castrum verlassen und dort draußen in eine gefährliche Situation geraten sollten, brauche ich einen klaren Kopf. Maras Anwesenheit würde alles verkomplizieren. Die Germanen sind eine größere Gefahr für sie als die Avancen von Arminius. Ich richte mich auf und blicke sie mit zusammengekniffenen Augen an. »Nein. Das geht nicht!«

Mara versucht gar nicht erst, mich umzustimmen. Angesichts ihrer gewohnten Sturheit ist das zwar ungewöhnlich, aber vielleicht wird sie ja wirklich vernünftiger?

Als ich sie verlasse, spüre ich ihren nachdenklichen Blick im Rücken.

Es ist alles vorbereitet. Antonius und Quintus begleiten mich. Mehr Männer nehme ich nicht mit. Wir wollen die Umgebung beobachten und Informationen sammeln, vielleicht einen Gefangenen zum Verhör mitnehmen, wenn es gut läuft. An sich eine Aufgabe für meine *Centuriones*, aber in den letzten Tagen haben sich auch aufgrund Maras Informationen gewisse Zweifel an der Loyalität der Auxiliartruppen bei mir eingeschlichen. Wir sind nur wenige Römer vor Ort, der Rest sind Einheimische. Kann ich ihnen wirklich trauen?

Wir sind schon ein gutes Stück vorangekommen, und es ist nicht mehr weit bis zu unserem ursprünglichen Marschlager, von wo aus wir unsere eigentliche Erkundung starten wollen, als Antonius mich darüber in Kenntnis setzt, dass wir verfolgt werden.

»Was denkst du, wie viele es sind?«, will ich wissen.

»Vermutlich nur einer, höchstens zwei. Wahrscheinlich Späher.«

»Gut, dann legen wir hier eine Rast ein. Quintus und ich spielen die Lockvögel, und du schleichst dich von hinten an die Verfolger heran.« Antonius bestätigt mit einem Nicken.

Wir tun so, als wollten wir rasten, und lauschen sehr aufmerksam auf unsere Umgebung. Doch statt eines Zeichens von Antonius vernehmen wir plötzlich Kampfgeräusche. Wir laufen in Richtung des Tumults, und ich kann nicht glauben, was ich da sehe: Antonius liegt bäuchlings auf dem Boden, und *sie* steht über ihm und hat ihm den Arm auf den Rücken gedreht. »Mara?«

Als sie mich sieht, lächelt sie mich mit ihrer typischen Unschuldsmiene an. Ihr goldenes Haar ist unter der Kapuze einer *Paenula* verborgen, bis auf eine Haarsträhne, die hervorlugt und die sie wegzupusten versucht.

Ich bin außer mir! Wieso hört sie nicht auf mich? Ich hätte es mir ja denken können. Sie war einfach zu kooperativ.

»Was bei den Göttern machst du hier? Und lass ihn verdammt noch mal los!«

»Oh, ja, natürlich«, stammelt sie und gibt Antonius frei.

Nun schaut sie nicht mehr so selbstsicher. Als sie Antonius aufhelfen will, wehrt er ab. Auch er ist wütend. Verletzt hat sie ihn offenbar nicht, aber sein Stolz hat gelitten.

»Entschuldige, Antonius, aber als du mich von hinten angegriffen hast, wusste ich ja nicht, dass du das bist.«

Grimmig mustert er sie. »Und aufgrund der *Paenula* habe ich dich von hinten nicht erkannt«, knurrt er.

Ich bin mittlerweile bei ihr angelangt und packe sie an den Schultern. »Hast du was an den Ohren? Ich habe dir doch verboten, das Castrum zu verlassen! Verflucht, warum hörst du nie?« Zornesröte verdunkelt ihr Gesicht.

Na, das ist nett. Will sie den Spieß etwa umdrehen?

»Bin ich deine Gefangene? Sag es mir, Marcus?« Ihren gereizten Unterton unterstreicht sie mit einem trotzigen Blick.

»Fordere mich nicht heraus! Meine Anweisung war klar und deutlich!« Merkt sie denn nicht, dass ich mich einfach nur um sie sorge? »Wie bist du überhaupt an Lucius vorbeigekommen?«

Sie winkt ab. »Das willst du nicht wissen.«

Weiter kommen wir nicht mit unserem Disput, denn Quintus ruft plötzlich: »Wir sind nicht allein!«

Ehe wir uns versehen, haben uns Einheimische umzingelt. Das bedeutet: Kampf!

Auch Mara bewaffnet sich rasch mit dem abgebrochenen Ast einer Eiche. Sie hält ihn wie einen Stock, und dass sie damit umgehen kann, weiß ich ja inzwischen.

Es sind bestimmt ein Dutzend Germanen, die uns attackieren. Wir sind gut damit beschäftigt, sie uns vom Leib zu halten und dabei so viele wie möglich auszuschalten.

Antonius ist in seinem Element. Er ist wohl der Einzige von uns, der Freude an diesem Überfall hat; nur allzu gern reagiert er im Zweikampf seinen Frust und seine aufgestauten Aggressionen ab. Seine Gegner tun mir fast leid. Er neigt zu großer Grausamkeit.

Ich halte mich im Kampf in Maras Nähe, so gut es geht. Es passt mir nicht, dass sie hier ist. Und noch weniger, dass sie um ihr Leben kämpfen muss. Aber wie zu erwarten war, hält sie sich tapfer. Meine beiden Gegner sind harte Brocken. Es fällt mir schwer, sie auf Distanz zu halten oder gar außer Gefecht zu setzen.

Und kaum gewinnen wir die Oberhand, kommt Verstärkung für unsere Widersacher. Das wird jetzt wirklich eng!

Ich und Quintus sehen die Gefahr als Erste, Mara und Antonius hingegen stehen mit dem Rücken zu den neuen Angreifern. Rasch eilen wir ihnen zu Hilfe, aber unsere Gegner sind schneller. Als wir die beiden erreichen, können wir das Schlimmste verhindern, doch tauchen nun immer mehr feindliche Krieger auf.

Mein Blick wandert zu Mara. Sie hält sich wacker, kommt aber zusehends in Not, wie der Rest von uns auch. Als es schon fast keinen Ausweg mehr zu geben scheint, hören wir die *Carnyx* der Celtae. Fast schlagartig halten unsere Gegner inne, umzingeln uns aber weiterhin bedrohlich.

Plötzlich lichten sich deren Reihen, und ein alter Bekannter taucht auf - der Druide. Schon wieder hat er uns in der Hand. *Bei Jupiter.* Am liebsten würde ich ihm den Garaus machen und danach erst meine Fragen stellen.

»Tribun ... Mara.« Er nickt uns grüßend zu.

»Was soll das?«, brülle ich ihn an.

»Na, wir machen da weiter, wo wir das letzte Mal aufgehört haben«, antwortet er ganz trocken.

»Also beim Feuertod?«, gebe ich sarkastisch zurück.

»Aber, aber, Marcus! Ihr tituliert uns zu Unrecht als Barbaren. Das solltet Ihr doch am besten wissen.« Das soll wohl eine Anspielung auf meine germanischen Wurzeln sein. »Es liegt ganz an Euch, wie das hier ausgeht«, fügt er hinzu.

»Unfug! Eure Leute lechzen nach Blut, das sehe ich ihnen doch an«, kontere ich gereizt.

Der Druide wirft einen eindringlichen Blick in die Runde, und unter seinem magischen Blick senken alle ihre Waffen.

Er wendet sich wieder mir zu. »Ich gebe Euch mein Wort, dass Euch nichts geschieht. Ihr werdet alle freigelassen.«

Ich bin irritiert. Er macht mir nicht den Eindruck, ein falsches Spiel zu spielen. Überdies sind er und seine Männer in der besseren Position. Käme es zum Kampf, gäbe es zwar auch auf seiner Seite Verluste, aber wir hätten objektiv betrachtet das Nachsehen. Nur – was bezweckt er?

»Was ist das wieder für ein Trick? Was wollt Ihr?«

Er richtet den Blick auf Mara. Ich verstehe sofort!

»Nein!«, brülle ich. »Ich werde sie Euch nicht übergeben!«

Er lässt sich nicht beirren. »Wir werden ihr nichts tun! Ihr habt mein Wort.« Mir wird übel. Was hat er vor?

Ich bin in jedem Fall bereit zu kämpfen, und als ich mich innerlich dafür wappne, spüre ich Maras Hand auf dem Arm. Sie blickt mich flehentlich an. »Lass mich gehen! Bitte!«

»Nein! Das kann ich nicht!«

Ich bin verzweifelt und möchte lieber kämpfen, als sie den Germanen zu überlassen. Sie packt mich fest am Arm und schaut mich streng an. »Lass es sein! Denk an deine Männer. Diese Leute werden mir nichts tun, das weiß ich.«

Meine Hilflosigkeit lähmt mich, leise flüstere ich: »Bitte, versteh doch! Ich kann dich nicht gehen lassen. Ich darf dich nicht verlieren.« Ich schaue ihr tief in die Augen. Sie sieht meine Ohnmacht. Aber ihr Blick, so traurig er auch ist, bleibt fest. Und ich spüre – sie wird gehen.

Mara löst sich von mir und begibt sich zum Druiden. Reflexartig will ich hinterher und sie greifen, aber meine Männer halten mich zurück. Zornentbrannt wehre ich mich und brülle: »Verdammt, lasst mich los! ... Mara! Nein! Geh nicht!«

Ich sehe, wie sie mit dem Alten spricht und er ihr zunickt. Einige unserer Widersacher stürzen sich auf uns. Wir werden gefesselt. Gegenwehr ist zwecklos, und tot bin ich ihr nicht von Nutzen. In ihren Augen steht Schmerz. Warum nur ist sie uns gefolgt? Als hätte ich geahnt, dass so etwas passiert.

Als der Druide schon gehen will, wendet sich Mara noch einmal an ihn. Ich kann nicht hören, worüber sie sich unterhalten, aber nach einem kurzen Gespräch kommt sie noch einmal auf mich zu.

Sie umfasst mein Gesicht und küsst mich. Wilder Schmerz erfüllt mich, während sie mir ins Ohr wispert: »Ich weiß nicht, ob wir uns wiedersehen, aber ich möchte, dass du mir Folgendes versprichst: Halte dich mit deinen Leuten von

Varus und Arminius fern. Geh nicht nach Norden! Verstanden?«

Was sagt sie da? Was meint sie damit?

Ich will antworten, aber sie unterbricht mich eindringlich: »Verstanden? Bitte, Marcus, versprich es!«

Zögerlich nicke ich. Sie fährt fort: »Ich weiß nicht, was passieren wird, aber ich muss das jetzt tun. Ich will, dass du lebst, und du sollst wissen, dass ... dass ich dich liebe!«

Ich bekomme kein Wort heraus. Sie hat mir soeben ihre Zuneigung gestanden, nur um sie mir im nächsten Moment wieder zu entreißen. Mein Herz will, dass ich ihr antworte, aber meine Stimme versagt mir den Dienst. Sie umarmt mich ein letztes Mal.

Unser inniger Moment wird abrupt unterbrochen – einer der Barbaren zerrt sie von mir weg. Ich kann es nicht verhindern, und ich kann auch nichts dagegen tun, dass sich meine Augen mit Tränen füllen. Mir ist gleichgültig, was meine Leute denken, oder gar diese barbarischen Mistkerle.

Erst als sie und der Druide bereits aus meinem Blickfeld verschwunden sind, bekomme ich wieder einen Ton heraus. Ich brülle lauthals auf und reiße und zerre wie ein Wilder an meinen Fesseln.

Antonius versucht, mich zu beruhigen. »Marcus, hör auf damit! Es war ihre Entscheidung.«

»Nein, das war die des Druiden«, entgegne ich zornig.

»Was will er denn von ihr?«

»Weiß ich nicht! Ich habe dir schon einmal gesagt, dass sie sie offenbar für eine besondere Seherin halten.«

»Dann lassen sie sie vielleicht auch wieder gehen.«

Glaubt das Antonius wirklich? Ich nicht! Sie werden ihre Zukunftskenntnisse nutzen wollen, die für jeden von uns von unschätzbarem Wert sind. Schon allein ihre Informationen zu Pompeji und Rom sind außergewöhnlich. Und was die drohende römische Niederlage gegen die Germanen angeht – könnte ihre Warnung, mich vom Norden und von Varus fernzuhalten, damit zu tun haben?

Einer der Wachen ist unser Gespräch zu viel, zumal ich ständig an meinen Fesseln zerre.

»Hör auf und halt jetzt endlich dein Maul!«, brüllt er mich an. »Ich verstehe sowieso nicht, warum wir euch nicht töten dürfen.«

Ich rase vor Zorn. »Dann tu es doch einfach! Gefesselt, wie wir sind, ist es auch ganz einfach, du *mutiger* Barbar.«

Kampfeslustig erwidert er meinen Blick, und ich glaube, er wäre nur allzu gern bereit, mich zu befreien, um sich mit mir im Zweikampf zu messen. Aber leider mischt sich einer seiner Freunde ein. »Lass ihn! Morgen ist alles vorbei. Dann müssen wir sie freilassen. So hat es der Druide bestimmt.«

Meinem Widersacher passt das ganz offensichtlich nicht, aber er fügt sich knurrend.

Was soll das bedeuten? Uns wollen sie freilassen, doch von einer Rückkehr Maras sprachen sie nicht.

Soll sie geopfert werden? In ihre Zeit zurückkehren?

Nein! Beides erlaube ich nicht!

Wieder beginne ich wild an meinen Hand- und Fußfesseln zu reißen. Tatsächlich lösen sie sich etwas. Das bleibt dem hirnlosen Idioten nicht verborgen, und jetzt hat er genug: Er verpasst mir einen harten Schlag gegen den Kopf.

Es wird dunkel.

KAPITEL 21 - LAMMAS-FEST

So, jetzt hab ich den Salat! Was auch immer Ulick und seine Leute mit mir vorhaben, es riecht nach Abschied. Und die Trennung von Marcus fällt mir unglaublich schwer. Nie hätte ich gedacht, dass ich mich an diese Zeit, an dieses Leben und vor allem an diesen Mann so gewöhnen könnte.

Der Druide hat mir zugesichert, dass Marcus und seinen Männern nichts geschieht und sie morgen wieder freikommen, vorausgesetzt, ich käme freiwillig mit ihm.

Ich könnte mich ohrfeigen für meine Blödheit! Wieso habe ich nicht auf Marcus gehört?

Jetzt kommen mir wieder Gerds Worte in den Sinn:

Immer musst du deinen Willen durchsetzen ...

Immer musst du gewinnen ...

Ich hatte Lucius ausgetrickst, ihn in einem günstigen Augenblick niedergeschlagen und mich in seine Paenula gehüllt davongemacht. Aus reiner Sturheit, wie mir nun scheint. Und jetzt muss ich damit klarkommen, dass ich Marcus wohl nie wiedersehen werde. Nie mehr seine Küsse auf meinen Lippen schmecken darf. Nie wieder seine Hände auf meinem Körper spüre. Und nie wieder werde ich diesen unglaublichen Sex erleben ...

Seine Hilflosigkeit mit ansehen zu müssen ist entsetzlich, und die Sorge um sein Leben macht mich fertig. Seine offen gezeigte Seelenpein verursacht auch mir ungeahnte Qualen. Es zerreißt mich fast. Wenigstens durfte ich mich noch von ihm verabschieden und konnte ihm meine Liebe gestehen. Denn ja: Ich habe mich in diesen bemerkenswerten Mann verliebt.

Es ist so traurig, so verdammt frustrierend. Mir bricht das Herz. Eine mir bis dato ungekannte tiefe Verzweiflung hält mein Herz umklammert. Es schmerzt sogar körperlich.

Nicht einmal der Tod meines Vaters bescherte mir solche Höllenqualen. Es fühlt sich an, als würde mir die Seele aus dem Leib gerissen. Mir laufen die Tränen übers Gesicht, während ich dem Druiden folge. Mir ist egal, was diese Fremden von mir denken, Marcus ist jede Träne wert, die man um ihn vergießt. Er ist anders, trotz der archaischen Welt, in der er aufgewachsen ist und lebt. Er hat alle meine Offenbarungen so wundervoll aufgenommen und mir am Ende sogar geglaubt, trotz der dürftigen Beweise, die ich ihm vorgelegt habe.

Ich weiß nicht, wie ich im umgekehrten Fall reagiert hätte. Wenn mir ein Fremder in seltsamer Kleidung erzählen würde, er käme aus der Zukunft. Vermutlich hätte ich ihn auf direktem Weg einweisen lassen.

Ich hoffe nur, dass Marcus auf mich hört und sich von Varus fernhält! Nun ärgere ich mich, dass ich ihm nicht mehr über die drohende Gefahr verraten habe. Was interessiert da ein Brand in Rom oder der Untergang Pompejis?

Wichtig ist jetzt nur, dass die drei morgen freigelassen werden. Ich habe zwar nicht den Eindruck, dass Ulick sein Versprechen brechen wird, aber ich weiß nicht, was sie von mir erwarten oder was passiert, wenn sie nicht bekommen, was sie sich erhoffen.

Vor lauter Überlegungen habe ich gar nicht mitbekommen, dass wir wieder auf meiner Lichtung angelangt sind, bei dem Tunnel mit den Menhiren. Dort haben sich weitere Greise versammelt und blicken mich neugierig an.

»Wer sind die alle?«, will ich von meinem Begleiter wissen.

»Überwiegend Seher aus den hier lebenden Stämmen. Sie erwarten dich bereits mit Spannung. Wir kommen gerade noch rechtzeitig zum *Lammas-Fest*.«

»Rechtzeitig? Woher wusstest du denn, dass ich in der Nähe bin?«

»Wie ich dir bereits sagte: Ich weiß immer, wo du bist, auch, dass du dem Römer folgen wirst. Genau zur rechten Zeit.«

Der Kerl ist mir unheimlich. Und noch merkwürdiger mutet diese ganze Versammlung hier an. Es muss ein seltsames Bild abgeben, ich mitten im Kreis dieser alten Männer.

»Was erwartet ihr denn von mir?«, rufe ich in die Runde und drehe mich um die eigene Achse.

»Du bist an *Alban Hevin* durch unsere heilige Stätte zu uns gelangt. Du kennst unser Schicksal«, sagt ein anderer Druide.

Jetzt platzt mir gleich der Kragen!

»Verdammt, ich weiß doch gar nicht viel über eure Zeit!«

Ulick sieht mich an. »Denk nach! Du musst etwas wissen!«

Ich blicke in die Runde. Diese Männer haben Angst, das sieht man ihnen an. Einige blicken unsicher zu Boden, andere drehen sich in Richtung Wald, als wenn sie von dort jemanden erwarten würden.

Okay. Das einzig mir bekannt Szenario aus dieser Epoche ist die Varusschlacht. Wollen sie darüber vielleicht Informationen? Ich gehe davon aus, dass dieses geschichtsträchtige Ereignis kurz bevorsteht. Ich beginne vorsichtig: »Also ... ich weiß, dass es in dieser Zeit zu einer mächtigen Auseinandersetzung kommt. Arminius wird Varus in eine Falle locken.«

Kaum habe ich diese Aussage getroffen, entsteht Aufruhr unter den Druiden, der anhält, bis Ulick ein Machtwort spricht. Allerdings auf Keltisch oder was auch immer für ein germanischer Dialekt das ist, ich verstehe jedenfalls kein Wort. Gleich darauf wendet er sich wieder an mich. »Sag uns, was du weißt!«, verlangt er auf Latein.

Ich zucke mit den Achseln. Mir ist nun alles egal, und ich gebe mein Halbwissen preis, auch wenn ich damit die Geschichte beeinflussen sollte.

»Ich weiß nur, dass Arminius mit seinen Auxiliareinheiten und einigen germanischen Stämmen Varus und seine Legionen in einen Hinterhalt lockt. Varus wird zwar noch vor Arminius' Verrat gewarnt, aber er glaubt es nicht. Fast alle an der Schlacht beteiligten Römer werden getötet. Varus selbst stirbt noch am Ort des Geschehens, durch seine eigene Hand. Das Gemetzel dauert mindestens drei Tage. Es wird der größte Sieg der Germanen über die Römer. Doch Roms Vergeltung einige Jahre nach diesem Ereignis ist ebenso beispiellos. Sie werden mit mehr als doppelt so vielen Legionen durch Germanien wüten und ganze Stämme ausrotten.«

Alle blicken einander an, dann wieder mich. In ihren Gesichtern spiegeln sich tausend Gefühle wider, von Freude und Stolz über Trauer bis zur blanken Angst. Keiner spricht ein Wort. Es herrscht unglaubliche Stille. Man könnte ein Blatt fallen hören. Daher erschrecke ich mich, als es tatsächlich im Unterholz raschelt. Aber Ulick lenkt meine Aufmerksamkeit schnell wieder auf sich.

»Was für Einzelheiten kennst du? Welche Stämme helfen Arminius, und welche werden ausgerottet? Wer will ihn verraten? Wann genau wird das geschehen?«

»Stopp! Halt! Verdammt, ich weiß nicht alles bis ins letzte Detail, das ist zweitausend Jahre her! Was wisst ihr denn schon von eurer Vergangenheit?«

Ein anderer Seher kommt auf mich zu. Er packt mich an den Schultern. »Du weißt mehr, als du glaubst. Denk nach!«

»Jetzt hört mir doch endlich mal zu! Ihr habt keine schriftlichen Aufzeichnungen hinterlassen. Die Einzigen, die damals etwas aufgeschrieben haben, waren die Römer. Und viele dieser Schriftstücke haben die lange Zeit nicht überdauert ... Fakt ist, Arminius lockt Varus in eine Falle, und Fakt ist, Rom wird geschlagen, aber Fakt ist ebenso, es wird danach noch weitere Schlachten geben.«

Das Rascheln im Dickicht wird lauter. Die greisen Männer drehen sich um und machen einem Neuankömmling Platz. Es ist – Arminius!

»Du?«, platzt es aus mir heraus.

»Salve, meine Amazone.« Er lächelt, wie immer recht selbstgefällig und eitel.

»Verflucht, was soll das werden? Wieso bist du hier?« In meiner Verärgerung duze ich ihn.

»Sehr interessant, was du da alles erzählst. Woher weißt du das?« Sein Blick ist wachsam.

Ich lache hysterisch auf. »Ich? Frag doch diese Irren hier! Du darfst gern selbst entscheiden, ob ich eine Göttin bin oder eine Wanderin aus der Anderswelt.« Ich verschränke die Arme vor der Brust und starre ihn streitlustig an.

»Mara! Auch für mich ist es schwer zu begreifen, dass du aus einer anderen Welt stammen sollst, auch wenn natürlich vieles an dir wirklich seltsam ist.« Ernst blickt er mich an. »Die meisten unserer Seher glauben nicht an dich oder sagen wir mal besser: an deine Reise. Nur Ulick ist überzeugt, dass du besonders bist. Ich bin hier, um mir mein eigenes Bild zu machen.«

»Und? Was bin ich?«

Er lacht auf seine ganz ureigene, seltsam gewinnende Art. »Zuerst einmal bist du eine wunderschöne, kluge Frau und eine Kämpferin.« *Charmebolzen!* »Aber auch eine Frau im Besitz eines einzigartigen Wissens. Und Wissen ist Macht!«

»Nichts zu wissen macht aber auch nichts und ist manchmal sogar klüger!«, erwidere ich stur.»

Wo soll uns das hier denn nun hinführen? Mehr Informationen habe ich nicht! Ich bezweifle ohnehin, dass man das Schicksal betrügen kann.«

Er schaut mich nachdenklich an, und auch die Greise blicken unschlüssig drein. Ich bin es, die als Erste wieder das Wort ergreift. »Werde ich geopfert? Oder was soll jetzt geschehen? Ich bin's nämlich leid!«

Die Alten reagieren nicht, und Arminius blickt mich eine Weile intensiv an, ehe er antwortet.

»Da gibt es verschiedene Möglichkeiten ...« Er streicht sich übers Kinn. »Wir könnten dich opfern, ja, das könnten wir.«

Echt jetzt?

Der Druide will sich nun doch noch einmischen, aber Arminius bedeutet ihm, er solle schweigen.

»Doch das wäre die Sprache Roms.« Er grinst mich an. »Die andere Möglichkeit wäre ... du wirst meine Gemahlin.«

»Mehr Optionen habe ich nicht?«, frage ich entgeistert und füge leise hinzu: »Also habe ich nur die Wahl zwischen Gift und Galle?«

Er lacht schallend los. Verstehe den Mann, wer will, ich werde aus diesem Kerl nicht schlau.

»Du bist wirklich einzigartig! Nein, meine Amazone, dir wird kein Haar gekrümmt. Und ja, es wäre mir eine Ehre, wenn du mich erwählen würdest. Aber ich weiß auch, dass dein Herz bereits vergeben ist. Was ich sehr bedaure, aber akzeptiere.«

Und? Sehr beruhigend ist das nicht. »Das bringt mich jetzt nicht weiter! Was soll denn nun werden?«, hake ich ungeduldig nach.

Ulick mischt sich ein. »Heute und auch morgen dürfte die Pforte in deine Welt geöffnet sein. Du darfst zurückgehen.« Er lächelt mich an.

Was hat er gesagt?
Sie lassen mich nach Hause gehen?
Einfach so?
Wirklich?
Kaum zu glauben!

Mittlerweile stehe ich nicht mehr im Kreis der alten Männer, Arminius hat mich fast unbemerkt dort hinausgeführt. Mein Gesicht muss vor Freude über die Aussicht, bald nach Hause zu gelangen, förmlich glühen. Im nächsten Augenblick aber ergreift mich Schwermut. Ich muss an Marcus denken.

Arminius bemerkt meinen plötzlichen Gefühlsumschwung und deutet ihn gleich richtig. »Er ist ein glücklicher Mann.«

»Was? Wie?« *Ich bin nicht ganz bei der Sache.*

Er lacht wieder laut auf, was mich ärgert. »Na, Marcus! Ich wünschte, ich wäre an seiner Stelle.« Jetzt lacht er nicht mehr und wirkt sehr aufrichtig. »Willst du denn überhaupt zurück nach Hause?«, erkundigt er sich.

Das verunsichert mich. Mit großen Augen schaue ich ihn an. Als ich nicht antworte, wechselt er das Thema: »Wie ist deine Welt?«

Es dauert einen Moment, bis ich antworte. »Bunt, laut, lustig, ärgerlich, stressig, sicher ...«, gebe ich zur Antwort.

»Das hört sich sehr interessant an«, schmunzelt er.

»Es ist nicht alles gut. Aber dort lebt meine Familie, und es kämpfen auch keine Heere auf germanischem Boden.«

»Dann ist die Entscheidung für dich doch ganz einfach?«

»Nein, das ist sie leider nicht.« Ich seufze leise.

Eine Weile herrscht Stille, doch mir brennt eine Frage auf der Seele. »Sag mal, Arminius, wieso willst du überhaupt gegen die Römer kämpfen? Es ist doch nicht alles schlecht, wofür sie stehen?«

Arminius' Blick wird kalt und stolz. »Das mag sein, aber Varus hat es übertrieben. Die den Stämmen auferlegten Steuern sind viel zu hoch. Die meisten Germanen sind Bauern, sie leben von der Hand in den Mund. Und die Strafen sind zu hart.«

»Gibt es keinen anderen Weg? Eine friedliche Lösung?«, versuche ich es noch einmal.

»Kaum. Ich kenne Rom. Ich habe für Rom gekämpft. Rom verhandelt nicht, es sei denn, der Gegner ist in einer besseren Position.«

Nachdenklich betrachte ich den Befreier Germaniens. Er sagt mir nicht alles. Es steckt irgendeine persönliche Geschichte dahinter, das spüre ich ganz deutlich, aber ich brauche gar nicht erst zu fragen – er hat keinen Grund, es mir zu verraten.

Ich verstehe nun aber besser, warum er es geschafft hat, all die verstreuten Stämme gegen Rom zu vereinen. Er ist eine charismatische Persönlichkeit. Manchmal erinnert er mich allerdings auch an einen Lausbub im Körper eines Mannes.

»Mara, sind bei euch alle Frauen so wie du?«

Jetzt bin ich es, die laut auflacht. »Wie bin ich denn?«

Die Frage hätte ich mal besser nicht gestellt. Arminius steht auf einmal ganz dicht vor mir. »Ich habe bisher keine schönere Frau getroffen als dich, noch dazu so kundig in der Liebe ...« Er zwinkert mir zu, und ich weiß, dass er auf die Nacht anspielt, als er Marcus und mir zugesehen hat. Und verflixt, ich werde knallrot. Arminius streicht über meine erhitzte Wange und schmunzelt. Die Berührung ist sanft und

... angenehm. »Du bist eine Kriegerin und sehr mutig. Als Fremde in meiner Welt hast du es geschafft, dich anzupassen. Wie schon gesagt, du bist seltsam, eigenartig und sehr begehrenswert.«

Bei seinen letzten Worten nähert er sich mir, wohl in der Absicht, mich zu küssen. In letzter Sekunde schüttle ich den Bann ab und weiche zurück. Er seufzt kurz auf, fängt dann aber wieder an zu lachen. »Verzeih mir. Aber es war einen Versuch wert. Ich hätte zu gern von dir gekostet, so wie Marcus, der Glückliche.«

Ich bin etwas erschrocken, weil ich seine Annäherung nicht gleich unterbunden habe. Er ist wie eine Schlange mit hypnotischen Augen. Böse bin ich ihm aber nicht.

Unvermittelt und hektisch kommt Ulick auf uns zu und schaut wenig erfreut drein. »Es gibt ein Problem!«

Wie im Film, kommt mir in den Sinn. Oft wird es in den letzten Filmminuten noch mal spannend.

»Was?«, will ich genervt wissen.

»Eine Seherin der Chatti. Sie hat einen merkwürdigen Mann in ihrer Gewalt.«

»Was hat das mit mir zu tun?«, frage ich ungehalten.

»Sie sagt, auch er wäre aus der anderen Welt.«

Wow – Korber?

Arminius bemerkt meinen wissenden Blick. »Kennst du ihn?«

Ich nicke. »Ich bin damals einem Verbrecher in die Tunnel gefolgt. Als die Anlage einstürzte, nahm ich an, dass er noch rechtzeitig rausgekommen ist.« Kurz überlege ich. »Aber ich habe geahnt, dass er hier sein könnte. Quintus ist den Chatti in die Hände gefallen. Marcus hat ihn befreit, und bei unserem Wiedersehen berichtete er mir von einem sehr eigenartigen Mitgefangenen. In der Hektik hatte ich das ganz vergessen. Aber was ist denn nun das Problem?«

Ulick blickt mich angespannt an. »Ihr beide seid am selben Tag gekommen, daher könnt ihr auch nur zusammen zurück.«

»Was soll das heißen?«

»Ganz einfach«, erklärt er: »Bleibt einer von euch hier, muss auch der andere bleiben. Und es bedeutet zudem: Stirbt einer von euch in dieser Zeit, kann der andere niemals mehr zurück.«

Das gefällt mir ganz und gar nicht! Bisher war ich davon ausgegangen, dass ich aufgrund der vielen jährlichen Kulttage mehrere Chancen hätte, in meine Zeit zurückzukehren. Verdammt!

Ich bin sprachlos, nicht aber der alte Mann. Er setzt noch einen drauf: »Und es gibt da noch ein Problem. Die Chatti-Seherin wird ihn nicht herausrücken. Sie will selbst durch die Zeit reisen. In alten Sagen heißt es, in den heiligen Tunneln auf dem Sturmfels sei das möglich. Sie will an deiner statt mit ihm in die Anderswelt gelangen. Das wird nicht funktionieren.«

»Wieso nicht? Woher willst du das wissen?«, hake ich nach.

»Wirklich *wissen* kann ich es natürlich nicht. Aber es wurde so überliefert, von Druide zu Druide. Es sollen auch schon andere auf diesen Gedanken gekommen sein, und sie alle sind gescheitert.«

Was davon soll ich glauben? Ich halte inzwischen alles für möglich. Ganz offensichtlich gibt es Kräfte, die ich mir nicht im Geringsten erklären kann – dass ich hier bin, ist das beste Beispiel dafür!

Arminius hat aufmerksam zugehört und blickt mich durchdringend an. »Kann dir das nicht egal sein? Ich hatte den Eindruck, dass du bereits eine Entscheidung getroffen hast.« Er zwinkert mir zu.

Es ist eine Sache, eine Wahl zu haben, und eine ganz andere, zu einer Entscheidung genötigt zu werden. Ich will die Chance, meine Familie wiederzusehen, genau so sehr wie die Aussicht auf das Glück mit Marcus. Dafür muss ich Korber aber erst einmal zurückbringen.

»Nein, Arminius, *jetzt* habe ich einen Entschluss gefasst. Ich werde Korber zurückbringen, und dafür benötige ich deine Hilfe!«

»Ich? Was kann ich tun?«

»Zu deinen Verbündeten zählen auch die Chatti. Ich weiß, dass du mit ihnen konspirierst. Mach deinen Einfluss geltend!«

»Wie stellst du dir das vor?«, fragt er zweifelnd.

»Na komm schon. Die Seherin ist eine Frau, und *du* bist Ermin, der gutaussehende Cherusker, der es wagt, Rom herauszufordern.« Schmeichelnd blinzele ich ihm zu. Obwohl er die Taktik sehr wohl durchschaut, verfehlt es seine Wirkung nicht.

»Wie könnte ich dir etwas abschlagen?«, entgegnet er belustigt. Dann, vollkommen unvermittelt, fragt er: »Mara, wer will mich bei Varus verraten?«

»Segestes. Doch Varus glaubt ihm nicht. Du bist offensichtlich sehr überzeugend.«

»Nur für dich reicht es nicht«, entgegnet er spitzbübisch.

»Das würde ich so nicht sagen«, antworte ich nachdenklich.

Wieder kommt der Druide auf mich zu. »Wir müssen uns beeilen. Mir wurde soeben berichtet, dass die Seherin bereits auf dem Sturmfels ist und das Ritual vorbereitet.«

Arminius nickt mir zu und lässt sein Pferd bringen. »Wir müssen zusammen reiten.«

Was? Auch das noch.

»Gemeinsam? Auf *einem* Pferd?« Ich schnaube, und er grinst breit.

»Ja, meine schöne Amazone.« Es amüsiert ihn sichtbar, dass ich mich ziere. Und schon sitzt er auf und zieht mich zu sich hoch. Ich höre, wie er tief Luft holt. »Du riechst gut«, flüstert er mir ins Ohr. Ich kommentiere das nicht.

Mein letzter Blick gilt Ulick, der sich mit einer knappen Geste verabschiedet. Sehe ich da etwa Bedauern? Aber dann reiten wir auch schon los.

Es dämmert bereits, als wir die Anhöhe erreichen. Die Wachposten erkennen Arminius und lassen ihn ungehindert passieren. Mich mustern sie zwar skeptisch, aber ich komme mit Arminius, mit dem sie sich ganz offensichtlich nicht anlegen wollen. Als wir fast an der alten Eiche angelangt sind, nimmt uns auch die Seherin wahr. Nachdenklich blickt sie uns entgegen. Sie ist erstaunlich jung.

Ich schaue mich ein wenig um, zur Orientierung. Es gibt vereinzelte Feuerstellen, und sie haben ein paar Schafe getötet. Vermutlich als Opfergabe?

Um die Eiche und vor dem Tunneleingang ist ein einfacher Kreis in den Boden geritzt, der mit Steinen ausgelegt wurde. Das alles interessiert mich nur am Rande, meine Aufmerksamkeit gilt dem Gefangenen. Es ist tatsächlich Korber. Noch hat er mich nicht gesehen, er steht mit dem Rücken zu mir.

Die Seherin begrüßt Arminius mit einem Nicken. »Ermin!« Dann blickt sie mich an, spricht aber zu Arminius: »Was will *sie* hier?«

»Das weißt du genau«, erwidert er ernst.

»Sie kann und will dir nicht helfen. Aber *ich* werde es tun!« Sie klingt selbstsicher, jedoch kommt mir etwas an ihr nicht stimmig vor. Schimmert Wahnsinn in ihren Augen?

Es dauert einen Moment, bis ich sie erkenne. Sie ist das Mädchen, das ich vor den beiden Römern gerettet habe. Sie ist also die Seherin der Chatten?

Ich betrachte Korber. Er sieht erbärmlich aus. Abgemagert, die Kleidung schmutzig und zerfleddert. Ein ungepflegter Bart wuchert in seinem Gesicht. Er wirkt apathisch, bis er auf einmal den Blick hebt und mich erkennt. »Du! Ich kenne dich! O Gott, ist das ein Traum, oder bin ich in der Hölle? Sag was!«

Im ersten Moment bringe ich kein Wort heraus. Auch für mich ist die Situation vollkommen irreal. Zum ersten Mal seit mehreren Wochen höre ich wieder meine Muttersprache.

»Bitte! Bitte! Sag doch was!«, fleht er mich verzweifelt an.

»Was willst du von mir hören?«

»O Gott, danke! Ich habe schon geglaubt, ich wäre im Tunnel gestorben, und das hier wäre meine Strafe, meine persönliche Hölle.« Er klingt unendlich erleichtert.

»Vielleicht hättest du das auch verdient!« Diese Antwort konnte ich mir nicht verkneifen.

»Mag sein.« Seine knappe Entgegnung klingt reuevoll.

Die Seherin unterbricht uns mit scharfer Stimme: »Aufhören! Und betritt auf keinen Fall den Kreis!« Dann ergänzt sie: »*Ich* werde ihn heute in die Anderswelt begleiten. Und ich werde mit wichtigen Informationen zurückkehren, damit wir Rom vernichten können.«

Arminius und ich stehen nur wenige Meter von ihr entfernt, außerhalb ihrer Markierung. Ich hoffe noch immer darauf, vernünftig mit ihr reden zu können.

»Wie ist dein Name?«, will ich wissen.

»Das spielt keine Rolle!«, giftet sie mich an.

»Sag es ihr!«, fordert Arminius sie auf.

Doch Korber quakt dazwischen: »Was redet ihr da? Verstehst du das alles etwa? Dann sag mir, geht's um mich? Sag doch was! Ich will heim!«

»Tyra«, gibt die Seherin zur Antwort und beachtet Korber ebenso wenig wie ich.

»Wieso glaubst du, dass du in eine andere Welt gelangen könntest? Und dass du dich, wenn es überhaupt klappt, dort zurechtfinden würdest?«

»Dir ist das doch auch gelungen?«, antwortet sie stur.

»Tyra, in meiner Welt gibt es Bücher über deine Zeit. Daher weiß ich ein bisschen Bescheid. Du aber weißt nichts über meine Welt. Sie ist auf ganz andere Weise gefährlich als deine.«

Ich sehe ihrem Blick an, dass das sie kein bisschen abschreckt, und versuche es noch mal anders. »Warst du schon einmal weiter weg von zu Hause? In einer Stadt?«

Uneinsichtig antwortet sie: »Nein, das spielt keine Rolle. Menschen sind Menschen!«

»Verflucht, Tyra, niemand wird deine Sprache verstehen, und Latein spricht in zweitausend Jahren kaum noch jemand. Alles wird dir Angst machen. Bei uns gibt es Tausende von lauten Kutschen ohne Zugtiere, die schneller fahren, als das schnellste Pferd laufen kann. Wir haben auch Donnervögel, in denen Menschen von Ort zu Ort fliegen ...«

»Umso besser, dann komme ich schneller an die Quellen. Außerdem wird *er* mir dabei helfen.« Sie deutet auf Korber.

»Unsinn! Er ist ein Mörder. Er hat seine Freundin getötet, und ich wollte ihn seiner gerechten Strafe zuführen, als ich plötzlich hier landete.« Ich schaue sie eindringlich an. »Er wird dir nicht helfen! Und dich wird man einsperren, weil man dich für verrückt hält!«

Nun wirkt sie doch etwas verunsichert. Aber dann zuckt sie mit den Schultern, als würde sie ihre Zweifel einfach abschütteln. »Ich werde ihn zwingen, mir zu helfen. Tut er es nicht, töte ich ihn!«

Jetzt reicht's mir, und ich werde lauter. »Tyra! Wenn du ihn dort drüben tötest, kommst du vermutlich nie mehr zurück. Willst du das denn wirklich riskieren?«

Sie blickt mich störrisch an. »Woher willst du das wissen?«

»Er und ich sind damals gemeinsam gekommen. Und zwei müssen auch wieder zurück. Tötest du ihn, kommst du nicht mehr heim. Tötest du ihn nicht, muss er mit dir zurück. Das wird er aber nicht wollen. Und das alles setzt schon voraus, dass es egal ist, wer die beiden Reisenden sind und dass diese Reise überhaupt funktioniert. Aber was, wenn es nicht funktioniert? Er und ich sind gemeinsam gekommen. Du bist nicht ich!«

Ach herrje, was für eine gequirlte Kacke. Selbst mich verwirren diese vielen möglichen Varianten. Und niemand weiß, was wirklich geschehen wird. Aber das Risiko, dass ich hier festsitze, ohne meine Familie noch einmal gesehen und gesprochen zu haben, ist mir zu groß.

»Hey! Redest du auch mal mit mir?«, brüllt Korber dazwischen.

»Halt die Klappe!«, brülle ich zurück.

Inzwischen ist die Nacht angebrochen, aber dank des Vollmonds haben wir noch etwas Licht. Arminius hat sich während der Diskussion nicht eingemischt. Ich merke, dass er angestrengt nachdenkt. Glaubt er etwa, Tyra hätte eine Chance? Verflucht, er darf mir jetzt nicht in den Rücken fallen!

»Arminius?«

»Ja?«, antwortet er etwas zögerlich.

»Selbst wenn sie unbeschadet in meine Welt gelangt, wird sie nicht an die gewünschten Auskünfte rankommen. Auch in unserer Zeit weiß man nicht alles, was ihr wissen wollt. Und ihre Rückkehr hierher wäre noch unwahrscheinlicher. Glaube mir. Ich lüge dich nicht an.«

Er sagt nichts. Daher hake ich noch einmal nach: »Glaubst du mir? Arminius?«

Bevor er antworten kann, gibt es in einiger Entfernung Tumult. Eine der Wachen kommt angerannt. »Römer!«

Ist es vielleicht Marcus? Allein der Gedanke, dass er es sein könnte, lässt mein Herz höher schlagen. Ich wende mich an Arminius. »Du musst hier weg! Wer auch immer es ist, sie dürfen dich nicht mit den Chatti sehen.«

Er blickt mich aufmerksam an. »Du denkst, *er* ist es, nicht wahr?«

»Ich weiß es nicht, aber es ist ihm zuzutrauen. Geh schon – oder willst du deinen Auftrag gefährden?«

Unvermittelt packt er mich und küsst mich, ohne dass ich etwas dagegen tun kann. Als er sich von mir löst, sagt er grinsend: »Tut mir leid, aber das musste ich zum Abschied tun. Viel Glück auf deiner Reise!«

Als er sich schon umdrehen will, um in der Dunkelheit zu verschwinden, halte ich ihn am Arm fest. »Eines noch! Kannst du mir ein Versprechen geben?«

»Welches?«

»Verschone Marcus und seine Männer! Es sind gute Menschen. Bitte lass dir etwas einfallen, damit sie nicht in den Kampf mit Varus verwickelt werden. Ja?«

Er überlegt. »Ich versuche es, aber ich bin nicht der Oberbefehlshaber. Ich kann dir nichts versprechen.«

Nun gut, mehr ist wohl nicht drin. Und damit ist er verschwunden, und der Kampflärm schon ganz nah.

Ich schaue mich um. Verdammt, wo ist die Seherin? Wo ist Korber? Sie sind nicht da! Dafür taucht plötzlich Quintus in meinem Blickfeld auf. Er lächelt mich kurz an, dann brüllt er: »Marcus! Hierher!«

Ich sehe Marcus auf mich zueilen. Es sind kaum noch Gegner da, Quintus und Antonius haben leichtes Spiel. Auch wenn es dunkel ist, erkenne ich doch die Erleichterung in Marcus' Gesicht. Und auch ich kann mein Glück kaum fassen, ihn noch einmal sehen und spüren zu dürfen.

»Oh, Mara! Ich dachte schon, ich hätte dich für immer verloren.« Er reißt mich in seine Arme und küsst mich. Mir ist völlig egal, was um uns herum geschieht, nur dieser Augenblick zählt. Als ich wieder einen klaren Gedanken fassen kann, löse ich mich von ihm. Jetzt muss ich etwas tun, wofür ich eigentlich nicht bereit bin.

»Marcus, ich liebe dich, von ganzem Herzen, aber ich muss gehen.« Tränen schießen mir in die Augen.

Er blickt mich irritiert an: »Warum?«

»Mit mir ist noch jemand durch die Zeit gereist. Und wir können nur gemeinsam wieder zurück. Er ist ein Krimineller, doch er hat es nicht verdient, hier zu enden. Und meine Familie muss wissen, was mit mir geschehen ist, sonst zerbricht sie daran.« Der Schmerz in meiner Stimme ist unüberhörbar. Marcus atmet merklich aus.

»Wo ist er?«

»Er ist Gefangener der Chatti. Die Seherin will an meiner Statt mit ihm in meine Welt hinübergehen. Aber das wird nicht funktionieren. Und wenn ihm etwas zustößt, werde ich meine Familie nie wiedersehen.«

»Ja, und wo ist er nun?«

»Ich denke, sie ist bereits mit ihm in den Tunnel geflohen.«

»Worauf warten wir dann noch?«

Ich bin überrascht. Keine Diskussionen? Nur sein Blick verrät mir, wie schwer es ihm fällt. Aber es geht nicht anders. Ich fackele nicht lange, packe ihn am Handgelenk und renne mit ihm zur Tunnelöffnung. Dort angekommen lässt er mich langsam in die Anlage hinunter, dann springt er hinterher. Gut, dass ich meine Taschenlampe dabei habe. Und so nehmen wir die Verfolgung auf. Im Laufen will ich von ihm wissen: »Sag, warum lässt du mich gehen?«

»Ich wünschte, ich könnte nur einmal noch mit meinen Eltern reden und ihnen sagen, dass ich sie liebe. Und davon berichten, dass ich die Frau meines Lebens gefunden habe. Diese Möglichkeit habe ich nicht mehr, du aber schon.«

»Du machst es mir echt schwer.« Und schon wieder werden meine Augen feucht.

Ich muss mich nun konzentrieren, denn wir erreichen den Platz mit dem einzelnen Menhir. Es sind Stimmen zu hören. Im Licht der Taschenlampe tauchen zwei Silhouetten auf. Eine Frauenstimme schreit hysterisch auf: »Wer ist da?«

»Tyra, ich bin es«, versuche ich sie zu beruhigen, »hab keine Angst!«

»Verschwinde! Du hast hier nichts zu suchen!«, brüllt sie mich an. Korber blickt teilnahmslos ins Leere. Als wäre er auf Droge.

»Tyra, es hat keinen Sinn. Glaub es mir. Du wirst alles verlieren. Bleib hier bei deinen Lieben.«

»Nein! Ich bin auserwählt! Geh endlich weg!« Sie fuchtelt wild mit einem Messer herum und wirkt dabei recht irre.

Gerade blicke ich Marcus an, um unseren nächsten Schritt abzustimmen, als Korber anscheinend einen lichten Moment hat und der Frau mit einem harten Fausthieb das Messer aus der Hand schlägt. Sie stürzt zu Boden. Schnell sind wir zur Stelle, und ich hole hastig meine Handschellen aus dem Rucksack und lege sie Korber an. Er wirkt noch immer benommen, aber sicher ist sicher. Marcus kümmert sich derweil um Tyra, die bei ihrem Sturz auf den Boden das Bewusstsein verloren hat.

Dann höre ich ein Vibrieren. *Das* Vibrieren!

Verflucht! Jetzt noch nicht! Verdammt!

»Marcus!«, schreie ich auf.

Im nächsten Moment ist er bei mir. »Was ist das?«

»Ich glaube, es beginnt. Du musst gehen!« Wieder laufen mir Tränen über die Wangen. Er umarmt und küsst mich. So fest, so hart, so verzweifelt, als wäre es der letzte Augenblick auf dieser Welt. Was er ja auch irgendwie ist.

Die Erschütterungen werden heftiger. Voller Widerwillen lösen wir uns voneinander.

»Mara, ich liebe dich! Komm zu mir zurück!«

»Ich werde alles daransetzen. Aber jetzt geh. Beeil dich!«

Fast versagt mir die Stimme. Dieser Abschied ist noch schlimmer als der im Wald. Marcus wirft sich die Seherin über die Schulter, und als er schon im Begriff ist, sich zu entfernen, wenn auch nur sehr zögerlich, fällt mir doch noch etwas ein. »Warte!« Hastig krame ich ein Foto von mir aus meinem Portemonnaie. »Hier! Damit du mich nicht vergisst.«

Seine Augen leuchten auf, trotz der Tränen, die er kaum verbergen kann. Ein allerletztes Mal küsse ich ihn und streiche ihm sanft über die Wange. Als die nächste Erschütterung noch heftiger wird, müssen wir uns voneinander lösen. »Geh! Jetzt!«, schreie ich ihm gequält zu.

Vor lauter Tränen kann ich kaum noch etwas sehen. Und als Marcus fast nicht mehr zu erkennen ist, rufe ich ihm nach: »Ich liebe dich!«

Die Vibrationen werden um ein Vielfaches stärker. Erde und Gestein lösen sich. Der Staub lässt mich husten, und obwohl Korber benebelt erscheint, hält er sich instinktiv an mir fest – krampfhaft und sehr schmerzhaft.

Alles Mögliche schießt mir jäh durch den Kopf.

Auch Marcus' Traum vom bunten Vogel. Da fällt mir das Lied »*Somewhere over the Rainbow*« aus dem »*Zauberer von Oz*«

ein. Ich beginne zu singen, um meine Angst zu bändigen und mir selbst Hoffnung zu machen. Ganz textsicher bin ich nicht, aber das spielt keine Rolle, wo ich den Text nicht kenne, improvisiere ich. Es ist der Situation geschuldet, denn ich fürchte mich, und diese Angst braucht ein Ventil.

Vielleicht werden Wünsche wirklich wahr.

Ich möchte daran glauben!

Nun erfolgt eine so gewaltige Erschütterung, dass mir schwarz vor Augen wird. Mein letzter Gedanke ist, dass es durchaus im Bereich des Möglichen liegt, dass keiner von uns es lebend hier rausschafft.

KAPITEL 22 - NACHTRAG
(*HERBSTÄQUINOX*)

Jetzt bin ich seit einigen Wochen wieder zu Hause und beschäftige mich fast ausschließlich mit der Planung meiner Rückkehr zu Marcus.

Ich habe noch etwas Zeit bis zur Tagundnachtgleiche am 23. September – jenem Tag, an dem sich hoffentlich die Pforte in seine Welt wieder öffnet. Ich will gut vorbereitet sein. Dazu gehört neben dem Sammeln von Informationen über die Varusschlacht auch das Anlegen eines Antibiotika-Vorrats. Dafür muss ich noch mit meiner besten Freundin reden, die Ärztin ist.

Aber ich habe mir auch Anleitungen zur Herstellung eines entsprechenden Medikaments im Internet angeschaut. Denn irgendwann wären auch die mitgebrachten Mittel aufgebraucht oder nicht mehr verwendbar. Dann muss ich versuchen, selbst welche anzufertigen. Ob ich immer wieder in der Zeit hin- und herspringen kann, weiß ich ja nicht.

Ein vielversprechendes Rezept stammt aus dem Mittelalter. Man zerstößt Knoblauch und Zwiebel und gibt den Brei mit Wein und Ochsengalle in einen Kessel aus Messing. Diese Mixtur muss neun Tage ruhen. Danach wird das Gebräu durch ein Tuch gefiltert. Die gewonnene Salbe wirkt angeblich sogar gegen multiresistente Bakterien.

Zeit, solche Dinge herauszufinden, habe ich zum Glück genug, denn mir wurde eine längere Auszeit gewährt. Mein Chef hat darauf bestanden, aufgrund des erlittenen Traumas – *mehrere Tage im Tunnel verschüttet, zusammen mit einem Schwerverbrecher.*

Aufgrund dieses Umstands nehmen im Moment alle Rücksicht auf mich, niemand belästigt mich mit Fragen.

Außerdem tolerieren sie meine doch recht seltsam anmutenden Freizeitaktivitäten. Mein größtes Problem wird sein, meiner Familie von meinem Vorhaben zu berichten. Aber ich muss es tun, auch wenn sie mir nicht glauben werden.

Nach unserer Heimkehr hat Korber jedem, der es hören wollte oder auch nicht, von seinen Horrorerlebnissen berichtet, doch niemand hat ihm geglaubt. Kein Wunder, denn seltsamerweise ist hier die Zeit viel langsamer verstrichen. Knapp sechs Wochen war ich in der Vergangenheit, während in meiner Zeit gerade einmal drei Tage verstrichen sind.

Zum Glück hatte man die Suche nach uns noch nicht eingestellt, und so hat man Korber und mich kurz nach unserer Rückkehr im verschütteten Tunnel gefunden.

Die Verfolgungsjagd war nicht ganz unbemerkt geblieben, man fand die abgestellten Autos, und ein kundiger Einheimischer brachte die Rettungsteams auf die richtige Spur und zeigte ihnen den Eingang zum unterirdischen Tunnelsystem.

Meine Kollegen waren etwas perplex, denn Korber sah auffällig verwahrlost aus, und das passte nicht zu den Zeugenaussagen. Aber seine Story, er sei wochenlang in der Römerzeit gewesen, kauften sie ihm natürlich nicht ab. Er wurde in die Psychiatrie in Gießen eingeliefert. Eigentlich zu gut für ihn.

Ich hoffe, dass mit Korbers und meiner Rückkehr das Universum wieder ins Gleichgewicht gebracht wurde.

Zwei gingen rein, zwei kamen wieder raus!

Und jetzt werde ich versuchen, die Reise allein anzutreten.

Natürlich wagte ich bereits am ersten August einen Versuch, in Marcus' Welt zurückzukehren. Die Feuerwehr hatte im Zuge der Rettungsmaßnahmen den Tunnel wieder halbwegs freigeräumt. Zwar war er mittlerweile mit einem Tor versperrt worden, damit niemand mehr dort hineingelangte, aber das stellte für mich kein ernstzunehmendes Hindernis dar. Nur hat zu meinem Erschrecken der Übergang in die Vergangenheit nicht funktioniert. Vielleicht, weil dieser Tag in Marcus' Welt bereits für unsere Reise genutzt worden war? Aber was weiß ich schon darüber.

Wenigstens habe ich nun mehr Zeit für meine Vorbereitungen – rede ich mir jedenfalls hoffnungsvoll ein.

Ich vermisse Marcus und träume oft von ihm. Nicht immer sind die Träume angenehm. Insgeheim plagt mich eine ganze Reihe an Sorgen. Was ist, wenn er es nicht mehr rechtzeitig aus dem Tunnel geschafft hat? Oder wenn die Pforte in die Vergangenheit für immer geschlossen ist? Vielleicht komme ich allein auch nicht hindurch, weil Korber fehlt?

Auch der Zeitpunkt der Schlacht stellt ein Problem dar. Man nimmt an, dass sie im Herbst stattgefunden hat, aber ganz sicher ist man sich nicht. Was ist, wenn bei meiner Rückkehr in die Vergangenheit alles bereits geschehen ist?

In solchen Momenten voller Zweifel schleicht sich die Frage ein, ob das alles überhaupt real gewesen ist. Oft geschieht dies nachts, wenn ich schweißgebadet aus dem Schlaf hochschrecke. Dann sinniere ich über die vielen Annehmlichkeiten meiner Zeit, die ich vermissen werde. Es wäre sehr viel leichter, hierzubleiben und meine Erlebnisse als Halluzination abzutun, schon aufgrund des Sauerstoffmangels im Tunnel. Wäre da nur nicht die Sehnsucht nach diesem einen Mann!

Nachdem meine Mutter sich von dem Schreck erholt hat, dass ich drei Tage lang verschwunden war, hat sie tatsächlich erneut versucht, mich zu verkuppeln. Den Zahn habe ich ihr gründlich gezogen. Seither lässt sie mich damit glücklicherweise in Ruhe.

Tasha hat mir berichtet, dass Mama und auch Jenny Veränderungen an mir wahrgenommen haben. Nach den Gründen haben sie bisher nicht bohren wollen, wohl in der Absicht, mir Zeit zu lassen. Sie wissen nicht, was ich wirklich erlebt habe, und würden mich vermutlich für verrückt halten. Das werden sie aber noch. Spätestens dann, wenn ich ihnen erzähle, was ich vorhabe.

Mein ungewohntes Interesse an der Römerzeit, insbesondere der Varusschlacht, finden sie bereits höchst merkwürdig. Trotzdem hat mir meine jüngere Schwester Tasha bei der Suche nach Informationen sehr geholfen. Sie studiert Archäologie, und auch wenn die alten Germanen nicht ihr Spezialgebiet sind, verdanke ich ihr doch viele wertvolle Hinweise.

Die ausführlichsten Berichte zum Schlachtereignis stammen von den Römern *Tacitus* und *Cassius Dio*. Diese Berichte entstanden aber lange nach der Schlacht. Nur wenige Zeitzeugen haben Informationen festgehalten. Und selbst dann waren sie eher dürftig. Vielleicht schrieb man seinerzeit nicht viel darüber, weil die Schmach, gegen Barbaren verloren zu haben, zu schmerzlich war. Und wer schreibt schon gern aus Sicht des Verlierers?

Dank Internet ist es recht einfach, sich deutschsprachige Ausgaben der Werke zu besorgen. Allerdings ist es schwieriger, diese in Latein zu bekommen.

Jedenfalls werde ich die Zeit gründlich nutzen und meiner Familie erst am Tag meiner Abreise reinen Wein einschenken – denn ich darf mich von meinem Vorhaben nicht abbringen lassen.

Marcus wartet – auf mich!

Und ich habe Sehnsucht – nach ihm!

Hoffentlich lässt sich das Wunder wiederholen!

Fortsetzung folgt ...

DANKSAGUNG

Danke zu sagen klingt oft profan, aber ohne Unterstützer lassen sich Träume nicht verwirklichen. Das möchte und muss ich wertschätzen!

An erster Stelle gebührt mein Dank meiner Familie, die mit Geduld ertragen hat, wenn ich – Mama, Ehefrau, Schwester und Tochter – ständig am Handy hing, um zu schreiben. Denn dort habe ich meine Ideen zu Kapiteln geformt.

Ein besonderer Dank gebührt meinen Freundinnen, und damit Testleserinnen, die mir nicht nur beistanden und mich bestärkten, sondern auch auf Schwachstellen hinwiesen.

Last but not least möchte ich meiner Lektorin Dank ausspre-chen. Sie hat meinem Rohentwurf den letzten Schliff gegeben, inklusive vieler wertvoller Tipps für meine nachfolgenden Werke.